빨간 모자, 피노키오를 줍고 시체를 만났습니다

AKAZUKIN, PINOKIO HIROTTE SHITAI TO DEAU

First published in Japan in 2022 by Futabasha Publishers Ltd., Tokyo.
Korean translation rights arranged with Futabasha Publishers Ltd.
through Eric Yang Agency, Inc.

赤ずきん、ピノキオ拾って死体と出会う。

빨간 모자, 피노키오를 줍고 시체를 만났습니다

아오야기 아이토 지음 | 이연승 옮김

한스미디어

차례

1막 목격자는 목각 인형

01

하필 주워도 이런 걸 줍다니!

빨간 모자는 집으로 향하는 숲길을 빠르게 걸으며 두 손에 든 것을 내려다봤습니다. 나무로 만든 인형의 팔입니다. 손가락 부분이 꿈틀꿈틀 움직이고 있습니다.

불과 몇 분 전만 해도 숲속 깊은 곳에 사는 사냥꾼 아저씨의 집에 쿠키와 포도주를 갖다 주러 가는 길이었습니다. 나뭇잎 사이로 햇살이 비치는 기분 좋은 오후입니다. 가지 위에서 노는 다람쥐들에게 "안녕하세요" 하고 인사를 건네며 들뜬 마음으로 걷고 있었습니다.

눈앞에 사거리가 보였습니다. 여기서 직진하면 아저씨네 집, 왼쪽으로 가면 그리덴, 오른쪽으로 가면 람베르스라는 마을이 나옵니다.

"그만, 그만해!"

그때 문득 소년의 비명이 들려서 빨간 모자는 무심코 멈춰 섰습니다.

그리텐으로 가는 길목에서 여우와 검은 고양이, 삼색 털 고양이가 다가오고 있습니다. 모두 조끼를 입었고 사람처럼 두 발로 걸으며 키는 빨간 모자와 비슷합니다. 여우는 지시만 내리며 앞장서서 걷는 반면, 다른 두 고양이는 어깨에 커다란 천 자루 하나를 한쪽씩 나눠 메고 있습니다.

"싫어! 이제 묘기 같은 건 안 부려!"

목소리는 아무래도 자루 안에서 들리는 것 같습니다. 자세히 보니 자루 입구에 갈색 손이 손목까지 튀어나와 있었습니다.

"좀 조용히 해!"

여우가 자루를 퍽 치자 자루에서 팔이 떨어졌습니다. 여우와 두 고양이는 바닥에 떨어진 팔은 물론 빨간 모자가 있는 것도 알아차리지 못하고 람베르소 쪽으로 빠르게 걸어갑니다. 그들이 사라지자 빨간 모자는 떨어진 팔로 다가가 그것을 주워 들었습니다.

나무로 만든 인형의 오른팔입니다. 어깨 아랫부분이고, 팔꿈치, 손목, 손가락 관절 등이 쇠고리로 고정돼 있지만 잡아당기면 쉽게 빠질 것 같습니다. 여우가 자루를 치는 바람에 어깨에서 분리됐겠지요.

그렇다면…….

“꺄!”

하마터면 팔을 떨어뜨릴 뻔했습니다. 손가락 다섯 개가 갑자기 꿈틀꿈틀 움직였기 때문입니다. 처음에는 징그럽기만 했는데 잠시 관찰해보니 뭔가 할 말이 있는 것처럼 보입니다. 새끼손가락과 약지를 구부리며 나머지 세 손가락으로 뭔가를 쥐고 싶은 듯 움직이는 걸 보고 펜을 원한다는 것을 알아챘습니다.

“아저씨, 미안해요. 쿠키는 다음에 갖다 드릴게요.”

빨간 모자는 중얼거리며 다시 집에 돌아갔습니다.

“엄마, 종이랑 펜 좀 주세요.”

집에 도착하자마자 엄마에게 말했습니다.

“어머, 빨간 모자. 뭐니? 그 괴상한 팔은!”

엄마가 소리쳤지만 상황을 설명하자 종이와 펜, 잉크를 가져다줬습니다. 오른팔은 손가락으로 펜을 들고 서툰 글씨로 자기소개를 시작했습니다.

‘저는 피노키오입니다. 제페토 할아버지께서 만들어주셨어요.

전 인간이 되고 싶어요.

제페토 할아버지의 진짜 아들이 되고 싶어요.’

학교에 가면 인간 아이가 될 수 있다. 그렇게 믿은 피노키오는 제페토 할아버지에게 부탁해 교과서를 선물 받았지만, 등굣길에 서커스가 너무 보고 싶은 나머지 교과서를 티켓과 맞바꿔버렸다고 합니다.

"정말 바보 같은 인형이네."

빨간 모자는 어이가 없었지만 그 뒤 이어지는 이야기를 읽고 마음이 바뀌었습니다. 서커스단에 스카우트된 피노키오는 속아서 순회 공연단에 팔려 간 후, 제페토 할아버지 곁에 돌아가지 못하고 하기 싫은 공연을 1년이나 억지로 했다는 게 아니겠어요.

'오늘 아침에 겨우겨우 빠져나왔어요.

하지만 금세 다시 들키고 말았죠.

전 지금 여우 안토니오, 검은 고양이 로드리고, 삼색 털 고양이 파올로에게 끌려가고 있어요.

이대로 가다가는 또 마담 엄지가 이끄는 엄지 공연단에 가서 구경거리가 될 거예요.

전 재미있는 묘기 같은 건 못 해요.

절 구해주세요.

절 구해주세요.'

"딱하기도 해라……."

조금 전만 해도 질색하던 엄마가 피노키오의 손 글씨를 보며 눈물을 흘렸습니다. 삐뚤빼뚤한 글씨에서 간절함이 더 전해졌을까요.

"빨간 모자, 네가 가서 피노키오를 구해주렴."

"제가요?"

"팔을 주워 온 것도 다 인연 아니겠니?"

엄마는 평소에도 가끔 이렇게 충동적으로 뭔가를 결정하는 사람이었습니다. 빨간 모자는 속으로 무모하다고 생각했지만 문득 돌아가신 할머니의 말씀이 머리를 스쳤습니다.

—빨간 모자야, 네 영특한 머리는 어려운 사람을 도우라고 신이 내려주신 선물이란다. 힘들어하는 이들에게 기꺼이 손을 내밀어주려무나.

"하지만 어떻게 구해줘요?"

"이 오른팔과 람베르스소에 있다는 '엄지 공연단'에 가서…… 몸만 어떻게 다시 가져오면 되지 않겠니?"

이렇듯 어디든 간에 엄마라는 존재들은 늘 생각만 앞서고 구체적인 계획은 없을 때가 많다니까요.

02

빨간 모자가 피노키오의 오른팔이 담긴 바구니를 들고 람베르스소 마을에 도착한 건 오후 3시가 다 돼갈 무렵이었습니다.

일단 도착은 했지만 '엄지 공연단'이라는 곳이 어딨는지는 알지 못했습니다. 애초에 이 대도시에 와본 것도 서너 번

밖에 안 돼 길도 잘 모릅니다. 결국 누군가에게 물어볼 수 밖에 없겠다고 판단해 큰길을 걷던 중, 빨간 모자는 어떤 할아버지와 할머니가 싸우고 있는 모습을 목격했습니다.

"이 망할 영감탱이! 이 개 장식물부터 여기까지는 내 구역이라고 했지! 그 맛대가리 없는 수박 잎사귀 한 장이라도 날아오게 하면 가만두지 않겠다고 몇 번을 말해야 알아들어!"

"시끄러운 할망구! 내가 안 보는 사이에 장식물을 옮겼잖아! 그 허접한 가면 같은 건 팔리지도 않으니 그냥 가게 문을 닫아버려!"

두 분 다 바퀴가 달린 이동식 포장마차에서 수박과 가면을 팔고 있었습니다. 할아버지의 수박 포장마차는 수박 무늬 천으로, 할머니의 가면 포장마차는 빨간 천으로 장식된 모습이 귀엽지만, 정작 파는 분들이 이러고 있으면 소용없지 않을까요.

"죄송해요. 길 좀 여쭈려고 하는데……."

"오, 귀여운 꼬마 아가씨, 수박 하나 어때?"

할아버지는 금세 장사꾼의 얼굴로 돌아가 물었습니다.

"아니, 저런 수박은 사지 말렴. 수분도 없어 퍽퍽한 수박이야. 매일 옆에서 보고 있지만 팔리는 걸 본 적이 없어."

"매일매일 사 가는 복면 신사가 있다고!"

"흥, 얼굴도 안 보여주면서 매일 783그램짜리 수박만

사 가는 사람이라니. 수상쩍기 그지없지. 그보다 아가야, 다음 달에 있는 가면무도회 준비는 했니? 아직이면 이 기회에 가면 하나 사 가는 게 어떻겠니?"

"안 돼, 안 돼. 이런 시끄러운 할망구가 파는 가면은 냄새가 고약해 얼굴에 쓰는 순간 질식할걸."

"뭐? 더 말해봐! 이 수박 영감탱이!"

"몇 번이고 말해주지!"

도무지 길을 물을 상황이 아닙니다. 빨간 모자는 그냥 옆을 지나쳐 가려다가 이번에는 덩치 큰 사람과 부딪혔습니다. 키가 2미터는 될까요. 배가 나왔고 얼굴이 인자합니다. 멋진 제복을 입었지만 머리에는 오징어 같은 삼각형의 기묘한 모자를 쓰고 있었습니다.

"두 분 이제 그만 싸우세요. 이러다 마을의 평화가 깨지겠습니다."

"오, 이게 누구야. 람베르소 자경단의 푸난 아닌가?"

자경단이란 악인을 단속해 도시의 평화를 지키는 단체를 뜻합니다. '그래서 이렇게 차림새가 멋지구나' 하고 빨간 모자는 이해했습니다.

"영감님, 그런데 얼마 전에 영감님한테 산 수박, 정말 맛이 없더군요. 속이 거의 빈 데다 무게도 가벼웠고요. 지난주 토요일 새벽에는 동쪽 하늘에 수박이 날아가던데, 그것도 혹시 영감님네 수박 아닐까요?"

말투는 차분하지만 내용이 영 미덥지 않습니다. 아무리 무게가 가벼워도 그렇지, 수박이 하늘을 날아다닌다니요. 그런 건 불가능합니다. 빨간 모자는 얼른 길이나 묻고 이 이상한 사람들에게 작별을 고하자고 생각했습니다.

"자경단 푸난 아저씨, 전 지금 '엄지 공연단'을 찾고 있어요."

"응?"

푸난은 축 처진 눈으로 빨간 모자의 얼굴을 뚫어지게 쳐다보다가 잠시 후 "아가씨, 왠지 이거랑 닮았네" 하고 할머니의 포장마차에 진열된 소녀 가면 중 하나를 가리켰습니다.

"오, 정말이네. 똑 닮았어."

옆에서 가면 장수 할머니가 동의했습니다. 빨간 모자 자신도 닮았다고 느껴질 정도였습니다.

"이것도 운명이지. 아가야, 이 여자아이 가면은 어떠니?"

"이 할망구가 노망이 들었나. 자기 얼굴을 닮은 가면이라면 가면을 쓴 의미도 없는데."

"저, 누구든 좋으니 제 말을 좀 들어주……"

빨간 모자가 거의 매달리듯 말한 바로 그 순간이었습니다.

"아가씨! 혹시 진기한 쇼를 보고 싶지 않나?"

불현듯 시야에 검은색 덩어리가 쓱 들어왔습니다. 빨간

모자는 그 얼굴을 보고 하마터면 '아!' 하고 소리칠 뻔했습니다. 숲속에서 피노키오를 끌고 가던 두 고양이 중 한 마리입니다. 지금 빨간 모자가 손에 든 바구니에는 손수건이 씌워져 있어 피노키오의 팔이 보이지 않았습니다.

"난 이 앞 '엄지 공연단'에 있는 로드리고라고 해. 5분 후면 공연이 시작될 거야."

검은 고양이는 다소 흥분한 것처럼 말했습니다. 빨간 모자는 속으로 '잘됐어' 하고 기뻐했습니다.

"그러지 않아도 저, 그 공연을 꼭 보고 싶었어요!"

"그렇구나. 그럼 따라와!"

운이 좋습니다! 빨간 모자는 로드리고라는 검은 고양이를 따라 걷기 시작했습니다. 큰길 끝자락에 가서 오른쪽으로 꺾어 동쪽으로 가니 광장이 나왔습니다. 커다란 천막 세 개가 나란히 세워져 있고 그중 유난히 화려한 천막에 '엄지 공연단'이라는 간판이 걸려 있습니다. 머리털을 전부 정수리로 모아 거대한 탑처럼 세운 하얀 광대가 흥겹게 탬버린을 치며 사람들을 불러 모으고 있었습니다.

돈을 내고 천막에 들어가니 작은 무대가 보였습니다. 예순 석 정도 되는 객석의 절반 정도가 채워져 있습니다.

"빨간 모자 아가씨, 여기가 좋아. 특등석이야."

검은 고양이 로드리고는 맨 앞줄 가운데 자리로 빨간 모자를 안내하더니 곧 사라졌고, 빨간 모자는 그가 알려준 자리에 순순히 앉았습니다.

"여어."

바로 옆에 앉은 청년이 빨간 모자에게 인사를 건넸습니다. 언뜻 봐도 값나가 보이는 보라색 옷을 입었고, 곱슬곱슬한 앞머리가 이마에 닿은 얼굴도 번듯합니다. 빨간 모자는 '귀족이 분명해' 하고 생각하다가 문득 신경 쓰이는 곳이 있어 고개를 들었습니다.

어째서인지 천막 위 일부가 둥글게 잘려 하늘이 보이고 있었습니다.

환기용일까요, 아니면 채광용일까요. 그런 추측을 하고 있을 때 갑자기 경쾌한 음악이 흐르기 시작했습니다.

무대에 악단이 등장합니다. 그 안에 숲속에서 본 여우도 있습니다. 피노키오의 오른팔이 설명하길 저 안토니오라는 여우에게는 악기가 없다고 합니다. 대신 그는 유모차 정도 되는 손수레를 밀며 들어왔습니다. 수레 짐칸에는 꽃봉오리 상태의 튤립 한 송이가 심긴 화분이 보였습니다.

"저는~ 꽃 나라에서~ 왔답니다~."

어디선가 노랫소리가 들리는가 싶더니 튤립 꽃잎이 천천히 열리기 시작합니다. 그 꽃잎 속에 앉은 자그마한 여인이 천막 가득 울려 퍼질 만큼 큰 소리로 노래를 불렀습니다.

"소녀~ 엄지~ 공주~!"

소녀라고 하기에는 나이가 좀 많아 보입니다. 빨간 모자는 '작은 몸과 덕지덕지 칠한 화장으로 속이긴 했지만 아마 마흔은 넘을 것 같아' 하고 냉정하게 생각했습니다.

"여러분, 안녕하세요! 엄지 공연단의 공연에 오신 걸 환영합니다! 전 공연단의 단장 엄지 공주입니다. ……어머, 오늘은 관객분들이 많이 오셨다고 하기 어렵겠네요. 요새 저희 공연단의 경제 사정이 쪼들리는 상황이랍니다. 혹시 오늘 공연이 즐거우셨다면 돈을 조금 더 두고 가셔도 됩니다. 자, 그럼 미라, 이쪽으로!"

악단의 연주 소리가 더 커지는 가운데 어디선가 제비 한 마리가 날아와 화분에 앉았습니다. 엄지 공주가 그 위에 올라타자 제비는 재빨리 날갯짓을 하며 둥글게 뚫린 천막 위 구멍으로 날아갑니다. 아, 저런 데 쓰이는 구멍이었구나. 빨간 모자는 박수 치며 그 모습을 지켜봤습니다.

본격적인 공연이 시작됐습니다.

"꼬끼오! 꼬꼬꼬꼬!"

가장 먼저 무대에 모습을 드러낸 건 하얀 얼굴에 눈 주위만 노랗게 칠한 채 닭 열 마리를 끌고 나온 닭 장수였습니다. 닭들은 작은 받침대를 쌓아 만든 계단을 오르더니 줄타기, 그네 타기, 벽돌 장애물 넘기 등을 척척 해냅니다. 그중 유독 눈에 띄는 통통한 노란 닭이 한 마리 있었습니다. 오직 그 닭만 재주를 부리지 않고 무대 가장자리에 앉아 있어 계속 신경 쓰였는데, 마지막에 광대가 닭을 안아 들자 닭은 황금빛 알을 두 개나 낳은 상태였습니다!

"꼬끼오! 꼬꼬꼬. 선물!"

닭 장수는 알 두 개를 집어 무대 맨 앞줄에 앉은 빨간 모자에게 내밀었습니다.

"앗……, 감사합니다."

두 개 다 틀림없이 황금으로 만들어진 달걀 같습니다. 지금껏 황금 달걀을 낳는 닭은 그림책에나 존재하는 줄 알았는데, 그걸 떠나 이런 달걀을 관객에게 아낌없이 줘도 되는 걸까요. 이것들을 갖다 팔면 쪼들린다는 극단의 경제 사정도 나아지지 않을까요.

"오, 좋은 걸 받았네."

옆에 앉은 곱슬머리 귀족 남자가 부러운 듯 말해서 빨간 모자는 일단 의문을 집어삼키고 달걀을 웃옷 주머니에 넣었습니다.

뒤이어 무대에 검은 고양이 로드리고와 삼색 털 고양이 파올로 콤비가 등장했습니다. 그들은 저글링의 달인이었는데 공과 컵을 멋지게 던지고 받는 모습이 유쾌해 보였습니다.

이후 탑 모양으로 머리를 세운 광대의 진행으로 시소 타는 거위, 바벨 드는 곰 두 마리, 나무통 타는 족제비의 묘기가 이어졌고, 이후 또다시 빨간 모자에게 낯익은 얼굴이 등장했습니다.

"지금부터 보여드릴 공연은 동양적인 매력의 유리 타워……."

여우 안토니오입니다. 경건하게 인사하는 그의 등 뒤에서 로드리고와 파올로가 테이블을 운반하고 있습니다. 안토니오가 반짝이는 식탁보를 깔자 두 고양이는 테이블에 포도주 잔을 피라미드 형태로 쓱쓱 쌓아 올립니다. 그 상태에서 꼭대기에서 적포도주를 붓자 포도주가 아래쪽 잔을 향해서 흘러내립니다. 마침내 모든 잔에 포도주가 가득 들어차자 안토니오가 소리 높여 외쳤습니다.

"자, 주목하십시오! 지금부터 이 포도주를 단 한 방울도 흘리지 않고 식탁보를 빼겠습니다!"

두 앞발로 식탁보 가장자리를 붙잡은 채 가만히 정신을 집중합니다. 시간이 갈수록 표정이 점점 일그러집니다. 긴장되는 순간입니다.

"에, 에, 에, 에취!"

식탁보를 당기는 순간, 안토니오가 요란하게 재채기를 했습니다.

"꺄아!"

다행히 쌓은 잔은 무너지지 않았지만 대신 포도주 몇 방울이 빨간 모자에게 튀었습니다. 두 손으로 감싼 덕에 얼굴은 무사했지만 평소 좋아하는 빨간 모자와 웃옷에 포도주가 묻고 말았습니다.

"뭐 하시는 거예요!"

"헤, 헤헤헷." 안토니오가 멋쩍은 듯 웃었습니다. "괜찮지 않나요? 어차피 손님은 빨간 망토를 두르고 있으니 적포도주 얼룩도 눈에 띄지 않네요."

이런 말도 안 되는 변명이 어딨나요!

"웃옷에도 묻었다고요! 묘기에 실패한 거죠?"

"아뇨. 보다시피 포도주 잔은 이렇게 잘 쌓여 있습니다. 그렇죠, 여러분?"

관객들이 드문드문 박수를 쳤습니다. 빨간 모자는 더 불평을 늘어놓으려고 무대에 올라가려 했지만 누군가 뒤에서 망토를 잡아당겼습니다.

"그러지 마. 아까 그건 그냥 재밌는 속임수였어."

곱슬머리 귀족 남자가 웃으며 말했습니다. 속임수라뇨?

"자, 드디어 마지막 공연이 시작됩니다!"

안토니오가 아무 일 없다는 듯이 큰 소리로 외쳤습니다. 파올로가 포도주 잔이 놓인 테이블을 무대 뒤로 치우고 이번에는 로드리고가 평균대를 꺼내 왔습니다.

"세상천지에 이렇게 수상한 목각 인형이 있을까요? 밤이면 밤마다 혼자 움직이는 인형이라고 하는데, 과연 여러분 앞에서는 어떨까요! 자, 피노키오 인형과 곰입니다!"

앗! 빨간 모자는 화내는 것도 잊고 말았습니다. 드디어 등장입니다.

안토니오가 뒤로 물러서자 조금 전 바벨 묘기를 선보였던 곰과 목각 인형이 모습을 드러냈습니다. 곰은 앞발에 끈 달린 지팡이를 들었고, 그 끈에 묶인 목각 인형이 곰 앞을 어슬렁어슬렁 걸어갑니다. 동그란 얼굴에 눈과 코가 붙어 있고 입에는 구멍이 뚫렸습니다. 통나무를 잘라내 만든 듯한 몸통 허리 부분에는 큼지막한 재봉 가위가 달려 있고 오른팔은 빗자루로 만들어졌습니다. 단원 중에 누군가가 급조한 게 틀림없어 보였습니다.

곰의 손놀림에 맞춰 피노키오는 빗자루로 된 오른팔을 어색하게 관객에게 흔들며 평균대에 올라갔습니다. 그러더니 곰이 조종하는 대로 폴짝폴짝 걷다가 갑자기 발을 헛디뎌 평균대 위에서 쓰러져버립니다.

"이제는 지긋지긋해. 난 자유로워질 거야."

피노키오는 그렇게 더듬거리며 말하더니 왼손으로 재봉 가위를 들고 자신을 조종하는 (것처럼 보이는) 끈을 싹둑 잘라버렸습니다. 잠시 후 모든 끈을 다 자르고 평균대 위에서 다시 발걸음을 내딛기 시작합니다. 혼자 움직이는 목각 인형. 그 기이한 광경에 객석 전체가 떠들썩해집니다. 모두의 이목이 쏠린 곳에서 피노키오는 춤추기 시작했지만…… 세상에나. 이 얼마나 어설픈 춤인가요. 리듬감이라곤 없을뿐더러 왼팔은 한 번도 올라가지 않았고 오른팔은 심지어 빗자루입니다. 누가 봐도 억지로 춤추고 있는 게 확실했습니다.

"앗!"

순간 피노키오의 다리가 미끄러졌습니다. 이번에는 고의가 아닌 실수로 보입니다. 자세를 바로잡으려고 하자 설상가상으로 끊어진 끈이 팔다리에 엉켰습니다.

"으앗! 으악!"

균형을 잃고 평균대에서 넘어진 것으로 모자라 온몸이 끈에 칭칭 감겨 객석에 굴러떨어진 피노키오. 왼손에는 여전히 날카로운 가위를 쥐고 있습니다.

"앗!"

곱슬머리 귀족 남자가 비명을 질렀습니다. 그의 코 바로 몇 센티미터 앞에 재봉 가위 날이 있었습니다.

객석이 술렁입니다.

"피노키오! 지금 뭐 하는 거니!"

단장인 엄지 공주가 안색이 바뀌어 무대로 뛰어나왔습니다. 아무래도 공연용 연출은 아닌 듯합니다.

"공연 전에 연습을 확실히 해두라고 그렇게 주의를 줬는데!"

"연습했어……."

그러자 피노키오의 코가 순간 쭈욱 하고 길어졌습니다.

"이런 상황에도 잘도 거짓말을 하는구나. 네가 도망쳤

다는 건 안토니오와 로드리고에게 이미 보고받았어. 지금 당장 들어가 있어!"

"미, 미안……. 그런데 움직일 수가 없어."

곧장 로드리고와 파올로가 뛰어나와 피노키오를 안아 들었습니다.

"잠깐만요!"

빨간 모자가 객석에서 일어나 외치자 두 고양이가 고개를 돌려 노려봤습니다.

"그 인형은 사람들의 구경거리가 되는 걸 원치 않아요. 제가 데려갈래요!"

"뭐?" 로드리고가 빨간 모자에게 얼굴을 들이밀었습니다. "그게 무슨 소리지?"

"제가 그 인형을 데려가게 해주세요."

순식간에 객석이 찬물을 끼얹은 듯 조용해졌지만 잠시 후.

"오호호호홋."

엄지 공주의 웃음소리가 들렸습니다.

"좋아. 거기 이상한 망토를 두른 이상한 손님. 금화 백 냥을 주면 목각 인형을 넘길게."

"금화 백 냥요? 그런 돈이 있을 리 없잖아요."

"그렇겠지. 네가 그 부히부르크의 아기 돼지 삼 형제도 아니니까."

"……그건 또 뭐예요?"

"내가 목표하는 부유한 권력자들의 이름. 뭐, 어차피 너 같은 가난뱅이와는 평생 연이 없는 분들이겠지만. 아무튼 피노키오를 공짜로 줄 수는 없어. 이런 고물도 어떻게 꾸미느냐에 따라 돈벌이가 될 수 있거든."

"우아한 말투로 저속한 말씀을 하시네요."

엄지 공주의 눈이 휘둥그레졌지만 빨간 모자는 기죽지 않았습니다.

"애초에 피노키오를 속여서 억지로 공연을 시키는 거잖아요."

피노키오의 얼굴이 빨간 모자를 향했습니다.

"정말 말귀를 못 알아듣는 손님이네!"

엄지 공주가 소리치자 천막 전체가 덜덜 떨리기 시작합니다. 발로 차면 날아갈 것 같은 작은 몸 어디에서 이런 소리가 나오는 걸까요.

"곰! 어서 저 아이를 쫓아내!"

그러자 곰이 무대에서 내려가 대번에 빨간 모자의 몸을 번쩍 들어 올렸습니다.

"싫어! 싫어! 하지 마!"

빨간 모자는 발버둥을 치며 저항했지만 결국 곰의 힘에 밀려 천막 밖으로 튕겨 나갔습니다.

경사로세, 경사로…….

03

“경사는 무슨 경사!”

빨간 모자는 버럭 소리치며 몸을 일으켰습니다.

문이 드르륵 열리더니 문틈으로 엄마가 얼굴을 내밀었습니다.

“무슨 일이니?”

정신을 차려보니 방 침대 위였습니다. 아무래도 어제 ‘엄지 공연단’에서 겪은 일이 꿈에 나왔나 봅니다. “어휴, 열 받아” 하고 침대 옆을 보니 피노키오의 오른팔이 눈에 들어왔습니다.

“이게 다 너 때문이야.”

그렇게 말하고 팔을 툭 치자 손가락이 꿈틀거립니다.

“지금 누구 탓을 하는 거니? 아침밥 차려놨으니 얼른 먹으렴.”

“……네.”

빨간 모자는 침대에서 일어나 옷을 갈아입었습니다. 웃옷에 여우 안토니오의 묘기 때 묻은 포도주 자국이 보입니다. “정말 지긋지긋해” 하고 이번에는 주머니에 손을 집어넣습니다. 그러자 뭔가 동그란 게 있어 꾹 쥐어보니 파삭 깨지는 소리가 들립니다. 다시 주머니 밖으로 꺼낸 손에는 하얀 껍데기와 노른자가 묻어 있었습니다.

"날달걀?"

또다시 어제 '엄지 공연단'에서 본 공연이 떠올랐습니다. 가장 먼저 무대에 등장한 하얀 닭 장수가 달걀을 줬던 기억이 납니다. 그때 받은 달걀이 아마 황금 달걀이었던 것 같은데…….

"어휴, 정말!"

빨간 모자는 수건으로 손을 닦고 피노키오의 오른팔과 함께 거실로 갔습니다. 팔을 테이블에 올려놓고 의자 등받이에 걸린 빨간 망토를 두른 채 우유를 마시니 기분이 조금 나아집니다. 그렇게 빵을 한 입 베어 물었을 때.

쿵, 쿵! 쿵, 쿵!

문을 두드리는 소리가 들렸습니다.

"누, 누구세요?"

엄마가 묻자 문이 벌컥 열리더니 제복 차림에 오징어 모양 모자를 쓴 남자 네 명이 집 안에 우르르 들어왔습니다.

"앗."

네 명 중 한 명은 낯익은 처진 눈의 덩치 큰 남자입니다. 자경단원 푸난 씨입니다.

"케호홋!"

수염을 기른 아저씨가 이상한 소리로 기침했습니다. 네 사람 중 몸집은 가장 작지만 위풍당당해 보입니다.

"빨간 모자가 너냐?"

"보면 아시지 않나요?"

남자는 또다시 "케호홋!" 하고 기침하고 다가와 빵을 든 빨간 모자의 손목을 붙잡았습니다.

"여우 안토니오를 살해한 혐의로 체포한다."

처진 눈의 푸난 씨가 두 손을 뻗어 빨간 모자의 몸을 훌쩍 들어 올렸습니다. 빨간 모자는 재빨리 피노키오의 오른팔을 집었습니다.

"잠깐만요. 그게 무슨……."

"목격자가 있다. 람베르소로 데려가라!"

푸난 씨가 발걸음을 뗐습니다.

"빨간 모자!"

뒤에서 외치는 엄마를 나머지 두 사람이 제압했습니다.

04

'엄지 공연단' 공연 천막 주변은 구경꾼들로 북적거렸습니다. 푸난 씨는 천막 안에 들어가서야 빨간 모자를 내려줬습니다.

안토니오의 시체가 눈에 바로 들어왔습니다. 무대 가운데에서 두 팔과 두 다리를 늘어뜨린 채 위를 보며 쓰러져 있습니다. 그 옆에는 검은 고양이 로드리고가 쪼그려 앉아

"형님, 형님……" 하고 흐느껴 울었습니다. 삼색 털 고양이 파올로는 뒤에 멍하니 서 있었습니다.

"끔찍하게도 목이 졸려 죽다니. 네가 저지른 짓이지?"

"전 아니라니까요."

"케호홋! 목격자가 있다고 했을 텐데."

수염 아저씨, 즉 람베르소 자경단장인 조제프가 객석 맨 앞줄을 가리켰습니다. 어제 빨간 모자가 앉아 있던 바로 그 자리에 지금은 피노키오가 있었습니다.

단, 목부터 위까지만입니다. '있었다'보다는 '놓여 있다'라는 표현이 정확할지도 모릅니다.

"케호홋! 목각 인형 피노키오, 네가 본 범인이 이 빨간 모자가 확실하나?"

피노키오는 검은 콩알 같은 눈으로 빨간 모자를 잠시 쳐다보다가 면목 없다는 듯이 "……응" 하고 대답했습니다.

"그게 무슨 바보 같은 소리니?"

"조용히 해라, 빨간 모자. 자, 피노키오, 어제 네가 본 장면을 조금 더 자세히 설명해봐라."

"난 어제 공연을 마치고 단장님한테 '조각조각 벌칙'을 받았어. 전에 의욕이 없어서 공연 때 춤을 엉망으로 추다가 오른팔이 객석에 날아가 손님 대머리를 쳤을 때도 같은 벌을 받았지."

"예전 일은 됐다!" 조제프 자경단장이 화를 버럭 냈습니다. "어제부터 오늘까지 일만 설명해!"

"응, 난 머리가 분리된 채 창고 천막에 남겨졌어. 목부터 아래까지는 밧줄에 감겨 단원 천막에 있고. 지금도 여전히 묶여 있는 느낌이야."

단원 천막이란 단원들이 잠을 자는 숙소용 천막이라 합니다.

창고 천막 테이블에 방치돼 있던 피노키오의 머리는 꼼짝없이 자기 신세를 한탄하다가 새벽녘에 갑자기 풀쩍 튀어 올라 창고 천막을 나가서 공연 천막 지붕에 떨어졌다고 합니다. 데굴데굴 굴러간 곳에는 공연 때 제비가 드나든 구멍이 있었습니다. 그리고 구멍을 지나 어제 빨간 모자가 앉았던 자리에 떨어졌다고 합니다.

"잠깐만."

빨간 모자는 저도 모르게 소리쳤습니다.

"'갑자기 풀쩍 튀어 올라'라니. 그게 무슨 뜻이야?"

조제프 자경단장은 짜증 섞인 얼굴로 "어이" 하고 신호를 보냈습니다. 그러자 자경단원 중 한 명이 어디선가 칠판을 가져옵니다. 거기에는 기이한 그림이 그려져 있었습니다(그림 1).

그림 1

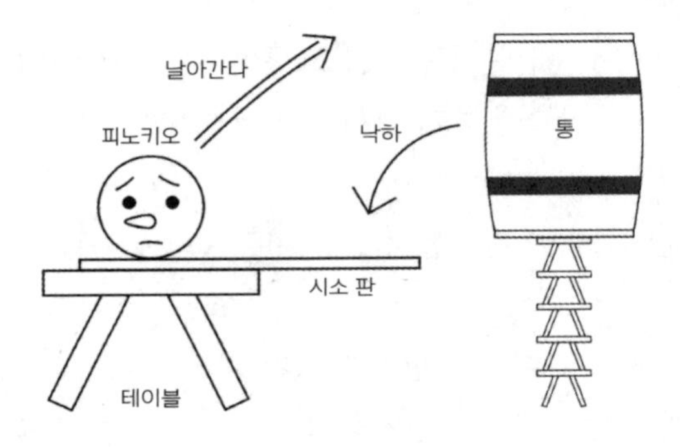

“창고 천막을 샅샅이 뒤진 결과, 어제 공연에 쓰인 소품들이 이렇게 놓여 있었다는 게 밝혀졌지.”

닭 묘기 때 쓴 작은 받침대가 다섯 겹으로 쌓여 있고 그 위에는 족제비가 탔던 통, 그리고 통 안에는 곰이 묘기에 쓴 바벨이 분해된 채로 들어 있었습니다. 그 불안정한 통 바로 옆에 테이블이 있었는데, 거위의 시소 놀이 묘기에 쓰인 납작한 판이 테이블 상판 옆으로 튀어나온 형태로 있습니다. 피노키오의 머리는 바로 그 테이블 위의 납작한 시소 판에 올려져 있었던 것입니다.

“어떤 계기로 이 불안정한 통이 테이블에서 튀어나온 납작한 시소 판에 떨어졌고, 그때 판이 위로 들려 올라가면서 이 인형의 머리가 날아가버린 거야."

"'어떤 계기'라니, 그건 또 뭐예요?"

"이 정도로 불안정한 상태였다면 마땅히 생기지 않았을까? 어떤 계기가."

"그건 그렇고, 누가 이렇게 짐을 어설프게 정리한 거죠?"

"정리 같은 건 누가 했든 상관없잖나. 어쨌든 피노키오는 '우연한 목격자'가 된 거다."

빨간 모자는 묻고 싶은 게 많았지만 조제프 자경단장이 "케호홋! 피노키오. 뒷얘기를 조금 더 해봐라"라고 재촉하는 바람에 입을 다물어야 했습니다.

"내가 이곳에 떨어졌을 때 무대에서 싸우는 소리가 들렸어. 그쪽을 보니 천장을 향한 채 누운 안토니오 위에서 빨간 모자를 쓴 아이가 무릎을 꿇은 채로 안토니오의 목을 끈으로 조르고 있었어."

피노키오의 목소리가 떨렸습니다.

"난 '그만해!' 하고 소리쳤어. 그러자 빨간 모자를 쓴 범인은 안토니오의 목을 꽉 조르며 내 쪽을 봤어. 그게 바로…… 지금 저기 있는 여자아이야."

"그러니까 왜 그런 거짓말을 하는 거야!"

"거짓말이 아닙니다."

빨간 모자의 반론을 곧장 반박하는 목소리도 들렸습니

다. 무대 가장자리에 있는 튤립 화분 쪽입니다. 공연 단장인 엄지 공주가 튤립 꽃잎을 소파처럼 써서 몸을 편안히 기대앉아 쉬고 있었습니다.

"빨간 모자, 당신도 저 자리에 관객으로 앉아서 봤잖아요? 피노키오는 거짓말을 하면 코가 길어지는 것을."

그렇습니다. 어제 피노키오는 변명을 하다가 코가 쭈욱 길어진 바 있습니다. 하지만 조금 전 '안토니오를 죽인 사람은 빨간 모자'라고 증언했을 때 피노키오의 코는 전혀 늘어나지 않았습니다. 즉, 사실이라는 뜻입니다!

"아니야, 아니야, 아니야!"

빨간 모자는 손사래를 쳤습니다.

"이상해요. 전 어제 이 천막에서 쫓겨나 집에 돌아가고 나서 오늘 아침까지 푹 잠들어 있었다고요. 엄마가 증인이에요."

"케호홋! 가족은 증인이 될 수 없다!"

"아, 다른 증인도 있어요. 여기!"

빨간 모자는 바구니에서 나무로 만들어진 오른팔을 꺼내 들었습니다. 그 모습을 보며 엄지 공연단 단원들이 일제히 "앗!" 하고 소리쳤습니다.

"그게 뭐지?"

조제프 자경단장이 눈을 가늘게 뜨며 물었습니다.

"피노키오의 오른팔이에요."

빨간 모자는 어제 숲에서 겪은 일을 설명했습니다. 이후 피노키오의 오른팔이 펜을 들고 자신이 처한 상황을 알렸다는 것. 그래서 피노키오를 구하려고 람베르소 마을까지 찾아왔다는 이야기까지.

"그때 거기 있었나……."

울어서 눈이 퉁퉁 부은 검은 고양이 로드리고가 빨간 모자를 보며 중얼거렸습니다.

"네가 주워줬구나!"

피노키오가 외쳤습니다.

"펜을 준 것도 너였구나. 그때 난 정말 필사적으로 글을 썼어."

팔다리가 몸에서 분리돼도 감각이 있는 데다가 심지어 자기 의지로 움직일 수 있다니, 이 얼마나 신비한 인형인가요.

"내 오른팔을 주워줘서 고마워. 그리고 람베르소까지 와줘서 고마워."

"천만에. 자경단장님, 아무튼 전 피노키오의 오른팔과 밤새 같은 침대에 있었어요. 제가 범인이 아니라는 증거가 되겠죠?"

"이런 일은 처음이군!"

조제프 자경단장은 오징어 모자 밑의 머리를 쥐어뜯었습니다.

"머리는 빨간 모자의 범행을 증언하지만 오른팔은 무죄를 증명한다? *범행 목격자와 부재 증명의 증언자가 동일*하다니, 이런 건 듣도 보도 못했다고!"

"이봐요."

엄지 공주가 튤립에서 내려와 무대 가장자리에 가서 조제프 자경단장에게 손을 흔들었습니다.

"자경단장님, 뭔가 크게 착각하시는 거 아닌가요? 피노키오의 오른팔은 빨간 모자의 알리바이를 증명할 수 없어요. 눈이 없으니까요."

"눈이, 없다고?"

"아니면 피노키오, 침대에서 빨간 모자가 잠든 모습을 네 오른팔이 '보고 있었다'라는 거니?"

"아니……."

피노키오는 안타까워하는 얼굴로 대답했습니다.

"단장님 말씀이 맞아. 오른팔이 푹신푹신한 쿠션 위에 있는 것 같기는 했어. 하지만 그 옆에서 재가 자고 있었는지는 몰라. 오른팔은 아무것도 보지 못하고 들을 수도 없으니까. 믿을 수 있는 건 오직 이 눈뿐. 난 분명 새벽에 무대에서 저 아이가 안토니오를 죽이고 객석 뒤로 도망치는 걸 봤어."

"뭐야, 너!"

빨간 모자는 발을 동동 굴렀습니다.

"방금은 나한테 고맙다며."

"고마운 건 사실이야. 하지만 네가 안토니오를 죽이는 모습을 본 것도 사실이야."

얄밉게도 피노키오의 코는 꿈쩍도 하지 않았습니다. 정말 터무니없는 목각 인형입니다!

자경단원들이 어느새 빨간 모자의 양옆에 서 있었습니다. 조제프 자경단장이 빨간 모자를 노려봅니다.

"빨간 모자, 어제 공연 관람을 하다가 안토니오 때문에 옷에 포도주가 튀었다더군. 그 복수를 하려고 저지른 짓이겠지?"

"그런 이유로 죽일 리가 없잖아요!"

"조용히 해라! 람베르소 자치법에는 살인을 저지른 자는 그 즉시 단두대에서 목이 잘리게 돼 있다. ……물론 안토니오는 '사람'이 아니지만 주민 등록이 돼 있었으니 사람과 같은 권리를 가졌다고 판단할 수 있겠지. 여봐라, 지금 당장 빨간 모자를 형장으로 끌고 가라!"

"잠깐! 잠깐만요!"

"볼썽사납네요. 지금 피노키오가 거짓말을 하지 않는다는 건 확실해요."

엄지 공주가 심술궂게 말하던 바로 그때였습니다.

"글쎄, 과연 그럴까요?"

객석 뒤에서 젊은 남자의 목소리가 들렸습니다. 모두 동시에 고개를 돌립니다. 맨 뒷줄 구석 자리에서 팔짱을 끼고 앉아 있는 사람은 보라색 옷을 입은 곱슬머리 청년이었습니다.

"넌 누구냐?"

조제프 자경단장이 험상궂은 얼굴로 다가갔습니다.

"자경단장님, 소개가 늦었습니다. 전 유서 깊은 허풍선이 일족, 뮌하우젠 남작 집안의 둘째 아들인 질베르토 폰 뮌하우젠이라고 합니다. 질이라고 불러주십시오."

공손하게 고개를 숙인 모습이 장난스러워 보입니다.

"허풍선이 남작의 둘째 아들이라고?"

"네, 가업은 저희 형님께서 물려받기로 해서 마음이 편하죠. 지금은 허니퍼 대학에서 '거짓말쟁이학'을 전공하고 있습니다. 학자 지망생이라 할 수 있겠습니다."

꼬불꼬불한 검은 앞머리를 오른손 검지로 톡톡 치는 모습이 정말이지 눈에 거슬립니다. 질은 아연실색하고 있는 자경단장 앞을 지나 피노키오의 머리로 다가갔습니다. 그러고는 주머니에서 빨간 손수건을 꺼내 피노키오의 눈앞에 펼쳐 보였습니다.

"안녕, 피노키오. 내 질문에 답해줄래?"

"응, 그럴게."

"이 손수건은 무슨 색이니?"

"빨간색."

피노키오의 코는 당연히 길어지지 않았습니다.

"자, 그럼 귀찮겠지만 '이 손수건의 색은 초록색이다'라고 해줄래?"

"응, 이 손수건의 색은 초록색이야."

쭈욱. 대번에 피노키오의 코가 길어졌습니다. 그 모습을 보며 질은 "멋져" 하고 황홀해했습니다.

"거짓말을 하면 코가 길어진다. 이토록 희귀하고 사랑스러운 인형이 세상에 존재하다니, 이건 거짓말쟁이학 역사에 남을 대발견이야."

"도대체 무슨 말씀을 하시는 걸까요, 이 귀족 도련님은."

어이없어하는 엄지 공주를 무시하며 질은 "그럼 다음 실험으로 넘어가겠습니다"라고 선언했습니다.

"피노키오, 네 코는 어떡해야 다시 원래대로 돌아갈 수 있을까?"

"거짓말을 했어요. 반성 중이에요. 거짓말을 했어요. 반성 중이에요."

그렇게 두 번을 반복하자 코가 다시 쏘옥 짧아집니다. 질은 가볍게 왼손을 쥐더니 오른손으로 조금 전 빨간 손수건을 왼손에 집어넣습니다. 잠시 후 손수건이 왼손 주먹 속으로 완전히 사라졌습니다.

"자, 피노키오, 지금 내 왼손에 있는 손수건은 무슨 색이야?"

"빨간색."

질은 빙긋 웃으며 왼손을 펼쳤습니다. 그러나 그 안에서 나온 것은, 새하얀 손수건이었습니다.

"와! 빨강이 아니었다니!"

놀라는 피노키오는 코가 *길어지지 않았습니다*.

"그냥 마술 아닌가요? 우리 단원들이 더 잘할 것 같은데."

엄지 공주가 폴짝 뛰며 의심했지만 질은 흔들리지 않았습니다.

"제가 증명하고자 하는 건 현상을 만드는 요건입니다. 피노키오의 머릿속에 있는 '거짓말의 정의'라고 바꿔 말해도 되겠군요."

"네?"

"마담 엄지 공주. 당신은 생각해본 적이 없을지 모르지만, 사실 거짓말에는 여러 종류가 있습니다. 여기서 세세한 분류를 강의할 생각은 없지만, 적어도 '허위'와 '오인'의 차이는 이해하시겠죠? 조금 더 쉽게 설명하자면 '거짓말'과 '착각'의 차이라 해도 되겠네요. 둘 다 사실과 다른 말을 한다는 점에서는 공통됩니다. 다만 '거짓말'은 본인이 사실과 다른 것을 알면서 하는 말이고, '착각'은 본인이 사실인 줄 알고 하는 말입니다."

엄지 공주는 눈살을 찌푸리고 잠자코 앉아 있습니다.

공연 천막이 꼭 대학 강의실처럼 돼버렸습니다.

"케호홋!"

그런 분위기를 조제프 자경단장의 기침 소리가 끊어놨습니다.

"그러니까 지금 당신은 피노키오의 증언이 착각, 즉 잘못된 믿음에 따른 것이라는 건가? 안토니오를 죽인 건 다른 자인데 그걸 빨간 모자로 착각했다?"

"그 가능성을 현재로서는 부정할 수 없다는 뜻입니다."

남자는 다소 어렵게 돌려 말했습니다. 그러나 빨간 망토는 이 거슬리는 귀족 아들이 자신의 억울한 누명을 벗겨 줄 실마리를 제공했다고 느꼈습니다. 질은 피노키오에게 다시 물었습니다.

"피노키오, 빨간 모자가 안토니오를 죽이고 천막을 나가기 전까지 빨간 모자와 대화를 나눴니?"

"아니, 안 나눴어……."

"천막 안 밝기는 어땠지?"

"무대 위 등불이 하나만 켜져 있었어. 조금 어두웠어."

"그걸 바탕으로 한 번 더 묻지. 네가 봤다는 그 안토니오를 죽인 자가 빨간 모자가 확실하다고 단언할 수 있니?"

"으…… 응."

쭈우욱. 피노키오의 코가 길어집니다. 빨간 모자는 속으로 쾌재를 불렀습니다.

"이것 봐요! 제가 확실하다고 단언하지는 못하잖아요."

"세상에나!"

엄지 공주는 두 손을 뺨에 갖다 댔습니다. 하지만 몇 초 후 호호호 하고 웃음을 터뜨렸습니다.

"좋아. 그렇게까지 말한다면 빨간 모자, 네가 직접 안토니오를 죽인 진짜 범인을 데려와줄래?"

"제가 왜요?"

"아직 네 의혹이 풀리지 않았다는 걸 잊지 마. 진짜 범인을 못 찾으면 네가 범인이야. 그렇죠? 자경단장님."

"케호훗! 그렇다."

"좋아요. 그럼 단두대를 이곳에 가져다주실래요? 목을 자를 관리관님도."

"엄지 공주 단장, 자네는 지금 뭘 하려는 거지?"

조제프 자경단장이 물었습니다.

"뭐긴요. 공연을 보여줘야죠. 소중한 우리 단원이 죽었는데 그냥 넘길 수는 없으니까요. 빨간 모자, 네가 오늘 공연에서 진범을 밝혀내. 그러지 못하면 넌 공개 처형이야."

"뭐, 뭐라고요?"

"공연 시작 시각은 오후 3시. 호호호, 엄지 공연단 창설 이래 가장 흥미진진한 공연이 될 것 같네."

짙게 화장한 작은 얼굴에 떠오른 잔인한 미소. 빨간 모자는 진정 오싹해졌습니다.

05

엄지 공주는 "아무튼 그렇게 정해졌으니 얼른 관객들을 모아야겠어" 하더니 단원 몇 명과 신이 나서 천막을 나갔습니다.

자경단장 조제프도 빨간 모자가 도망치지 못하게 푸난 씨에게 감시를 지시하고 단두대와 목을 베는 관리관을 불러오겠다며 다른 자경단원들과 떠났습니다.

결국 공연 천막 안에는 빨간 모자와 피노키오의 머리, 푸난 씨와 귀족 청년 질만 남았습니다.

"감사해요."

빨간 모자는 질에게 일단 감사를 전했습니다.

"감사까지야."

질은 아무렇지 않은 듯 말했습니다.

"마담 엄지 공주는 '거짓말'이라는 단어를 남발하는 경향이 있어. 거짓말쟁이학을 연구하는 학자이자 명문인 허풍선이 가문의 후예로서 그걸 용서할 수 없었을 뿐."

역시나 말투가 왠지 거슬립니다.

"난 네 결백 증명을 도울 생각도 없어. 다만 네 말대로 범인이 따로 있다고 가정했을 때 그가 대체 어떻게 피노키오를 속였는지 궁금해. 어떤 의미에서 엄지 공주 단장보다 더 오후 3시 공연을 기대하고 있다고 해도 과언이 아니야."

빨간 모자는 화가 치밀었습니다. 감사 인사를 취소해버릴까 하는 생각마저 들었습니다.

질은 신경 쓰는 기색 없이 말을 이어갔습니다.

"그나저나 어떡할 생각이지? 솔직히 말해 상황을 뒤집는 건 쉽지 않아 보이는데. 널 꼭 빼닮은 사람이 안토니오를 죽이는 걸 피노키오가 목격한 건 사실이니까. 혹시 그럴 수 있는 자로 짚이는 자라도 있나?"

"아니요"라고 솔직히 대답해야 하는 게 억울했습니다. 날 꼭 빼닮은 사람이라니……. 그렇게 생각하다가 순간 속으로 '어라?' 했습니다. 바로 얼마 전 자신과 꼭 빼닮은 얼굴을 어디선가 본 것도 같습니다.

"그건 그렇고, 넌 정말 운이 없네."

질은 더 기세가 붙어 말을 이었습니다.

"이렇게나 거짓말에 서툰 '우연한 목격자'가 범행을 증언하다니."

우연한 목격자……. 조제프 자경단장도 그런 말을 했습니다. 우연일까요. 이게 정말 우연일까요……. 빨간 모자는 곰곰이 생각했습니다.

"이상해요."

"뭐가?"

질이 물었습니다.

"만약 제가 범인이면 목격자인 피노키오를 데려갔을 거

예요. 만약 상대가 사람이라면 설득하거나 설득이 안 통하면 죽여야 할 수도 있겠죠. 하지만 인형 머리라면 들고 가서 강물에 던져버리거나 도끼로 쪼개 벽난로에 넣으면 그만이잖아요."

"무서운 말 하지 마……."

피노키오가 애처롭게 말했습니다.

"미안. 내가 말하고 싶은 건, 범인이 그때 왜 널 그대로 내버려뒀냐는 거야. 사실 그는 목격자를 원했을지도 몰라."

"하지만 그 목격자는 우연히 이곳에 날아왔다지."

"그것 역시 만들어진 우연이라면 어떨까요? 야, 피노키오. 너 혹시 튀어 오르기 전에 뭐 본 거라도 없니?"

"조제프 자경단장 말대로 통이 떨어져 판자가 튀어 오른 것 같아."

"누군가가 그 통을 떨어뜨린 건 아니고?"

"그건 아니야. 해가 진 뒤로 창고 천막에는 아무도 들어오지 않았어."

코는 길어지지 않았습니다.

"아무래도 창고 천막을 조사해야 할 것 같아요. 그런데 피노키오, 그전에 네 몸을 찾으러 공연 천막부터 가자."

"응?"

"그러고 나서 나와 같이 수사하는 거야."

"내가 왜?"

"수사에는 조수가 필요해. 목격자가 조수라니, 이보다 더 든든한 조수도 없을걸."

범인 찾기에 실패하면 목숨이 위태로워진다는 것도 잊고 빨간 모자는 기분이 조금 나아졌습니다.

빨간 모자는 피노키오의 머리를 들어 바구니에 넣었습니다. 푸난 씨는 힐끗 쳐다보기만 할 뿐 별말은 하지 않았습니다.

공연 천막을 나가 피노키오의 안내를 받아 단원 천막으로 향했습니다. 감시 역할을 맡은 푸난 씨가 조용히 뒤따라왔고, 그 뒤로는 질의 모습도 보였습니다.

"왜 따라와요?"

"재미있을 것 같아서. 민폐인가?"

"마음대로 하세요."

천막은 총 세 개일 줄 알았는데 사실 네 개라고 했습니다. 공연 천막에서 봤을 때 오른쪽이 단원 천막, 왼쪽이 창고 천막, 그 사이에 있는 꽃무늬의 작은 천막이 단장 엄지공주 전용 천막이라고 합니다.

단원 천막 앞에는 바위처럼 몸집이 거대한 자경단원 한 명이 서서 출입구를 막고 있었습니다.

"안에 들여보내주실래요?"

"용의자가 뭘 이리 거들먹거리나!"

바위남이 빨간 모자의 얼굴을 노려봤습니다.

"피노키오의 몸을 찾으러 왔어요. 머리만 있으면 불쌍하잖아요."

"마담 엄지 공주가 지금 피노키오는 '조각조각 벌칙'을 받는 중이라고 했어! 그걸 떠나 용의자가 현장에서 증거물을 함부로 반출하다니!"

바위남은 발소리를 쿵 울렸습니다.

"증거물?"

"그 인형의 머리 말이다."

"이건 증거물이 아닌 목격자예요."

"사건 현장에 있던 물건을 '증거물'이라고 해. 그것도 모르나!"

그렇습니다. 피노키오는 목격자인 동시에 증거물이고 거기에 알리바이 증인이기도 합니다. 그리고 지금 이 순간에는 수사의 조수 역할도 맡고 있습니다.

"똑바로 해, 푸난. 네가 감시해야 하잖아."

"아, 아니, 빨간 모자가 너무 자연스럽게 가져가서 괜찮을 줄 알고."

"내가 다시 돌려놔야겠군!"

바위남은 빨간 모자의 바구니에서 피노키오의 머리를 앗아 들고 공연 천막으로 향했습니다.

"아, 빼앗겼다……."

"여기서 꾸물거려봐야 소용없지. 어서 창고 천막을 조사해보자."

질이 어깨를 으쓱했습니다. 여유 있는 모습이 괜스레 거슬립니다.

"저도 알아요!"

빨간 모자는 창고 천막으로 향했습니다. 질과 푸난 씨도 뒤따라왔습니다.

그곳에는 경비원이 없어서 쉽게 들어갈 수 있었습니다. 넓이가 공연 천막의 4분의 1 정도 될까요. 가운데에 큰 기둥이 있고 천장과 이어진 곳에 등불이 하나 있지만 불이 꺼져 있습니다. 그래도 어둡지 않은 건 출입구에서 올려다보면 좌우 천장에 한 군데씩 천을 잘라낸 듯한 구멍이 뚫려 있기 때문입니다.

"피노키오가 저기로 튀어 나갔겠군."

질은 오른쪽 구멍을 올려다보고 있었습니다. 그쪽이 공연 천막에 더 가깝습니다.

"역시 제비가 드나드는 출입구인가?"

"환기용일지도 몰라요."

"비가 오면 어떡하지?"

"개폐용으로 다른 천이 밖에 붙어 있지 않을까요?"

"가서 확인해볼까?"

질은 옆에 있는 평균대를 구멍 아래로 가져가 발을 올

려놨습니다. 그리고 그 위에 올라탄 순간.

"어이쿠!"

평균대 위에서 미끄러져 다시 땅에 곤두박질치고 맙니다.

"아야야야."

"괜찮아요?"

"괜찮기는 한데 많이 미끄럽네. 이게 뭐지?"

평균대에는 끈적끈적한 뭔가가 발려 있었습니다. 질이 킁킁대며 냄새를 맡습니다.

"기름 같은데."

"기름?"

"머리에 바르는 기름 같아. 그러고 보니 이 공연단에 머리털을 탑처럼 세운 광대가 있지 않았나?"

그런 기름을 왜 이런 곳에……. 빨간 모자는 찬찬히 평균대를 관찰하다가 퍼뜩 깨달았습니다. 이건 어제 피노키오가 올라가 춤을 췄던 평균대입니다. 그때 만약 피노키오가 의욕이 없어서가 아닌, 다른 누군가의 소행 때문에 발이 미끄러졌다면…….

"저기요" 하고 빨간 모자가 질을 봤습니다. "피노키오의 머리가 저 구멍으로 나가기 직전 상황을 재현해보고 싶어요. 도와주세요."

주변에 닭 묘기에 쓰인 몇 개의 작은 받침대, 시소 판자, 벽돌 등이 흩어져 있고 그 옆에는 족제비가 올라탄 통이 떨어져 있습니다. 통 안에는 곰이 들었던 바벨이 분해돼 있었습니다.

빨간 모자와 질은 자경단원이 그린 그림을 떠올리며 현장을 재현했습니다. 닭이 사용한 작은 받침대를 쌓고 그 위에 통을 올린 후, 통 안에 바벨 부품을 넣습니다. 테이블에는 끝이 튀어나오게 평평한 시소 판을 올려놓고 피노키오의 머리 대신 공을 올려놨습니다.

"이제 통이 떨어지면 공이 튀어 오르겠죠?"

"해보지."

질이 통을 밀었습니다. 통이 판자에 떨어지자 공이 퍽 튀어 올랐지만 공은 구멍보다 높은 곳까지 올라가더니 천장에 부딪쳐 다시 푸난 씨 앞에 떨어졌습니다.

"잘 안 되네."

"피노키오의 머리와는 무게가 다르니까요."

"아니, 꼭 그것 때문은 아니야. 판자가 튀어나온 정도나 통의 무게, 떨어뜨리기 전 높이 등등……. 의도적으로 그때 상황을 재현하려면 모든 걸 다 계산해서 여러 번 시행착오를 거쳐야 할 텐데……. 응?"

질이 갑자기 테이블 상판을 가리켰습니다.

"여기 숯 같은 걸로 뭔가를 표시한 흔적이 있네."

"정말이네요! 혹시 시소 판을 둘 곳을 표시한 것 아닐까요?"

혹시나 해서 바닥을 둘러보니 받침대가 떨어진 곳 주변으로 네 개의 하얀 나무못이 박혀 있는 것도 보였습니다.

"이건 받침대를 둘 곳을 표시한 거예요! 역시 진범은 피노키오의 머리를 정확히 공연 천막으로 날리는 장치를 제작해 '우연한 목격자'를 만들어낸 거라고요!"

"흐음, 하지만 그런 장치를 만들려면 역시 실험을 여러 번 반복해야 할 텐데. 그때마다 피노키오의 머리를 쓸 수는 없을 테고, 실험하는 모습을 다른 누군가에게 들켜도 안 되잖아. 그리고 설령 그런 장치를 무사히 만들었다고 해도 살해가 일어나는 타이밍에 정확히 맞춰서 통을 떨어뜨릴 수 있었을까?"

그렇습니다. 피노키오가 자기 입으로 '옆에는 아무도 없었다'라고 했으니 설령 공범이 있다고 해도 살해 순간에 맞춰 피노키오의 머리를 날리는 건 어려워 보입니다.

그때 갑자기 천막 출입구에 달린 천이 쓱 걷혔습니다.

"오? 이게 누구야. 용의자인 빨간 모자 아닌가?"

눈 주위를 노랗게 칠한 얼굴. 닭 장수입니다.

"그리고 넌 그때 옆에 있었던 관객이잖아?"

공연 때와는 달리 말투가 거칩니다.

"질이라 불러주십시오. 그나저나 정말 기괴한 분장이군요."

질은 질대로 무례한 말을 꺼냈습니다. 그러나 닭 장수

는 기분 나빠하는 기색 없이 웃음을 터뜨렸습니다.

"유니크하다고 해줘. 그래도 우리 공연단에서는 내가 제일 분장을 잘해."

"오오."

"못 믿겠나? 우리 공연단 녀석들은 다 나한테 분장을 배우러 온다고. 얼마 전에는 로드리고도 왔어."

"그 검은 털 고양이가?"

"검은 털 때문에 분장이 잘 안 먹힌다고 한탄하더군."

그는 꼭, 꼭꼭 하고 닭처럼 웃었습니다.

"이런, 쓸데없이 잡담할 시간은 없지. 닭 모이를 가지러 왔거든. 미안하네, 자경단 양반."

그는 푸난 씨 발밑에 있는 삼베 주머니를 한 손으로 들어 어깨에 짊어졌습니다. 그런 닭 장수의 모습을 보며 빨간 모자는 질문이 하나 떠올랐습니다.

"저, 어제 공연 중에 아저씨가 주신 황금 달걀이 오늘 아침 옷 주머니 안에서 평범한 달걀로 돌아가 있었어요. 그것도 모자라 실수로 깨뜨리는 바람에 손이 달걀 범벅이 됐고요. 대체 어떻게 된 일이에요?"

그러자 닭 장수는 또다시 꼭, 꼬꼭 하고 웃음을 터뜨렸습니다.

"아아, 그거 미안하군. 사실 그 닭의 황금 달걀은 낳은 지 열두 시간이 지나면 평범한 달걀로 변해버리거든, 꼬

꼭. 혹시 팔아서 돈을 벌 생각이었나? 세상에 그렇게 손쉽게 돈 벌 방법 따위 없단다, 꼭."

그래서 그렇게 관객에게 덥석 준 거구나. 빨간 모자는 그제야 이해했습니다. 그나저나 낳을 때는 황금인데 열두 시간이 지나면 평범한 달걀로 변한다니. 참 신기한 일도 다 있습니다. ……응? 어라.

"뭐, 어쨌든 공짜로 준 거니 불평하기 없기야."

"이제 불평 안 해요. 근데 아저씨, 그 닭은 하루에 몇 번 알을 낳아요?"

"세 번. 오전과 오후 3시, 그리고 오후 5시가 지나 꼭 두 개씩 낳지. 거기에 맞춰 공연 시간도 정했어. 그러니 우리가 항상 첫 번째 순서고."

"그런 거였군요."

"혹시 또 황금 달걀을 원하나? 새벽 3시 지나 낳은 달걀이 여기 두 개 있다. 자."

빨간 모자는 닭 장수가 던진 황금 달걀을 받아 들었습니다.

"고마워요. 그런데 닭 장수 아저씨, 어제 오후 5시에도 공연이 있었죠?"

"그래, 있었지."

"그때 낳은 황금 달걀은 어떻게 됐어요?"

"똑같이 관객에게 나눠주려고 했는데 5시 관객에는 부

자가 많아서 말이야. 닭이 낳은 황금 달걀 같은 건 수상하니 안 받겠다더군, 꼬꺽."

순순히 받아 간 사람을 바보 취급하는 느낌도 들지만 빨간 모자는 입을 다물었습니다.

"그래서 무대 옆에 뒀는데 어느새 사라지고 없었어. 5시 공연은 항상 그래. 누가 가져가 다음 날 아침으로 먹었겠지, 꼬꼬."

"그렇구나. 고마워요."

"그럼 이만. 최소한 목이 달아나지는 않게 힘내."

꼬꼬꺽 웃으며 닭 장수는 천막을 나갔습니다. 빨간 모자는 금빛 달걀을 보며 가만히 생각에 잠겼습니다.

"뭐 해? 시간이 없어. 실험을 한 번 더 해볼까?"

질이 그렇게 말하며 닭이 쓰던 받침대를 들어 올렸습니다.

"끈적끈적하군. 여기서 달걀이 깨지기라도 한 건가."

그런 말을 하는 질을 보며 빨간 모자는 퍼뜩 깨달았습니다. 바닥에 있는 통 옆에 초록색 잎사귀가 한 장 떨어져 있습니다. 주워보니 그것은 나뭇잎이 아니었습니다.

"이것 봐요, 질. 이게 무슨 잎인지 아세요?"

"글쎄. 난 식물학은 잘 몰라서."

"어디선가 본 적이 있는 것 같은데……."

"수박이다."

그동안 침묵을 지키고 있던 푸난 씨가 옆에서 입을 열었습니다.

"수박?"

"그래, 일주일 전에 샀으니 잘 알아."

가면 장수 할머니와 싸우던 수박 장수 할아버지의 얼굴이 떠올랐습니다. 그 순간…….

"어?"

빨간 모자는 하마터면 놀라서 펄쩍 뛸 뻔했습니다. 범인이 세운 계획이 머릿속에서 전부 연결됐기 때문입니다!

"왜 그래?"

"질, 푸난 씨, 가요!"

빨간 모자는 어느새 두 사람을 조수처럼 대하고 있었습니다.

06

"복면 신사에 대해 알려달라고?"

수박 장수 할아버지는 이마에 밭이랑 같은 주름을 세 개나 잡으며 빨간 모자를 내려다봤습니다.

"두건 같은 걸 쓰고 있어서 얼굴은 못 봤지. 키는 너랑 비슷했던 것 같구나. 난 매일 오후 7시 정각에 가게 문을 닫는데, 항상 그 직전 인적이 뜸할 무렵에 찾아왔어."

"얼굴을 본 적은 없는 거죠? 혹시 다른 이상한 점은 없었나요?"

"글쎄……."

"역시 멍청하다니까, 저 영감." 옆에서 가면 파는 할머니가 끼어들었습니다. "아주 중요한 특징이 있는데 그걸 잊어버렸다고?"

"멍청한 건 할망구지! 포장마차 장식용 천을 도둑맞은 주제에!"

그러고 보니 어제 본 포장마차를 덮고 있던 빨간 천이 보이지 않았습니다.

"천을 도둑맞았다고요?"

"그래……. 하필 그런 걸 누가 훔쳐 갔을까."

풀 죽은 할머니의 모습을 보며 빨간 모자는 순간 머릿속이 번뜩였습니다.

"할머니, 절 도와주시면 그 빨간 천을 찾을 수 있을지 몰라요."

"뭐?"

"알려주세요. 그 복면 신사의 중요한 특징이라는 게 뭔가요?"

"아아……, 실은 이 영감네 수박을 사러 오는 그 이상한 손님은 항상 같은 무게의 수박을 사 갔단다."

"오! 그래, 그래!" 보기 드물게 수박 장수 할아버지가 가면 장수 할머니 말에 동의했습니다. "그래, 할멈 말대로 그 복면 신사는 꼭 783그램짜리 수박을 달라고 했지."

"매번 그렇게 무게가 딱 맞는 수박이 있었나요?"

"이 정도 양이면 꼭 있지."

수박 장수 할아버지는 천칭 저울 오른쪽 접시에 783그램짜리 추를 올리더니 파는 수박들을 하나씩 들어 왼쪽 접시에 올려놨습니다. 그러자 금세 균형이 맞는 수박을 찾았습니다.

"자, 이 녀석이 783그램이다."

"감사해요. 제가 이 수박을 살게요."

"그래, 고맙구나."

"그런데 할아버지, 그 복면 신사가 어제도 왔나요?"

"아, 오기는 왔는데…… 이상하게도 어제는 수박을 안 사 가더구나."

"내 건 사 갔어!"

기다렸다는 듯이 가면 장수 할머니가 끼어들었습니다.

"어떤 가면을 사 갔죠?"

"마침 어제 푸난 씨가 너랑 닮았다고 한 그 가면."

빨간 모자는 무심코 질과 푸난 씨를 돌아봤습니다. 두 사람은 우스꽝스러울 정도로 놀란 표정이었습니다.

"넌 대단하구나." "정말이야. 대단해."

사실 여기까지 오는 내내 빨간 모자는 두 사람에게 창고 천막에서 떠올린 가설을 들려줬습니다. 그것이 바로 지금 가면 장수 할머니의 한마디로 모두 입증된 것입니다.

"수박 할아버지, 가면 할머니, 두 분 다 고마워요. 모쪼록 사이좋게 지내세요."

빨간 모자는 두 사람에게 손을 흔들고 결전의 무대인 '엄지 공연단' 공연 천막을 향해 힘차게 발걸음을 뗐습니다.

"어이, 빨간 모자."

그때 골목길 뒤편에서 누군가 나타나 말을 걸었습니다. 돌아보니 검은 고양이 로드리고가 손짓하고 있었습니다.

"너한테 할 말이 있어. 단원들한테 들키면 안 되니 잠깐 이쪽으로 와봐."

"이 두 사람도 들으면 안 되나요?"

"그건…… 괜찮아. 같이 가지."

그러나 몸집이 큰 푸난 씨는 좁은 골목에 들어가지 못하고 결국 입구에 서서 두 사람과 한 마리를 지켜보는 상황이 됐습니다.

"하고 싶은 얘기가 뭐예요?"

"파올로 알지?"

"로드리고 씨와 콤비인 그 삼색 털 고양이요?"

"그래. 그 녀석, 사실 안토니오 형님과 갈등이 있었어."

"네?"

"주사위 사기. 형님에게 실컷 뜯기고 나서야 속은 걸 깨달았다더군. 파올로가 돈을 다시 돌려달라고 했지만 비겁한 형님은 대충 얼버무렸다고 해. ……그러다가 어제 내 옆에서 자고 있던 그 녀석이 새벽에 몰래 일어나 천막을 나가는 모습을 본 것 같아."

즉, 로드리고는 지금 파올로가 안토니오를 죽였다고 말하려는 것 같습니다.

"그런 얘기를 왜 저한테?"

그러자 로드리고는 겸연쩍은 듯이 머리를 긁적였습니다.

"동료를 팔아먹는 것 같아 영 찜찜하지만, 그래도 그 일 때문에 무고한 사람의 목이 달아나면 앞으로 평생 꿈자리가 사나울 것 같아서."

"고마워요." 빨간 모자는 빙그레 웃었습니다. "로드리고 씨 덕분에 그 무고한 사람이 목을 지킬 수 있을 것 같네요. 오후 3시 공연, 로드리고 씨도 꼭 보러 오세요."

"당연하지. 난 단원이야. 그럼 이만."

로드리고는 재빨리 골목 안쪽으로 뛰어가 사라졌습니다.

07

오후 3시가 됐습니다. '엄지 공연단' 공연 천막은 만원입니다. 조제프 자경단장을 비롯한 자경단원들도 있습니다. 서서 보는 관객 외에도 천막 밖에서도 어떻게든 공연을 보기 위해 손님들이 모여들고 있었습니다.

"여러분, 모두 즐거워 보이시네요!"

화분에 핀 튤립 꽃잎 속에서 엄지 공주가 객석을 향해 외쳤습니다. 정말 귀청이 찢어질 만큼 쩌렁쩌렁한 목소리입니다. 그러나 옆에 서 있는 빨간 모자는 그런 걸 지적할 여유가 없었습니다.

무대 뒤쪽에 있는, 천이 씌워진 어떤 물건 때문입니다.

"오늘 아침 저희 '엄지 공연단'의 단원 여우 안토니오가 누군가에게 살해됐습니다. 그 현장을 목격한 게 바로 이 목각 인형이고요."

엄지 공주는 짐짓 거들먹거리며 짐칸에 있는 피노키오의 머리를 가리켰습니다. 목부터 아랫부분까지는 여전히 단원 천막에 있다고 합니다. 엄지 공주는 사건의 전말을 장황하게 설명한 후 범인으로 빨간 모자를 지목했습니다.

"그런데 발칙하게도 이 빨간 모자가 지금 이곳에서 자신이 범인이 아니라는 걸 증명하겠다고 하네요. 이 빨간 모자가 과연 선량한 아이인지 아니면 희대의 사기꾼

인지. 앞으로 여러분은 그것을 확인할 목격자가 될 거예요. 만약 이 빨간 모자가 거짓말쟁이 악당으로 밝혀진다면……."

엄지 공주의 신호에 맞춰 옆에서 대기 중이던 단원이 무대 뒤 물건에 씌워진 천을 쓱 걷었습니다. 객석에서 탄성이 터져 나옵니다. 날카로운 칼날이 번쩍이는 단두대가 등장했기 때문입니다

"호호호, 오늘은 정말 멋진 공연을 선보일 수 있겠네요. 자, 서론은 이 정도로 하고 슬슬 주인공에게 자리를 양보하죠. 빨간 모자!"

빨간 모자가 한 발짝 앞으로 나섰습니다. 객석을 둘러봅니다. 모든 사람들이 지금 당장 빨간 모자의 목이 단두대에서 잘려나가는 모습을 보고 싶다고 외치는 것 같았습니다.

만약 여기서 실패한다면……. 하마터면 현기증을 느낄 뻔할 때 빨간 모자는 맨 앞줄에 앉은 질과 눈이 마주쳤습니다. 이마에 늘어진 앞머리를 만지작거리며 윙크를 보냅니다. 그 모습을 보고 빨간 모자는 '좋아, 한번 해보자' 하는 의욕이 샘솟기 시작했습니다.

"여러분, 안녕하세요. 전 빨간 모자라고 해요."

빨간 모자는 관객을 향해 입을 열었습니다.

"여러분께서 한번 생각해보셨으면 하는 건, 만약 제가

범인이라면 왜 범행 후 피노키오의 머리를 가져가지 않았을까 하는 점이에요. 그럼 목격자도 없을 텐데 말이죠."

아무래도 이 말이 관객들의 흥미를 돋운 것 같았습니다.

"그러지 않은 건 바로 저로 변장한 진범이 제게 죄를 뒤집어씌우기 위해 '우연한 목격자'를 남겨야 했기 때문이에요. 그래서 일부러 '우연'을 만든 거예요."

"케호홋!" 조제프 자경단장이 이해가 안 된다는 듯이 기침했습니다. "'우연'을 만들어냈다고?"

"네, 지금부터 그걸 증명할 테니……."

빨간 모자는 피노키오의 머리를 들고 객석으로 내려갔습니다.

"여러분, 절 따라오세요!"

관객 사이를 헤치고 출입구를 지나 밖으로 나갔습니다. 관객과 단원들이 우르르 따라옵니다. 밖에 있던 군중들까지 합치면 전부 백 명쯤 될까요. 그들을 모두 이끌며 빨간 모자는 공연 천막과 창고 천막이 보이는 곳까지 갔습니다. 그리고 관중을 한번 돌아보고 창고 천막을 가리키며 목소리를 높였습니다.

"여러분, 저 천막 지붕에 주목해주세요. 앞으로 1분도 되지 않아 어떤 일이 일어날 거예요."

그 일이 일어난 건 정확히 1분이 지나지 않을 때였습니다. 덜컹덜컹하고 뭔가가 떨어지는 소리가 들리더니 창고 천막 지붕으로 초록색의 뭔가가 튀어나온 것입니다.

"저건……." "수박?" "맞아, 수박이야."

관중들이 입을 모아 말했습니다. 그렇습니다. 수박이 하늘을 나는 것입니다. 부웅 날아간 수박은 공연 천막 지붕에 착지하더니 데굴데굴 굴러 제비가 드나드는 구멍에 쏙 들어갔습니다.

"성공했구나."

옆에서 질이 속삭였습니다. 빨간 모자는 가볍게 고개를 끄덕였지만 자경단장 조제프는 불만스러운 듯 기침을 했습니다.

조제프는 "어차피 통이나 판자를 이용한 장치겠지. 안에 있는 누군가가 날린 게 틀림없어" 하더니 창고 천막에 가서 안을 들여다봤습니다.

"뭐야, 아무도 없잖아?"

"자경단장님, 단장님이 떠올린 장치는 정답에 가까워요. 하지만 단 하나, 시간이 되면 자동으로 장치가 작동하는 구조만큼은 파악 못 하신 것 같네요."

질이 전에도 썼던 칠판을 가져왔습니다. 그곳에는 자경단원이 그린 그림이 있는데 그중 일부에 붉은색 분필로 뭔가가 추가돼 있었습니다(그림 2).

그림 2 : 해답편

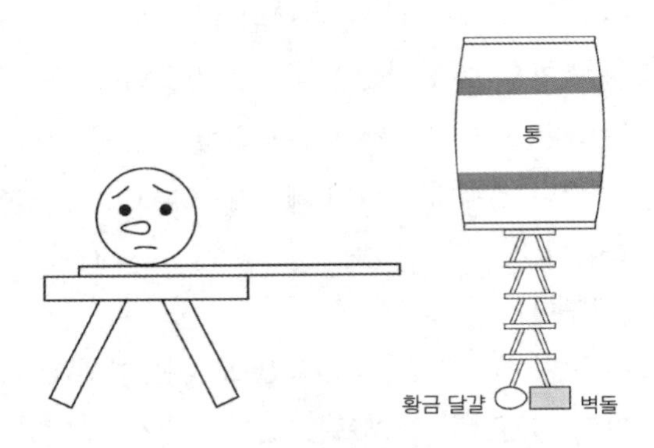

"이 통 아래에 쌓인 작은 받침대 맨 아래. 그곳의 다리 네 개 중에 두 개는 벽돌이 받치고 있었어요. 하지만 테이블과 가까운 쪽 다리 두 개 밑에는 벽돌 대신 황금 달걀을 두는 거예요."

"황금 달걀이라고?" 엄지 공주가 외쳤습니다. "우리 공연에 쓰는 황금 달걀은 낳은 지 열두 시간이 지나면 평범한 달걀로 변해버리는데?"

"네, 바로 그거예요. 이 상태에서 황금 달걀이 평범한 달걀로 바뀌면 어떻게 될까요?"

"……앗!"

그렇습니다. *황금 달걀 상태에서는 지탱하던 통의 무게*

를 평범한 달걀이 되자마자 지탱할 수 없게 돼 달걀이 깨지고 맙니다. 그러면 받침대가 무너지고 무거운 통이 떨어진 후, 시소 판이 튀어 올라 피노키오의 머리가 날아가버리는 겁니다.

"엄지 공연단의 공연은 오후 3시와 5시에 있는데, 닭의 공연 차례는 늘 제일 처음이죠? 어제 오후 3시 공연의 황금 달걀은 둘 다 제가 가져갔으니, 범인이 훔쳐서 사용한 건 닭이 오후 5시 지나 낳은 달걀이에요. 다른 곳에 있던 피노키오의 머리가 이 공연 천막에 날아올 시간은 쉽게 예측할 수 있었어요. 그리고 그 시간보다 조금 전에 안토니오를 부르고, 저로 분장한 상태에서 안토니오를 살해하면 '우연한 목격자'가 완성되는 거예요."

모두 경악을 금치 못합니다. 물론 이 설명으로는 부족하다는 걸 빨간 모자도 알고 있었습니다.

"잠깐, 잠깐만." 자경단장 조제프는 여전히 불만스러워 보입니다. "애초에 피노키오의 머리가 다른 곳에 있었던 건 무대에서 실수를 저지른 탓에 단장에게 벌을 받았기 때문이 아닌가? 그것도 다 우연의 일치라는 거냐?"

"네." 빨간 모자는 자신 있게 고개를 끄덕였습니다. "평균대에는 머릿기름이 발려 있었어요. 피노키오는 그것을 밟고 발을 헛디뎌 넘어졌죠. 피노키오는 전에도 같은 실수를 한 적이 있다고 하니 엄지 공주 단장이 어떤 벌을 내릴

지도 예상할 수 있었을 거예요."

"아무리 그래도 빨간 모자, 이런 기계적인 속임수가 꼭 성공하리라는 보장이 있는 것도 아니잖나. 누가 이런 위험한 계획을 세울 수 있었지?"

"이 사건의 핵심이 바로 그거예요."

빨간 모자는 조제프 자경단장에게 검지를 세웠습니다.

"안토니오를 죽인 범인은 반년 전 공연단이 람베르소 마을에 온 뒤부터 밤마다 실험을 반복했어요. 테이블에서 튀어나온 시소 판의 길이를 어떻게 할 것인지, 통에 넣을 바벨 부품의 무게는 어느 정도가 좋을지, 닭 묘기에 쓰이는 작은 받침대는 몇 개나 쌓아야 할지."

"꼬, 꼬꼬! 꼭!"

단원들 안에 섞여 있던 닭 장수가 깜짝 놀라 소리쳤습니다.

"그러고 보니 5시에 낳은 황금 달걀은 늘 무대 뒤에서 사라졌어. 난 누가 아침에 먹으려 슬쩍한다고 생각했는데, 꼬끼오! 설마 이런 기계적인 트릭의 반복 실험에 쓰이고 있었을 줄이야!"

"호들갑 그만 떨어요. 그런 실험을 했다는 증거가 어딨죠?"

옆에서 엄지 공주가 그야말로 냉정하게 반박했습니다.

"테이블 위에는 시소 판자를 놓는 곳, 그리고 바닥에는 받침대를 놓는 곳을 표시한 흔적이 확실히 남아 있었어요. 그리고 가장 중요한 건 이 실험에는 피노키오의 머리와 같은 무게의 뭔가가 있어야 한다는 점이에요. ……할아버지, 저울을 가져다주시겠어요?"

빨간 모자가 관중석 뒤쪽으로 신호를 보내자 수박 장수 할아버지가 "잠깐 실례" 하고 다가왔습니다. 손에 천칭 저울을 들고 있습니다.

"할아버지, 피노키오의 머리 무게를 재어주실래요?"

"그러고말고." 저울을 내려놓은 할아버지에게 빨간 모자는 피노키오의 머리를 건넸습니다. 여전히 뾰로통한 표정의 피노키오의 머리가 접시 위에 올라갑니다. 할아버지가 무게를 조절하자 잠시 후 저울 천칭의 균형이 맞았습니다.

"놀랍군. 783그램. 그 신사가 매일 사 가는 수박과 같은 무게잖아."

"맞아요. 그는 피노키오의 머리를 정확한 위치에 날리려고 매일 같은 무게의 수박을 사서 실험한 거예요. 참고로 지난주 토요일 새벽에 이 천막을 향해 하늘에서 수박이 날아가는 모습을 본 사람도 있어요. 그렇죠, 푸난 씨?"

기둥 근처에 멍하니 서 있던 푸난 씨가 "그래" 하고 고개를 끄덕였습니다. "틀림없어. 지금 생각해보니 아마 그때 네가 말한 '실험' 중이었던 것 같네."

"자, 잠깐." 예상치 못한 제삼자들의 증언에 조제프 자경단장도 조금씩 빨간 모자의 추리에 귀를 기울이는 것 같습니다.

"수박 장수 영감, 매일 수박을 사 간다는 그 신사가 대체 누군가?"

"두건으로 얼굴을 완전히 가려서 보이지 않았습니다. 하지만 키는……."

"나와 비슷해!" 우렁차게 외치며 관객 사이를 지나 나온 사람은 가면 장수 할머니였습니다. 빨간 모자 옆에 나란히 서서 손으로 키를 잽니다.

"그럼 이 빨간 모자 아가씨랑도 비슷하다는 말이 되겠지."

"이 망할 할망구, 내가 증언하고 있는데 참견하지 마."

"제대로 하지도 못하는 주제에. 자경단장님, 전 이 맛없는 수박 장수 영감 옆에서 가면을 파는 사람인데, 어젯밤에는 그 신사분이 수박이 아닌 우리 가게의 가면을 사 갔습니다. 이 아이 얼굴과 꼭 빼닮은 가면을."

할머니가 빨간 모자의 얼굴을 가리켰습니다.

"뭐, 뭐라고?"

놀라는 사람들 앞에서 빨간 모자는 질문을 던졌습니다.

"할머니, 어젯밤에는 다른 도둑맞은 물건도 있죠?"

"맞아. 포장마차를 장식하는 빨간 천을 누가 훔쳐 갔지."

"혹시 그게 제 이 모자와 색깔뿐만 아니라 질감도 비슷하지 않나요?"

"으응? 아, 그래. 분명 이런 색에 이런 원단이었던 것 같구나."

여기까지 온 이상 아무리 둔감한 사람이라도 눈치채기 마련입니다.

"저와 키가 비슷한 사람이 저랑 비슷한 빨간 천을 모자처럼 쓰고 저를 빼닮은 가면을 쓰고 있었다는 말이네요."

"완전히 너로 변신할 수 있었겠구나!" 조제프 자경단장이 외쳤습니다. "케호호호호홋! 맙소사, 그 신사라는 자식이 빨간 모자를 쓰고 안토니오를 살해했다는 말인가!"

"빨간 모자, 지금 넌 그게 누군지 안다는 거니?"

엄지 공주가 묻자 빨간 모자는 고개를 끄덕였습니다.

"조금 전 안토니오에게 원한을 품고 있던 자의 이름을 알려준 단원이 있어요. 로드리고, 어디 계세요?"

"아, 여기."

좌중들 속에서 로드리고가 의기양양하게 모습을 드러냈습니다.

"누가 수상하다는 거야?"

"파올로."

"냐힝!" 비명을 지르는 삼색 털 고양이 주변에 자경단원들이 우르르 몰려가 그를 끌고 왔습니다.

"이 녀석은 주사위 사기를 당해서 안토니오 형님을 원

망하고 있었어. 난 네가 새벽에 천막을 몰래 나갔다는 걸 알아."

"아, 아니야……." 파올로는 거의 울 것 같은 표정으로 고개를 흔들었습니다.

"이 녀석이 죽인 게 맞아."

자신만만한 얼굴로 파트너를 고발하는 검은 고양이 로드리고를 빨간 모자가 돌아봤습니다.

"로드리고 씨, 로드리고 씨의 얼굴은 왜 그렇게 까매요?"

"응? 타고난 거야. 난 검은 고양이니까."

"로드리고 씨의 키는 왜 저와 비슷해요?"

"그것도…… 타고난 거겠지."

"그럼." 빨간 모자는 로드리고에게 한 발짝 다가섰습니다. "로드리고 씨, 로드리고 씨의 범죄 계획은 왜 그렇게 허술해요?"

순간 로드리고 안색이 달라졌습니다. 반년간 실험을 계속해왔는데 허술하다는 말을 들으면 화가 나리란 것을 빨간 모자도 알고 있었습니다.

"뭐야, 지금 그게 무슨 소리지?"

"안토니오 씨를 원망한 건 파올로 씨가 아니라 로드리고 씨, 바로 당신이었어요. 안토니오 씨가 죽으면 가장 먼저 자신이 의심받을 것을 알고 있었겠죠. 그래서 다른 누군가로 변장해 거짓말을 하면 코가 길어지는 피노키오를 '우연한 목격자'로 만들 계획을 세우고 매일 밤 실험을 반복했던 거예요."

"말도 안 돼."

"가장 먼저 죄를 뒤집어씌우려고 떠올린 상대는 파올로 씨였어요. 그때 닭 장수 아저씨에게 삼색 털 고양이로 변장하는 분장법을 배웠을 테고요."

"꼬끼오!" 옆에서 닭 장수가 얼굴을 내밀었습니다. "그러고 보니 로드리고 녀석이 나한테 분장법을……. 그게 그런 의도였다니!"

"하지만 분장 도구로 당신의 검은 털을 삼색 털로 바꾸는 건 불가능했어요. 어떻게 해야 할지 고민하던 찰나, 당신은 수박 장수 할아버지와 가면 장수 할머니 노점 앞에 있는 절 발견했겠죠. 키가 거의 비슷하고 눈에 띄는 빨간 모자를 쓰고 있는 데다가 심지어 노점에서는 절 꼭 닮은 가면까지 팔고 있는 상황. 이런 기회는 흔치 않다고 판단한 당신은 저를 공연에 초대했어요."

"아가씨!" 하고 흥분한 것처럼 시야에 불쑥 들어온 로드리고의 모습을 빨간 모자는 생생히 기억하고 있었습니다.

"제가 '엄지 공연단'을 찾고 있다는 것도 당신한테는 행운이었을 거예요. 그리고 안토니오 씨의 공연 도중 포도주가 튈 만한 자리를 저에게 권함으로써 제가 안토니오 씨에게 원한을 품을 동기까지 만들었어요."

"대단한 상상력이지만 증거는 없지 않나?"

"있어요." 빨간 모자는 천칭 접시에서 피노키오의 머리를 집어 들었습니다.

"안토니오를 죽인 사람은 매일 783그램짜리 수박을 샀다고 해요. 즉, 그는 이 자리에 있는 그 누구보다 피노키오의 머리 무게를 정확히 알고 있던 자예요. 피노키오, 너는 전에 무대에서 실수해서 지금처럼 머리가 몸에서 떨어진 적이 있지?"

"응."

"그때 누가 네 머리의 무게를 재지 않았니?"

"쟀어."

"그게 누구야?"

"로드리고."

모두의 시선이 피노키오의 코에 집중됐습니다. 당연히 *그 코는 꿈쩍도 하지 않았습니다.*

"제기랄!"

로드리고는 등을 홱 돌리고 뛰쳐나갔습니다. 닭 장수가 재빨리 그 앞을 가로막았지만.

"꼬끼잇!"

로드리고가 닭 장수의 얼굴을 할퀴었습니다. 하얗게 칠한 얼굴에 빨간 줄이 세 줄 그입니다.

"난 이만!"

"쫓아라! 쫓아!"

조제프 자경단장이 호령하자 자경단원들이 일제히 로드리고를 뒤쫓기 시작했습니다.

08

"생각보다 흥미진진했어."

관객들이 모두 나간 공연 천막 앞에서 질은 빨간 모자를 보며 미소 지었습니다.

"질 씨는 이제 어디 가세요?"

"난 거짓말쟁이학 연구자가 되는 게 목표야. 바람 부는 대로 새로운 거짓말을 찾아 여정을 이어가야지. 언젠가 또 만날 수 있었으면 좋겠군."

"그것도 거짓말은 아니죠?"

"글쎄."

질은 거슬리는 윙크를 날리고 손을 흔들며 자리를 떠났습니다.

"빨간 모자 씨."

돌아보니 삼색 털 고양이 파올로가 공연 천막 출입구에서 얼굴을 내밀고 있었습니다.

"단장님께서 부르십니다."

천막 안은 썰렁했습니다. 흉측한 단두대 앞 짐수레에 있는 튤립 화분과 피노키오의 머리가 보였습니다.

"오늘은 정말 수입이 짭짤했어요. 꼭 부히부르크의 아기 돼지 삼 형제가 된 기분이에요."

튤립 속에 앉은 엄지 공주 단장이 빨간 모자를 보며 미소 지었습니다. 빨간 모자는 속으로 '그러니까 그 아기 돼지 삼 형제가 대체 누군데?' 하고 의아해했지만.

"다행이네요."

입으로는 그렇게 말했습니다.

"빨간 모자, 당신한테도 수입을 나눠줄게요. 당신 덕분에 관객이 모였으니."

얼마 전까지만 해도 내가 단두대에서 처형되기를 바랐으면서. 참 약삭빠른 사람입니다. 그러나 이런 게 바로 엄지 공주가 살아가는 능력일지 모릅니다.

"마담 엄지 공주, 전 돈은 필요 없어요. 대신 원하는 게 있어요. 이거요."

빨간 모자는 피노키오의 머리를 집어 들었습니다.

"얘는 그저 인간 아이가 되고 싶을 뿐이에요. 목 아래의 나머지 몸도 같이 가져가게 해주세요."

"흐음." 엄지 공주가 난감한 표정을 지었습니다. "스스로 말하고 움직이는 목각 인형을 그리 쉽게 포기할 수는 없어요. 하지만…… 앞으로 억지로 공연해봐야 계속 실수가 나오겠죠. 네, 그래요. 빨간 모자, 당신에게 줄게요. 몸통과 팔다리는 단원 천막에 있을 테니 가져가요."

"잘됐다, 피노키오. 가자."

"응."

피노키오는 기뻐 보였습니다. 제페토 할아버지라는 사람이 어디 있는지 몰라도 어쨌든 일단 집에 가져가려고 합니다. 오른팔의 주인을 구했다는 소식을 들으면 엄마도 기뻐하시겠지요.

하지만, 그 직후였습니다.

"어…… 응……?"

피노키오의 모습이 왠지 이상했습니다.

"잠깐, 잠깐만!"

"왜 그래, 피노키오?" "뭐죠?"

"아앗, 가져간다. 누가 내 몸을 가져간다!"

"뭐?"

"빨리! 빨리! 단원 천막으로!"

빨간 모자는 피노키오의 머리를 들고 공연 천막을 뛰쳐나갔습니다. 단원 천막 앞에서 경비를 서고 있어야 할 바위 같은 자경단원이 보이지 않습니다. 천막 안을 들여다봤지만 피노키오의 몸통도 없었습니다.

"아아, 내 몸이……."

피노키오의 탄식 사이로 “어이, 어이” 하는 목소리가 들렸습니다. 어디서 들리는지 궁금해 다시 천막을 나가 주변을 두리번거리니 처마 끝에 매달린 도롱이 벌레 한 마리가 보였습니다.

“어이, 여기야, 여기!”

놀랍게도 그 도롱이 벌레가 바위 같은 자경단원의 목소리를 내고 있었습니다.

“아저씨, 이게 어떻게 된 일이에요?”

“마녀다. 젠장!”

도롱이 벌레는 분한 것처럼 몸을 좌우로 흔들며 말했습니다.

“키가 멀대 같고 해골처럼 배짝 마른 마녀였어! 은색 지팡이를 휘둘러 날 도롱이 벌레로 만들더니 저 목각 인형의 몸통과 팔다리를 챙기고 은색 빗자루를 타고 날아가더구나!”

“뭐라고요?”

“제기랄, 마녀 자식……. 내 몸을 원래대로 돌려놔!”

“아, 아아……. 어디로 가버린 거야. 내 몸통과 왼팔, 다리는.”

화내는 도롱이 벌레 밑에서 피노키오가 슬프게 중얼거렸습니다.

“부탁이야, 빨간 모자. 내 몸통과 왼팔, 다리를 찾아줘.

그게 없으면 난 인간 아이가 될 수 없어."

이리하여 빨간 모자는 이 기이한 인형의 몸통과 왼팔, 두 다리를 되찾기 위해 여행을 떠나게 됐습니다.

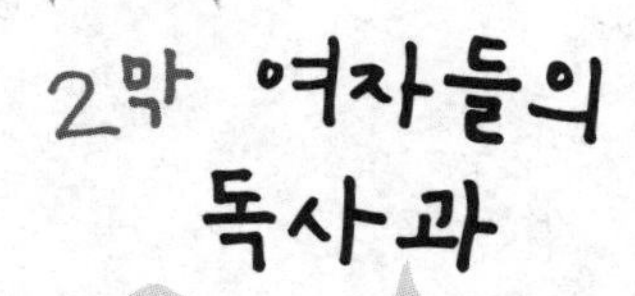

2막 여자들의 독사과

01

힐데힐데가 태어난 곳은 험준한 잿빛 산맥에 둘러싸인 마녀 마을 발푸르기입니다. 날 때부터 마력을 가지고 태어나는 발푸르기의 소녀들은 어릴 때부터 마법 기술을 연마하기 위한 혹독한 훈련을 받습니다.

"알겠니? 마법을 자유롭게 쓸 줄 알게 되면 왕국에 봉사하는 길이 열린단다. 인간들에게 도움이 되면 안정적인 삶을 살 수 있어."

어머니는 힐데힐데에게 항상 강조했습니다.

"그리고 무슨 일이 있어도 인간을 죽여선 안 된단다. 오래전 우리 마을 출신 마법사들에게 인간을 죽이면 마력을 잃어버리는 저주가 내려졌기 때문이야."

힐데힐데도 다른 아이들처럼 열심히 수련했지만 안타깝게도 성적은 늘 바닥이었습니다. 걸핏하면 빗자루에서 떨어졌고, 화염 마법을 쓰면 화상을 입었으며, 수면 마법을 쓰면 그 자신이 사흘이나 잠에 빠지는 식입니다. 특히 훌륭한 마녀가 되려면 필수인 독약술에 가장 서툴렀습니다.

힐데힐데는 얼굴이 예쁘다는 이유로 다른 아이들의 질투를 샀고, 실수하면 심하게 놀림을 받거나 괴롭힘을 당하기도 했습니다. 특히 마이젠이라는 명문 마녀 집안의 베라라는 아이가 힐데힐데를 유독 심하게 괴롭혔는데, 베라는 훌륭한 가문 출신이지만 외모가 꼭 해골 같아 미모와는 거리가 멀었습니다. 그것도 모자라 오른쪽 어깨에는 검은 새끼 고양이, 왼쪽 어깨에는 기분 나쁜 커다란 두꺼비를 달고 다녔고 말투는 늘 누군가를 저주하는 것처럼 들렸습니다.

"난 네가 싫어! 어른이 되면 널 바퀴벌레로 만들어버릴 테니 각오해!"

대대로 마이젠 가문에서는 생명체를 원하는 모습으로 바꾸는 무서운 마법이 전해져 내려왔고, 베라도 열여덟 살이 되면 그 마법을 배울 수 있다고 했습니다. 하지만 '그런 건 하나도 안 무서워'라는 식의 힐데힐데의 태도가 고까웠던 걸까요. 다른 아이들도 베라를 잘 따르는 바람에 힐데힐데는 결국 또래들 사이에서 고립됐습니다. 적어도 마법을 가르쳐주는 어머니라도 조금 더 상냥하게 대해주면 좋을 텐데, 딸이 실수할 때마다 야단치는 바람에 힐데힐데는 더욱더 수련을 싫어했고 시험에 번번이 낙방했습니다.

아아, 이런 마을은 떠나고 싶어. 언젠가부터 힐데힐데는 그런 소망을 품었습니다.

힐데힐데가 열다섯 살이 되던 해의 일입니다. 어느 달 없는 밤에 힐데힐데는 어머니가 소중히 간직하는 거울을 벽에서 떼어 들고 집을 나갔습니다. "거울아, 거울아" 하고 말을 걸고 뭔가를 물으면 전부 대답해주고 필요에 따라서는 전 세계 어느 곳이든 원하는 곳을 비춰주기도 하는 멋진 거울이었습니다. 물론 마녀가 아닌 인간이 들여다보면 평범한 거울이지만, 힐데힐데는 타고난 능력으로 거울을 조종할 수 있었습니다.

발푸르기를 떠나 인간의 도시로 간 힐데힐데는 마법의 거울을 이용해 사람들의 운세를 봐주기 시작했습니다. 점술은 금세 유명해져서 힐데힐데에게 많은 수입을 안겼습니다. 힐데힐데는 맛있는 음식을 먹고 예쁜 옷과 액세서리로 치장하며 술집에 다니는 호화로운 생활을 했습니다.

힐데힐데는 원체 미모가 뛰어나 화장을 하고 예쁜 옷을 입으면 다가오는 남자가 끊이지 않았습니다. 어제는 저 남자, 오늘은 이 남자, 컨디션이 좋을 때는 오전, 오후, 밤으로 상대를 잇달아 바꾸기도 했지요. 때로는 질투심에 사로잡힌 두 남자에게 결투를 시키고 자신은 다른 남자의 무릎에 앉아 목숨을 건 승부를 지켜보기도 하는, 말 그대로 '마성의 여인'으로 하루하루를 보냈습니다.

그런 힐데힐데가 난생처음 진지하게 사랑에 빠진 건 스물한 살이 되던 봄이었습니다. 상대는 순박하고 성실한 모피 장인 청년이었는데, 힐데힐데가 먼저 다가가 교제를 시작했고 그해 가을 힐데힐데는 임신했습니다. 모피 장인 청년에게 그 사실을 알리자 그는 크게 기뻐했고 아이가 쓸 모피 해먹을 만들어야겠다며 신이 나 보였습니다.

그러나 바로 그다음 날, 그는 자취를 감췄습니다. 사실 들떠 있던 건 힐데힐데뿐이었고 그에게는 결혼할 생각 따위 티끌만큼도 없었던 것입니다.

마법 거울은 남자의 행방을 일일이 보고해줬지만 힐데힐데는 그를 쫓아갈 엄두가 나지 않을 정도로 마음의 상처를 크게 입고 말았습니다.

그로부터 얼마 후, 힐데힐데는 아들을 낳았습니다. '빅토르'라고 이름 붙인 아이는 병약하고 밤마다 울어대서 손이 많이 가는 아이였습니다. 아이를 낳기 전까지만 해도 그토록 치근덕대던 남자들은 힐데힐데가 엄마가 된 후부터는 관심을 보이지 않았고, 결국 힐데힐데는 빅토르와 마법의 거울을 품에 안고 이 집 저 집을 전전하며 살았습니다. 거울을 이용한 점술 덕분에 돈 걱정은 없었지만, 밤마다 우는 아이를 안고 달랠 때는 문득 모든 게 공허해지곤 했습니다. 이대로 가다가는 육아만 하다가 인생이 끝나버리는 게 아닐까. 생각해보니 힐데힐데에게는 오래전부터 마음을 터놓고 대화할 상대도 없었습니다. 거울을 제외하고는요.

"거울아, 거울아, 이제 난 어떡해야 할까?"

—행복하지 않나요? 당신에게는 빅토르라는 사랑스러운 아이가 있습니다.

거울은 어리둥절해하며 대답했습니다.

"그건 알지만…… 이대로 괜찮을까 싶어서. 어릴 때 날 놀리던 아이 중에는 지금쯤 훌륭한 마녀가 돼 인간을 돕는 아이도 많을 거야. 하지만 난 이 능력을 제대로 발휘도 못 하고……."

—당신만 할 수 있는 일이 있을 겁니다, 힐데힐데. 예를 들어 세상에는 당신과 같은 고민을 가진 어머니가 이렇게나 많습니다.

거울에는 아이를 품에 안고 곤란해하는 표정을 짓는 어머니들의 모습이 차례차례 비쳤습니다. 옷차림도 하나같이 힐데힐데보다 훨씬 가난해 보입니다.

—당신이 이런 어머니들을 구해줄 수는 없을까요? 예를 들어, 아버지가 없는 빈곤 가정을 돕는 시설을 당신의 재산으로 만드는 겁니다.

훌륭한 아이디어라고 느꼈지만 힐데힐데는 잠시 고민하다가 고개를 저었습니다.

"나 혼자서는 아무리 노력해도 한계가 있어. 이런 건 국가 제도를 바꿔야 해. 하지만 나 같은 낙제 마녀의 의견을 나라에서 귀 기울여줄까?"

거울은 그 말을 듣고 "흐음" 하더니 입을 다물었습니다.

그로부터 한참 시간이 흐른 뒤였습니다. 힐데힐데가 빅토르를 잠재우자 웬일로 거울이 먼저 말을 걸어왔습니다.

— 힐데힐데, 압펠국의 왕이 새 왕비를 공개 모집한다고 합니다.

압펠국의 왕비가 죽었다는 소식은 힐데힐데도 전해 들어 알고 있었습니다. 마법의 거울은 왕과 왕비 사이에 세 살배기 공주가 있는데 아직 엄마에게 어리광을 피우고 싶은 나이라 새 왕비를 찾게 됐다고 했습니다.

"난 이미 아이가 있어서 공주의 엄마가 될 수 없을걸."

— 아뇨, 힐데힐데. 당신은 여전히 아름답습니다. 이건 한 나라의 중심부에 들어설 기회입니다. 왕비가 되면 빈곤한 어머니들을 돕는 제도도 만들 수 있지 않을까요?

압펠국이 그런 제도를 만들면 주변국들도 동참할지도 모릅니다. 결과적으로 고민에 빠진 전 세계의 어머니들을 구할 수도 있게 되는 겁니다. 거울의 이야기를 듣는 동안 힐데힐데는 마음을 바꿔 결국 왕비 공개 모집에 참여하기로 했습니다.

압펠성은 새빨간 지붕 탑이 세 개 있는, 작지만 위풍당당한 성이었습니다. 가운데 탑 지붕에는 유서 깊은 압펠 가문의 문장을 모티브로 한 청동 사과 조각상이 있었습니다.

이번 공개 모집에는 압펠국 내외에서 사백 명이나 되는 여성들이 참가했는데, 그들은 한때 마성의 여인으로 남자들의 마음을 사로잡은 힐데힐데의 적수가 되지 못했습니다. 힐데힐데는 미모와 화술로 왕을 매료해 결국 압펠국 왕비 자리에 오르는 데 성공했습니다. 마법의 거울도 왕의 인정을 받아 전용 방까지 주어질 만큼 극진한 대접을 받았습니다.

압펠국 왕의 딸 이름은 백설 공주라 불렸습니다.

백설 공주는 피부가 눈처럼 하얗고 눈은 호수처럼 파라며 입술은 장미처럼 빨개, 아직 세 살이지만 미소녀라는 단어로는 부족할 정도의 아름다운 얼굴을 가지고 있었습니다. 공주는 성 안 모든 이들의 사랑을 독차지하며 행복해 보였습니다. 마음씨도 착해 한 살 아래인 빅토르와도 금세 친해졌습니다.

힐데힐데는 살면서 처음으로 희망이라는 걸 느꼈습니다. 새로운 네 가족의 행복한 삶이 시작된 것입니다.

만약 마법의 거울에 조금이라도 미래를 보여주는 힘이 있었다면 이때 알 수 있었을까요. 15년 후 힐데힐데가 백설 공주를 죽이려는 음모를 꾸밀 것을요.

02

정말이지, 이 숲은 언제까지 이어지는 거야!

빨간 모자는 걸음을 멈추고 머리 위를 올려다봤습니다. 우거진 나뭇잎이 햇빛을 가리고 있습니다.

"와, 이 전나무. 모양이 희한해."

오른손에 든 바구니에서 천진난만한 목소리가 들렸습니다. 공처럼 동그란 목각 인형 머리. 그 옆에는 나무로 만든 오른팔도 있습니다.

"두 갈래로 나뉘어서 하늘을 향해 꺾여 있어. 크리스마스트리로 만들면 웃기겠다."

분명 재미있는 모양의 전나무지만 빨간 모자는 별 관심이 없었습니다. 람베르소를 떠난 지 사흘째. 지금껏 입에 넣은 거라고는 오는 길에 주운 나무 열매 두 개뿐입니다.

"왜 그래, 빨간 모자? 내 왼팔을 찾으러 가자. 이 부근에 떨어져 있을 거야."

피노키오가 말하기를 분리된 신체 부위에 접근하면 '머리가 지끈거린다'라고 했습니다.

"배고파 죽겠어……."

빨간 모자는 결국 그 자리에 쪼그려 앉았습니다. 더 이상 걷거나 말할 힘도 없었습니다.

"인간은 금세 배가 고프구나. 불편하네."

피노키오가 중얼거렸을 때 갑자기 근처 덤불이 부스럭거리더니 눈앞에 웬 할아버지의 얼굴이 불쑥 나타났습니다.

"뭐야, 넌. 이 숲에서 못 보던 얼굴인데."

할아버지는 키가 빨간 모자의 절반밖에 되지 않았습니다. 나이는 60대 중반쯤일까요. 커다란 코와 흰 수염이 눈에 띄고 모자와 조끼, 바지가 하나같이 보라색입니다. 오른손에는 예쁜 목걸이를 들고 있었는데, 빨간 모자가 그쪽을 보니 어째서인지 재빨리 숨기는 모습이었습니다.

"전 빨간 모자라고 해요. 지금 여행 중이에요."

빨간 모자는 그걸 못 본 척하며 말했습니다.

"난 이 숲에 사는 난쟁이 일족 중 가장 머리가 똑똑한 자랑이 푸치란다."

"똑똑하다고?" 바구니 안에서 피노키오가 물었습니다.
"그럼 내 왼팔이 어디 있는지도 알아?"

"응? 누가 말을 하는 거지?"

자랑이 푸치라는 이름의 난쟁이 할아버지가 가까이 다가오더니 피노키오의 얼굴을 뚫어지게 보며 "이건 정말 진귀하구나!" 하고 외쳤습니다.

"양파석류 인형이라니."

"난 그런 이상한 이름이 아니야. 피노키오라고 해."

"네가 아닌 네 소재를 말한 거다. 저 먼 남쪽, 세네간비아에서 자라는 양파석류 나무가 분명해. 그 나무는 오백 년에 한 번씩 양파와 닮은 열매를 맺지. 생김새뿐만 아니라 냄새와 맛도 양파랑 비슷해서 썰면 눈물이 나기도 해."

빨간 모자는 그 정도면 그냥 양파 아니냐며 속으로 의아해했지만 입을 다물었습니다.

"석류는 못된 마녀들이 불길한 의식을 할 때 필요한 나무지. 특히 양파석류 나무는 효과가 뛰어나서 요즘은 구하기가 하늘의 별 따기라 전 세계 마녀들이 귀히 여긴다더구나."

그렇구나. 빨간 모자는 그제야 이해했습니다. 피노키오가 몸과 팔다리를 도둑맞은 데는 그런 사연이 있었던 겁니다. 공연을 보러 온 어느 마녀가 피노키오를 보다가 그 몸이 양파석류 나무로 만들어진 것을 깨닫고 훔칠 기회를 호시탐탐 노리고 있었던 게 분명합니다.

"하지만 엉뚱하기도 하지. 양파석류 나무로 인형을 만들다니. 도대체 어떤 마녀 짓이지?"

"제페토 할아버지는 마녀가 아니야. 가구 장인이야. 그런데 푸치 할아버지는 아는 게 많네."

"당연하지. 난 자랑이 푸치니까."

"저기요, 자랑이 푸치 할아버지." 빨간 모자가 끼어들었습니다. "배고파요. 혹시 뭐 먹을 거 없을까요?"

"흐음, 예로부터 굶주린 나그네에게 자선을 베푸는 건 숲에 사는 자들의 의무였지."

할아버지는 어려운 말을 늘어놓으며 흰 수염을 쓰다듬었습니다.

"날 따라오렴. 얼마 전에도 촐랑이 푸치 녀석이 젊은 여자를 한 명 데려왔어. 지금쯤 그 여자가 밥을 차려놓고 기다리고 있을걸."

운이 좋습니다. 빨간 모자는 감사 인사를 하고 아장아장 걷는 난쟁이 할아버지 뒤를 따라갔습니다.

03

힐데힐데는 압펠성 중앙탑 꼭대기 방에 있었습니다. 작은 창문으로 빛이 희미하게 들어오는 어두운 곳. 그녀가 이 성에 시집온 이후부터 줄곧 지켜온 비밀의 방이기도 합니다. 벽에는 벌써 20년 지기 친구인 마법의 거울이 걸려 있었습니다.

—기분은 좀 어떻습니까? 힐데힐데.

"좋지 않아."

힐데힐데가 거울에게 말했습니다.

"얼른 백설 공주의 모습을 보여줘."

—네, 알겠습니다.

갑자기 거울 표면이 뿌예지더니 잠시 후 숲속의 아담한

집이 비쳤습니다. 안에서는 난쟁이들이 작은 테이블을 둘러싸고 앉아 있습니다. 냄비에서 수프를 퍼서 그들에게 나눠 주고 있는 사람은 밉살스러운 의붓딸 백설 공주였습니다.

처음 봤을 때 세 살이던 아이가 벌써 열여덟 살이 됐습니다. 인정하고 싶지 않지만 누가 봐도 황홀할 정도로 아름다운 외모입니다. 만약 왕이 살아 있었다면 나라 안팎으로 자랑했을 게 분명합니다.

5년 전 왕이 죽고 나서 힐데힐데는 여왕 자리에 올랐습니다. 그러나 이후 백설 공주와 국가 제도를 둘러싸고 의견이 갈려 사이가 소원해지고 말았습니다.

백설 공주만 사라진다면…….

그렇게 벼르고 있던 힐데힐데가 마침내 행동을 개시한 게 바로 일주일 전입니다. 평소 자신의 말을 충실히 따르는 보보로라는 사냥꾼을 불러 백설 공주를 숲속에 데려가 죽이라고 지시한 것입니다.

"백설 공주를 죽이라고요?"

보보로는 소스라치게 놀랐지만 여왕의 명령을 거절할 수는 없다는 걸 알았을 겁니다.

"아름다운 폭포를 발견했다든지 해서 숲속으로 유인해 죽여버려."

"네, 네에……."

보보로는 그날 백설 공주를 숲에 데려갔고 저녁 무렵에

힐데힐데에게 "죽였습니다"라고 보고했습니다.

그러나 힐데힐데가 '이제 한숨 돌렸구나……'라고 안도하며 그날 자정 다시 마법의 거울 앞에 섰을 때, 거울은 힐데힐데에게 대뜸 이런 이야기를 꺼냈습니다.

—보보로는 백설 공주를 불쌍히 여겨 숲속에 그냥 두고 왔습니다. 백설 공주는 현재 숲에 사는 난쟁이들의 도움을 받아 그들과 함께 있습니다.

난쟁이들에게 둘러싸여 사랑스럽게 웃고 있는 백설 공주를 보며 힐데힐데는 속이 부글부글 끓었습니다. 그리고 그 후 엿새 동안 시간 날 때마다 틈틈이 비밀의 방에 가서 백설 공주의 모습을 훔쳐봤습니다.

가증스러운 아이 같으니……. '내 손으로 직접 죽일 수만 있다면'이라는 생각을 몇 번이나 집어삼켰는지 모릅니다. 그러나 인간에게 직접 손을 댔다가는 마력을 잃어버립니다. 마법의 거울과 대화할 수 없는 건 힐데힐데에게 절망이나 마찬가지였습니다.

더 이상 보보로를 믿을 수 없습니다. 그 아이의 미모는 세상 모든 남자를 사로잡는 듯합니다. 지금 거울에 비치는 이 난쟁이들도 모두 남자입니다. 백설 공주가 이토록 아름답지 않았다면, 목숨을 건질 수나 있었을지 알 수 없습니다.

어떻게든 직접 손을 쓰지 않고 백설 공주를 죽일 방법

은 없을까……. 힐데힐데는 매일 거울을 보며 그런 궁리를 했습니다.

—여러분, 일하느라 많이 배고프셨죠? 이제 촐랑이 푸치 씨 것만 준비하면 돼요.

거울 속에서 백설 공주가 마지막 접시에 수프를 부으며 말했습니다.

—더 있으니 많이 드세요.

"어라?"

힐데힐데는 무심코 소리 높여 말했습니다. 백설 공주가 나눠주고 있는 수프에서 도깨비 얼굴 모양의 콩이 보인 것입니다.

"저건……."

만약 힐데힐데가 지금 떠올린 그 열매가 맞는다면 수프를 먹기 전 반드시 확인할 것이 있습니다. 그러나 백설 공주와 난쟁이들은 아무도 그 이야기를 꺼내지 않았습니다.

—잘 먹겠습니다!

식사가 시작됐습니다. 난쟁이들은 백설 공주가 만든 수프를 한 모금 떠먹자마자.

—맛있어!

입을 모아 외치고 모두 개처럼 그릇 앞에 달라붙어 수프를 깨끗이 먹어 치웠습니다.

—넌 요리까지 잘하는구나.

—앞으로도 계속 여기 있어줘.

백설 공주를 칭찬하는 난쟁이들. 힐데힐데는 가만히 그 광경을 지켜봤습니다. 그러자 잠시 후.

—윽!

느닷없이 파란 모자를 쓴 난쟁이가 두 손으로 목을 붙잡고 일어섰습니다. 백설 공주와 다른 난쟁이들이 그의 얼굴을 주목합니다.

—끄악!

난쟁이의 입에서 피가 분수처럼 솟구치더니 그는 결국 바닥에 털썩 쓰러지고 말았습니다.

—무, 무슨 일이야?

—이봐, 가난이 푸치!

거울에 비치는 각도에서는 테이블 뒤에 가려져 보이지 않지만 아무래도 쓰러진 난쟁이는 꿈쩍도 하지 않는 것 같습니다.

—죽었어…….

누군가가 중얼거렸습니다. 역시. 낙제 마녀였던 소녀 시절에 읽은 독약술 교과서가 힐데힐데의 머릿속에 떠올랐습니다. 그 도깨비 얼굴 모양의 콩은 고블린 빈즈가 틀림없습니다.

그때 거울과 가장 가까운 곳에 앉은 주황색 모자 난쟁이가 뒤를 돌아봤습니다.

—어?

기분 탓이 아닙니다. 난쟁이는 거울 너머로 힐데힐데를 보고 있습니다. '당신도 보고 있었어?'라고 묻는 듯한 눈빛으로 말입니다.

"거울아, 거울아, 더 이상 난쟁이들을 비추지 마!"

히스테릭하게 소리치자 거울이 하얘졌고 곧이어 힐데힐데의 처량한 얼굴이 비쳤습니다. 조금 전 그 난쟁이, 혹시…….

"틀림없어. 난쟁이 중에도 마력을 가진 자가 있다고 들은 적이 있어."

힐데힐데는 공포에 떨며 조금 전에 본 광경을 떠올렸습니다. 백설 공주가 만든 수프. 고블린 빈즈…….

"후, 후후."

어느새 입에서는 웃음이 새어 나오고 있었습니다.

"후후, 하하핫. 그래! 고블린 빈즈! 그런 방법이 있었구나. *그거라면 내가 그 아이를 직접 죽인 게 되지 않아!*"

그리고 힐데힐데는 거울에게 부탁을 하나 했습니다.

04

빨간 모자와 피노키오가 자랑이 푸치의 안내를 받아 간

곳은 작고 귀여운 나무집이었습니다. 지붕이 낮지만 안은 꽤 넓어 보입니다.

"어이, 나 왔어. 손님을 데려왔어."

그렇게 말하고 자랑이 푸치가 집 문을 열었습니다. 안에는 자랑이 푸치만큼 키 작은 남자들이 많았는데 뭔가 어수선한 분위기입니다.

"무슨 일이야? 이봐, 촐랑이 푸치. 뭔데?"

자랑이 푸치가 바로 옆에 있는 난쟁이의 옷깃을 붙잡았습니다. 모자, 조끼, 바지가 자랑이 푸치와 같은 모양이지만 색은 모두 빨간색입니다.

"가난이 푸치가 죽었어요. 우리가 보는 앞에서 피를 토하고!"

빨간 모자의 바구니 안에서 피노키오가 "빨간 모자, 죽었대"라고 말했습니다.

"네가 가서 살펴보는 게 낫지 않을까?"

"내가 왜?"

"네가 그런 거 전문이잖아."

"'그런 거'라고 하지 마."

그나저나 배가 너무 고픕니다. 그런 빨간 모자의 눈에 테이블 위 냄비에 든 맛있어 보이는 수프가 들어왔습니다.

"여러분, 전 빨간 모자예요. 대화 중에 죄송한데 수프를 조금만……."

"안 돼, 안 돼, 안 돼! 그 수프는 안 돼!"

자랑이 푸치가 소리쳤습니다. 지금껏 시끄럽게 작은 집 안을 뛰어다니던 난쟁이들이 우뚝 멈춰 섭니다. 자랑이 푸치는 나무 지팡이를 들고 와 냄비에서 콩을 퍼 올렸습니다.

"역시…… 이건 고블린 빈즈 열매야."

그제야 빨간 모자도 눈치챘습니다. 방 가장 안쪽에서 벽에 몸을 기댄 채 부들부들 떨고 있는 귀여운 소녀의 존재를요.

***

이 집에는 전부 합쳐 일곱 명의 난쟁이가 살고 있는데 이름에 모두 일족 이름인 '푸치'가 붙어 있습니다. 키는 다 똑같지만 얼굴과 성격은 제각각이고 서로를 구분하기 위해 색이 다른 옷과 모자를 쓴다고 했습니다.

- 자랑이 푸치 : 보라색. 60대 중반. 백발. 흰 수염. 아는 게 많음.
- 척척이 푸치 : 감청색. 50대 아저씨. 손재주가 좋음.
- 가난이 푸치 : 파란색. 40대. 대머리. 구두쇠.
- 먹딴이 푸치 : 초록색. 30대. 목소리가 크고 과장이 심함.
- 비굴이 푸치 : 노란색. 30대. 걸핏하면 비굴한 말을 함.
- 신령이 푸치 : 주황색. 20대. 성격이 어둡고 신비한 능력을 지님.

- 촐랑이 푸치 : 빨간색. 10대 후반. 혈기 왕성.

뭔가 비꼬는 식의 이름이 많은 듯했지만 빨간 모자는 굳이 언급하지 않았습니다.

이 일곱 명 외에 집에는 한 명이 더 살고 있었습니다. 일주일 전, 숲에서 길을 잃고 헤매다가 촐랑이 푸치를 만나 이곳에 온 소녀로, 이름은 백설 공주라고 합니다. 자세한 사정은 말해주지 않았지만 갈 곳이 없다는 백설 공주를 일곱 난쟁이들이 흔쾌히 받아줬고, 이후 백설 공주는 요리, 빨래, 청소 등을 도맡아서 난쟁이들을 뒷바라지하며 함께 살고 있다고 했습니다.

난쟁이들은 매일 숲 서쪽 끝에 있는 광산에 가서 금괴를 조금씩 캐 마을 상인에게 가져다준다고 합니다. 오늘도 일곱 명이 캔 금괴를 자랑이 푸치가 마을에 가져갔고 나머지 여섯 명은 먼저 집에 돌아갔습니다. 금괴를 무사히 상인에게 전달한 후 돌아오는 길에 자랑이 푸치는 빨간 모자와 피노키오를 맞닥뜨렸는데, 그사이 일곱 난쟁이의 집에서는 큰일이 벌어지고 있었습니다.

"백설 공주가 빵을 굽고 수프를 만들어 우리를 기다리고 있었어."

감청색 모자를 쓴 척척이 푸치가 원형 털실로 실뜨기를 하며 설명했습니다. 빨간 모자는 눈앞에 있는 빵을 우물거리며 설명을 들었습니다.

"백설 공주가 수프를 다 나눠주고 모두 함께 수프를 떠먹기 시작했어. 다들 맛있다고 칭찬하고 있을 때……."

척척이 푸치의 손에서 털실이 어느새 호랑나비 모양을 띠고 있습니다.

"갑자기 가난이 푸치가 일어서서 천장을 올려다보며 '윽!' 하더니."

탁. 두 손을 닫자 호랑나비가 다시 원형으로 돌아갑니다.

"피를 뿜으며 쓰러졌지 뭐야."

"그게 아니야!" 초록색 옷을 입은 멱딴이 푸치가 우렁차게 외쳤습니다. "정확히는 이거야. '우우웃, 우와아오아오앗, 우와아아앗!'. 그 뒤로 피가 푸슈우웃 하고 분수처럼 솟구치더니 우리 머리에 투두두두둑 떨어졌어!"

"호들갑부리지 마! 조용히 해!"

자랑이 푸치가 화를 내자 멱딴이 푸치는 대번에 입을 다물고 자리에 앉았습니다. 척척이 푸치가 설명을 이어갑니다.

"곧장 가난이 푸치에게 다가가 목에서 맥박을 짚었지만, 이미 죽어 있었어."

"흐음." 자랑이 푸치는 작은 접시에 담긴 도깨비 얼굴 모양 콩을 모두에게 보여줬습니다. "이걸 먹어서 그래. 이건 고블린 빈즈. 맹독이야."

"맹독!" 백설 공주가 입가에 손을 갖다 댔습니다. "전 몰랐어요……. 숲속을 걷다 보니 나무뿌리 근처에서 자란 게 맛있어 보여서 따서 수프에 넣었을 뿐인데. 저 때문에……."

백설 공주의 눈에 조금씩 눈물이 고였습니다.

"잠깐만요."

가장 어려 보이는 촐랑이 푸치가 손을 번쩍 들었습니다.

"저도 그 수프를 먹었어요. 모두 똑같이 먹었는데 왜 가난이 푸치 씨만 죽었죠?"

"흐음, 고블린 빈즈는 열매만 먹으면 독이 퍼지지 않아. 오히려 특유의 향미가 있어서 삶거나 볶아 먹으면 맛있지. 하지만 뿌리랑 함께 먹으면 순식간에 맹독이 돼버려."

자랑이 푸치가 식물에 관한 지식을 늘어놓기 시작했습니다.

"열매와 뿌리를 따로따로 먹으면 죽지 않고 시간이 흐르면 독성도 사라지지만, 반나절 안에 열매와 뿌리를 함께 먹으면 반드시 죽게 되지. 옛날에는 고블린 빈즈를 먹기 전 만약의 사태에 대비해 하루 종일 금식하는 풍습이 있었을 정도야. 물론 그때는 모두 굶주리는 시기였고 지금 인간 세상에서는 이미 백 년 넘게 고블린 빈즈를 먹지 않는다고 하니 독에 대해 아는 사람도 얼마 없을걸. 나도 이 집 식탁에 고블린 빈즈를 내놓은 적은 없고."

"그렇다면……" 하고 촐랑이 푸치가 눈살을 찌푸리며 "지금은 어떤 상황인 거예요?"라고 물었습니다.

뭐 이렇게 둔감한 난쟁이가 다 있을까요. 빨간 모자는 무심코 끼어들었습니다.

"가난이 푸치 씨만 어디선가 먼저 뿌리를 먹었다는 말이겠죠?"

"그렇겠지. 보통 그런 뿌리는 먹지 않는데……."

빨간 모자는 마지막 빵 한 조각을 삼키고 방 안을 둘러봤습니다. 작은 조리대 옆으로 옆방 문이 보입니다.

"저긴 침실인가요? 잠깐 봐도 될까요?"

난쟁이들이 고개를 끄덕이자 빨간 모자는 방문을 열었습니다. 침대 여덟 개가 나란히 있고 난쟁이들 옷과 같은 색의 이불이 깔려 있습니다. 맨 앞에 있는 하얀 이불은 백설 공주가 쓰는 이불이겠지요. 빨간 모자는 가난이 푸치의 옷 색과 같은 파란색 이불이 깔린 침대를 구석구석 살폈습니다. 겉보기에는 평범한 침대지만 다리 부분에 작은 사각 틈이 있고, 그곳에 손톱을 찔러 넣자 순식간에 나무 일부가 툭 떨어졌습니다.

"뭐야, 이건." 놀라는 자랑이 푸치 옆에서 척척이 푸치가 실뜨기를 하며 "부탁을 받아서 내가 만들어줬어"라고 했습니다.

"가난이 푸치 녀석, '만약에 대비'하니 뭐니 하면서 저녁을 조금씩 남기는 버릇이 있었거든. 남들에게 들키지 않을 비밀 은닉처를 만들어달라고 했어."

척척이 푸치의 손에서 이번에는 털실이 멋진 페가수스 모양을 이루고 있었습니다.

"이런 게 있어요." 빨간 모자가 그 안에서 꺼내 든 건 사탕 한 알이었습니다. 초록 사탕 밖으로 뭔지 모를 뿌리가 조금 튀어나와 있습니다.

"이게 바로 고블린 빈즈의 뿌리야!"

"아마 오늘 아침 모두 일어나기 전에 먹은 것 같아요."

"이런 사탕은 처음 봐. 설마 나 빼고 다 나눠 먹은 거야? 어차피 나 따위한테는 나눠주지도 않겠지만."

"비굴한 소리 하지 마. 우리 모두 모르는 사탕이라고."

자랑이 푸치가 비굴이 푸치를 꾸짖었습니다.

"그런데 왜 이 뿌리를 사탕에 넣었지? 이게 특별히 맛있는 것도 아니고……. 뭐 그 녀석이 괜히 가난이 푸치는 아니니까."

자랑이 푸치는 고개를 갸웃거리면서도 상황 자체는 납득한 듯했습니다. 그러나 빨간 모자는 어딘가 석연치 않았습니다.

"아아……!" 식당 쪽에서 백설 공주의 탄식이 들려옵니다.

"하필 제가 외출해 있을 때 그런 걸 드셨을 줄이야. 제가 이 콩만 수프에 넣지 않았어도……."

"백설 공주 때문이 아니야." "그래, 그래." "몰랐으니 어쩔 수 없지." "내가 이런 말 해봐야 기쁘지도 않겠지만 너무 낙담하지 마." "너한테 눈물은 어울리지 않아."

난쟁이들은 입을 모아 백설 공주에게 위로의 말을 건네고 다시 우르르 부엌에 돌아갔습니다. 백설 공주가 예쁘니까 모두 다정한 거라는 냉정한 생각을 떠올리며 빨간 모자도 부엌에 갔습니다. 남자들이 원래 이렇다는 건 빨간 모자도 알고 있었습니다. 벌써 열다섯 살인걸요.

바로 그때였습니다.

"……저어."

가냘픈 목소리가 들렸습니다. 유난히 마르고 안색이 좋지 않은 주황색 난쟁이입니다.

"뭐야, 신령이 푸치. 너, 존재감이 너무 없잖아."

"죄송합니다……. 사실 줄곧 신경 쓰이는 점이 있어서요……. 백설 공주가 이 집에 오고 난 뒤부터 가끔 시선 같은 게 느껴지곤 합니다. 백설 공주에게는 이미 얘기했지만……."

"시선?"

"네, 아까 가난이 푸치 씨가 쓰러지고 나서 확실히 느꼈어요. 정확히 저 부근에서."

그러더니 그는 오른손 검지로 천장 모서리 쪽을 가리키며 동그랗게 원을 그렸습니다.

"귀신이나 유령 같은 건 아니에요……. 꼭 악마나 마녀의 시선 같은……. 제가 시선이 느껴지는 쪽을 가만히 보고 있으면 잠시 후 그 기척이 다시 사라졌죠."

밝은 주황색 옷과 달리 말투가 우울하고 왠지 으스스한 분위기의 난쟁이입니다. 다른 난쟁이들이 기분 나쁜 듯이 그를 쳐다봤지만 별말은 하지 않습니다. 백설 공주를 비롯한 모두가 신령이 난쟁이의 능력을 어느 정도 믿고 있는 듯 보였습니다.

05

압펠성 지하에는 조리실이 있습니다. 많은 인원이 모이는 파티를 할 때 평소 쓰는 조리실만으로는 음식을 다 만들 수 없어서 지었지만, 왕이 죽고 난 뒤부터 파티를 열지 않아 그대로 방치돼 있었습니다.

지금 그 조리실에서 커다란 냄비가 불에 달궈지고 있고, 그 안에서는 검붉은 액체가 부글부글 끓고 있습니다. 도마뱀 구이, 흑염소 뿔, 산토끼 뼈, 수탉 발톱과 몇 가지 비밀스러운 돌의 가루 등등. 마녀의 마법에 빠지지 않는 재료들이 냄비에 들어 있는데 이 기괴한 색깔의 원인은 그중에서도 대량 투입된 고블린 빈즈 뿌리 때문입니다.

"거울아, 거울아, 이제 슬슬 사과를 넣을 때가 됐니?"

—글쎄요. 직접 읽어보십시오.

평소 쓰는 방에서 가져온 마법의 거울에『독약술 입문』의 독사과 제조법 페이지가 비쳤습니다. 힐데힐데는 한숨을 내쉬고 두꺼운 마법 단어 사전을 펄럭펄럭 넘겼습니다.

어릴 때 이후로는 이 책을 읽지 않았습니다. 이미 오래전 포기한 마법어를 다시 공부하게 될 줄이야. 라틴어를 중심으로 열여덟 개 언어가 섞여 있고, 동사 하나당 격 변화가 마흔일곱 개나 되는 몹시 어려운 언어입니다.

『독약술 입문』에는 고블린 빈즈에 대한 내용이 한 페이지에 걸쳐 적혀 있었습니다. 모든 내용을 읽기는 어려워서 초반부만 해독했는데, 그 안에는 '뿌리를 누군가에게 먹이려면 피클로 만들거나, 갈아서 샐러드드레싱으로 만들거나, 얼려서 셔벗으로 만들면 좋다. 파이나 튀김, 구운 과자에는 적합하지 않다'라고 적혀 있었습니다.

하필 백설 공주는 피클, 샐러드, 셔벗을 전부 싫어해서 어떻게 할지 고민하다가 떠올린 게 바로 독사과였습니다. 아주 오래전 힐데힐데도 독사과 제조 실력만큼은 칭찬을 받았습니다. 그때 어머니는 "이 방법만 익히면 웬만한 독은 다 사과에 스미게 할 수 있단다"라고 말씀하셨습니다.

"흐음, '샤피아피'는 '양'이고, '골베옴므'는 '타다'의 과거완료 후각 형용 분사이니…… '양 머리가 타는 냄새가 풍기면 사과를 넣는다'라는 뜻이겠네."

코를 벌름거려봤지만, 잘 분간이 되지 않습니다.

"거울아, 거울아, 이 냄새가 양 머리 타는 냄새가 맞니?"

— 모르겠습니다. 전 코가 없으니까요.

어떻게 해야 할지 고민하던 순간.

"으악! 뭐야, 이 냄새는?"

누군가가 계단을 내려왔습니다. 외아들 빅토르입니다. 독사과를 만든다는 게 알려지면 큰일입니다.

"엄마가 요리를 하다니, 해가 서쪽에서 뜨겠어."

"뭐 하러 내려왔니? 올라가 있어."

"내일 성 지붕을 고칠까 해." 빅토르가 검지로 코 밑을 문지르며 말했습니다. "난 목수 일이 즐거워. 근데 하인들에게 물어보니 여왕님 허락을 받아 오라고 해서. 괜찮지?"

"빅토르, 넌 황태자란다. 넘어져서 다치기라도 하면 어쩌려고 그래?"

"괜찮아, 괜찮아. ……그건 그렇고, 뭐야, 이 냄새는. 양 머리가 타는 냄새 같은데."

"어?" 힐데힐데는 펄쩍 뛰었습니다. "양 머리 타는 냄새가 이런 냄새니?"

"응, 옛날에 친구들이랑 양을 잡아 구워 먹을 때 이런 냄새가 났어."

"그렇구나. 고맙다!"

"아무튼 엄마, 지붕 고쳐도 되지?"

"그래, 일단 올라가 있으렴."

"야호!"

기쁜 듯이 계단을 뛰어 올라가는 아들의 모습을 끝까지 지켜보고 힐데힐데는 냄비에 사과를 휙휙 던져 넣었습니다.

"설마 빅토르가 날 도와줄 줄이야."

—빅토르 씨도 많이 컸네요.

"아직은 아니야." 힐데힐데는 한숨을 내쉬고 싶었습니다. 이제 곧 열일곱 살인데 아직 어린아이처럼 구는 아들입니다. 오늘은 그나마 기분이 좋은 편이지만, 나쁠 때는 마구잡이로 물건을 부수고 난동을 부려서 신하들을 다치게 하는 것으로 모자라 어떨 때는 방문을 걸어 잠그고 몇 시간이나 방 안에 틀어박힐 때도 있습니다. 그럴 때마다 아이를 잘못 키운 게 아닐까 하고 힐데힐데는 머리를 싸맸습니다. 육아라는 건 정말이지……. 그러나 지금은 한탄하고 있을 때가 아닙니다. 힐데힐데는 독사과 냄비 쪽으로 눈을 돌렸습니다.

"자, 이제 조금 더 끓이면 완성이야. 그전까지 백설 공주가 뭘 하는지 관찰해볼까. 거울아, 거울아, 얄미운 백설 공주와 난쟁이들을 비춰주렴."

—네, 알겠습니다.

하얗게 변한 거울에 나타난 건 밤길 풍경이었습니다. 손에 등불을 든 노란 난쟁이가 앞장서 있고 그 뒤에서 난쟁이 다섯 명이 작은 관을 운반하고 있습니다. 수프를 먹고 죽은 파란 난쟁이의 장례식 행렬로 보입니다. 관 뒤에서는 백설 공주가 침울한 얼굴로 따라오는데…….

"어머? 저 아이는 누구?"

백설 공주 바로 옆을 걷고 있는 소녀가 힐데힐데의 눈에 들어왔습니다. 나이는 백설 공주보다 조금 어린 열넷에서 열다섯 살 정도일까요. 빨간 망토를 둘렀고 천진난만하지만 영특해 보이는 얼굴입니다. 손에 든 바구니에는 뭔지 모를 나무로 만든 머리 같은 게 들어 있습니다.

"저건…… 양파석류 나무? 그럼 저 아이도 마녀인가?"

하지만 빨간 망토를 두른 마녀는 여태껏 들어본 적이 없습니다. 그냥 길 잃은 아이일까요……. 아이의 얼굴을 보며 말로 표현하기 힘든 가슴 두근거림을 느낀 바로 그때.

"앗!"

이번에도 역시나입니다. 관을 든 난쟁이 중에서 주황색 난쟁이가 이쪽을 바라보고 있습니다.

저 난쟁이, 내가 보고 있는 걸 아는 게 틀림없어.

06

그날 밤, 빨간 모자와 피노키오는 가난이 푸치의 장례

식에 참석한 후 난쟁이들의 집에서 묵게 됐습니다. 비어버린 가난이 푸치의 침대를 써야 하는 게 슬프기도 했지만, 피로에 지친 빨간 모자는 곤히 잠들었습니다.

"빨간 모자, 일어나. 빨간 모자."

피노키오의 머리가 머리맡에서 빨간 모자를 깨웠을 때는 이미 아침이었고 다른 침대는 모두 비어 있었습니다. 식당에 가보니 난쟁이들이 아침 식사를 마치고 곡괭이와 밧줄을 챙기고 있었습니다.

"좋은 아침, 빨간 모자."

가장 어린 촐랑이 푸치가 말을 걸었습니다.

"안녕하세요. 오늘도 다들 일하러 가세요?"

"그래, 평소처럼 금괴를 캐 오기를 가난이 푸치 씨도 바라고 있을 거야."

"빨간 모자." 자랑이 푸치가 손짓하며 다가오더니 빨간 모자의 귀에 대고 소곤거렸습니다. "백설 공주는 여전히 책임감을 느끼고 있나 봐. 이럴 때는 같은 여자인 네가 달래주는 게 낫지 않을까?"

백설 공주를 보니 분명 표정이 밝지 않았습니다.

"알겠어요."

빨간 모자는 고개를 끄덕였습니다.

잠시 후 난쟁이들이 "하이호, 하이호" 하고 노래를 부르며 집을 나가자 빨간 모자는 아침을 먹고 백설 공주의 집

안일을 도왔습니다. 백설 공주는 처음에는 표정이 굳어 있었지만 빨간 모자가 피노키오와 함께 겪은 우스운 이야기들을 들려주자 조금씩 밝아졌습니다.

청소와 빨래를 마친 후.

"빨간 모자, 모두를 위해서 빵을 만들까?"

백설 공주가 먼저 그렇게 제안했습니다.

"좋아!"

빵을 만드는 건 오랜만입니다. 밀가루에 달걀과 물을 넣고 힘껏 짓이겨 반죽합니다. 그 반죽을 조금씩 떼어 둥근 모양으로 빚었습니다.

"아, 그렇게 크지 않아도 괜찮아."

빨간 모자의 반죽을 보며 백설 공주가 지적했습니다.

"그렇구나. 다들 몸이 작았지."

"빵이라는 걸 만드는 건 재밌어 보이네." 옆에서 피노키오가 말했습니다. "나도 도와줄까?"

"얼굴과 오른팔만으로 어떻게 도와줄 건데?"

"그것도 그러네. 그럼 난 노래를 불러줄게. 작년 봄~, 백합꽃이~ 피지 않은♪"

"와, 음치다. 그만해."

빨간 모자와 피노키오의 모습을 보며 백설 공주가 웃음을 터뜨렸습니다.

"둘은 정말 친한 친구 사이구나."

"아니야. 내가 일방적으로 피노키오에게 친절을 베풀고 있을 뿐. 그렇지?"

빨간 모자가 째려보자 피노키오가 당황한 것처럼 "으, 응……" 하고 대답했습니다. 그러자 코가 쭈욱 늘어납니다.

"잠깐. 뭐야? 지금 거짓말한 거야?"

밀가루가 묻은 손으로 피노키오의 머리를 붙잡자 피노키오가 "미안, 미안" 하고 소리쳤습니다. 그 모습을 보며 백설 공주는 또다시 웃음을 터뜨렸습니다.

"피노키오의 왼팔을 찾았으면 좋겠어."

싱긋 웃는 백설 공주의 얼굴은 정말이지 위험할 정도로 사랑스러웠습니다. 목에서는 눈에 익은 목걸이가 빛나고 있습니다.

"그 목걸이, 자랑이 푸치 씨가 선물로 줬지?"

"응? 어떻게 알았어?"

"어제 숲에서 만났을 때 들고 있는 걸 봤어. 곧장 숨기긴 했지만."

"그랬구나. 장례식이 끝나고 나서 몰래 줬어. 가난이 푸치 씨가 죽었는데 이런 걸 하고 있는 건 역시 너무 무신경할까?"

"아니, 정말 잘 어울려."

할아버지이기는 해도 자랑이 푸치도 남자입니다. 백설 공주의 호감을 사고 싶었겠지요.

"있지, 백설 공주." 빨간 모자가 입을 열었습니다. "애초에 넌 왜 숲속을 헤매고 있었니? 엄마 아빠는?"

"부모님 모두 돌아가셨어."

백설 공주는 눈을 내리깔았습니다.

"혹시 여기 오는 길에 사과 장식물이 달린 빨간 지붕 탑이 세 개 있는 성을 못 봤어? 압펠성이라고 하는데."

"아, 봤어."

"우리 아빠는 그곳 왕이었어."

"그래? 그럼 정말로 '공주'였구나."

"응, 하지만 엄마가 돌아가시고 아빠가 새 왕비를 맞이하면서 내 운명도 바뀌었어. 힐데힐데라는 이름의 검고 긴 머리를 가진 아름다운 분인데."

백설 공주는 처음 만날 때부터 그녀에게 왠지 모르게 수상한 느낌을 받았다고 했습니다.

"겉으로는 늘 친절하게 대해줬지만 아빠가 돌아가신 뒤부터 태도가 돌변했어. 친아들인 빅토르에게는 상냥하면서 나한테는 자유롭지 못한 삶을 강요하더라. 그뿐만 아니라 이상한 물건도 가지고 있었어. 거울인데."

백설 공주는 성 중앙 탑 꼭대기 방에 있는 그 신비한 거울에 말을 걸면 거울이 이것저것을 알려준다고 했습니다.

"빅토르에게 물어보니 그 여자는 마녀 마을 출신이라고 했어. 비밀의 거울에게 부탁하면 전 세계 어느 곳이든 원하는 곳을 비춰준다고 해."

이 얼마나 무시무시한 도구인가요.

"어쩌면 처음부터 압펠국을 점령하려고 아버지에게 접근했을지도 몰라. 아버지는 그 여자한테 살해당했을 거야."

백설 공주는 빵 반죽을 이기는 손을 멈추고 몸을 덜덜 떨기 시작했습니다.

"그 여자한테는 나도 방해꾼이었어. 그래서 사냥꾼인 보보로 씨를 시켜 날 숲으로 내쫓았고……."

숲속에서 돌아가는 길을 알지 못한 백설 공주는 이내 자신이 버려진 것을 깨달았습니다. 만약 출랑이 푸치가 도와주지 않았다면 길을 헤매다 굶어 죽었을지도 모릅니다.

"정말 너무한 왕비네."

화가 나서 테이블을 퍽퍽 내려치는 빨간 모자를 백설 공주가 달랬습니다.

"어떻게든 그 마력을 빼앗을 방법이 없을까?"

"'인간을 죽이면 엄마 마력도 사라져'라고 빅토르가 말했어."

빨간 모자는 그건 어려울 거라고 생각했습니다. 살인 의지가 없는 누군가에게 살인을 저지르게 할 방법이 세상에 있을까요.

"그렇게 무서운 표정을 짓지 마, 빨간 모자. 난 오히려 숲속에 버려진 뒤부터 더 행복한 것 같아. 유쾌한 난쟁이들을 만났고 이렇게 멋진 집에서 살고 있잖아."

그럼 다행이지만……. 빨간 모자가 그렇게 생각할 때였습니다.

"빨간 모자! 피노키오!"

문이 벌컥 열리더니 촐랑이 푸치가 뛰어 들어왔습니다.

"왼팔을 찾았어!"

"정말?"

피노키오가 가장 먼저 반응했습니다.

"그래, 근데 조금 꺼내기 힘든 곳에 있어. 그래도 잠깐 가볼래?"

빨간 모자는 피노키오의 머리를 바구니에 넣고 촐랑이 푸치와 함께 밖에 뛰어나갔습니다. 백설 공주도 따라옵니다. 난쟁이들은 굵은 참나무 밑동 앞에 모여 있었습니다. 금 캐는 도구들이 옆에 가지런히 있고, 두 손을 나무줄기에 얹은 비굴이 푸치의 어깨 위에 떡딴이 푸치가 올라타 있었습니다.

"와! 흔들린다, 흔들린다! 분노한 용의 허리처럼 흔들린다!"

"시끄러워, 떡딴이 푸치. 어이, 척척이 푸치, 너도 얼른 저 위에 올라타."

자랑이 푸치가 지시했지만.

"나, 난 손가락이 생명이야. 기어오르다가 손가락을 찔리기라도 하면 큰일이잖아."

"찔릴 리 없어! 어이, 그럼 신령이 푸치, 네가 해."

조금 떨어진 나무 밑동에 쪼그려 앉아 있던 신령이 푸치가 멍한 얼굴로 대답했습니다.

"……난 그런 거 잘 못해."

그렇게 중얼거리고 고개를 흔듭니다. 멱딴이 푸치 아래에 있는 비굴이 푸치가 자학하듯 미소 지었습니다.

"무겁다고 빨리 끝내라고 해봐야 소용없겠지. 어차피 나 따위가 부탁해봐야."

"네 그런 모습이 제일 피곤해! 아, 이대로 가다가는 피노키오의 왼팔을 못 집겠는데."

"대체 어디 있는 거예요?"

빨간 모자의 질문에 난쟁이들이 일제히 고개를 돌리는 바람에 멱딴이 푸치가 바닥에 쿵 떨어졌습니다.

"아야, 아야! 척추가 부러졌어! 어깨, 허리, 갈비뼈, 이빨도 다 부러졌어!"

고래고래 소리치며 항의하지만 모두 무시합니다.

"저기." 자랑이 푸치가 가리킨 곳을 보니 머리 위 20미터 정도 되는 나뭇가지에 나무로 된 왼팔이 걸려 있었습니다.

"적당한 나뭇가지가 없어서 기어오를 수 없고, 나무줄기가 너무 굵은 탓에 흔들어도 꿈쩍을 안 해. 모두 서로서로 목말을 태워서 올라가는 방법을 떠올렸지만 보다시피 이런 상황이라…….”

빨간 모자는 문득 정리돼 있는 짐 속에서 2미터 정도 되는 널빤지를 발견했습니다. 주변을 둘러보니 조금 떨어진 곳에 오래된 나무 그루터기가 있습니다. 다행히 그루터기와 참나무 사이에는 방해되는 장애물도 없었습니다.

“이것 좀 빌릴게요.”

빨간 모자는 널빤지를 들어 한쪽 끝을 땅에 대고 반대쪽을 공중에 뜨게 해서 그루터기에 올려놨습니다. 그리고 땅에 닿은 쪽 끝부분에 낙엽을 깔고 바구니에서 피노키오의 머리를 꺼내 그 위에 둡니다.

“빨간 모자, 뭘 하려고?”

“이거요!”

빨간 모자는 다리를 들어 공중에 뜬 널빤지 끝부분을 쿵 하고 밟았습니다. 널빤지의 반대편 끝이 시소처럼 튀어 오르더니 낙엽과 함께 피노키오의 머리가 날아갔습니다.

“와아앗! 얼마 전에도 비슷한 일을 겪은 것 같은데!”

피노키오의 머리는 포물선을 그리며 나무로 된 왼팔에 정확히 명중했습니다.

머리와 함께 땅에 떨어진 왼팔을 보며 난쟁이들이 환호성을 질렀습니다.

“대단해, 빨간 모자!”

백설 공주가 두 손을 모으며 감격했습니다.

"이 정도쯤이야. 별거 아니야."

빨간 모자가 의기양양해하던 바로 그때.

"아니야."

땅바닥에 있는 피노키오가 당황한 듯이 말했습니다.

"응? 뭐가?"

"이건 내 왼팔이 아니야."

"정말? 말도 안 돼."

빨간 모자는 왼팔을 집어 들었습니다. 바구니 안에 있는 오른팔과 나란히 비교해봅니다.

"비슷해 보이는데."

백설 공주가 이맛살을 찌푸렸습니다.

"그래, 백설 공주 말이 맞아. 네 왼팔이 아니면 누구 왼팔이라는 거야?"

"모르겠어. 하지만 이것 봐. 지금 내가 왼손 손가락을 움직이는데 저건 안 움직이잖아."

'정말 움직이는지 아닌지는 너만 알 수 있잖아……'라고 말하려다가 빨간 모자는 흠칫 놀랐습니다. 그렇습니다. 다른 건 몰라도 이 인형이 지금 거짓말을 하는지만큼은 확실하게 알 수 있습니다. 피노키오의 코는 조금도 길어지지 않았습니다.

"애초에 내 왼팔은 지금 쇠인지 돌인지 모를 둥글고 차

가운 뭔가 위에 올라가 있어. 그 가운데에는 움푹 팬 부분이 있고 거기에 피리 정도 되는 막대기도 세워져 있어."

"그 얘기를 왜 이제야 해?"

"촐랑이 푸치 씨가 너무 흥분한 것 같아서 말할 기회가 없었어."

피노키오가 촐랑이 푸치 쪽을 바라봤습니다. 어휴, 정말. 어이없어하고 있을 때 빨간 모자의 머릿속에 문득 커다란 물음표가 떠올랐습니다. 지금 눈앞에 있는 건 적어도 겉보기에는 피노키오의 팔과 똑 닮았습니다. 정교한 피노키오의 가짜 왼팔. 대체 누가, 어떤 목적으로 이런 걸 만들었을까요.

07

"이쪽이야. 어서 따라와."

힐데힐데는 지하 조리실로 내려가는 계단을 앞장서 내려갔습니다. 겁에 질린 얼굴로 따라오는 사람은 사냥꾼 보보로입니다.

"성 지하에 이, 이런 곳이……."

조리실에 도착한 보보로는 겁먹은 듯 움찔거리며 철제 냄비를 들여다봤습니다. 안에 들어 있던 독사과 재료들은 전부 버렸고 반짝반짝 윤이 나게 닦여 있는 상태입니다.

"함부로 들여다보지 마. 네 작업장은 이쪽이야."

힐데힐데는 조금 전 설치한 조리대 앞으로 보보로를 데려갔습니다. 정면 벽에는 마법 거울이 걸려 있는데 지금은 평범한 거울과 마찬가지로 불안해하는 보보로의 얼굴만 비칩니다.

"자, 보보로. 여기서 쿠키를 만드는 거야. 만드는 법은 알겠지?"

조리대 위에는 밀가루, 버터, 우유, 그리고 고블린 빈즈가 마련돼 있었습니다.

"어릴 때 어머니를 도우면서 대충은……."

"다 만들면 그걸 숲속 난쟁이들의 집에 가져가는 거야."

"금괴를 캐는 그 작은 녀석들 말인가요?"

"그래, 백설 공주는 지금 거기 있어."

"앗……."

겁먹은 보보로에게 힐데힐데는 얼굴을 바짝 들이댔습니다.

"이해해. 너도 그 아이 미모에 홀려서 차마 죽이지 못했겠지. 나도 걔를 죽이는 건 포기했어. 하지만 걔가 성에 다시 돌아오기라도 하면 큰일이잖아. 앞으로도 그 난쟁이들 집에서 계속 살게 해주는 거야. 쿠키는 뭐, 백설 공주를 잘 부탁한다는 인사 차원이라 할 수 있겠지."

"그럼 힐데힐데 님께서 직접 만드시는 게 낫지 않을까요?"

"이 손톱으로 쿠키를 만들라고?"

힐데힐데의 긴 손톱은 끝이 날카롭고 뾰족했습니다. 보보로는 힐데힐데의 손톱을 보며 더욱 겁을 집어먹습니다. 힐데힐데는 그를 안심시키려는 듯 미소 지었습니다.

"사실 난 요리를 잘하지 못해. 그리고 네가 만든 쿠키라면 백설 공주도 안심하고 먹겠지. 알겠어? 이 콩을 잘게 썰어서 넣는 걸 잊지 마. 그리고 백설 공주가 다 먹는지 끝까지 확인해야 해."

"아, 알겠습니다."

보보로는 아무래도 고블린 빈즈에 대해서는 잘 모르는 듯했습니다.

"오븐은 예열해뒀어."

철제 냄비 건너편에 있는 오븐을 가리키고 힐데힐데는 "그럼 난 이만" 하고 손을 흔들며 계단으로 향했습니다.

계단을 오르는 동안 힐데힐데는 저절로 웃음이 나왔습니다.

물론 백설 공주를 살려둘 생각은 없습니다. 하지만 이 손으로 직접 죽이면 마력을 잃게 됩니다. 그래서 떠올린 방법이 바로 고블린 빈즈를 이용한 방법이었습니다.

먼저 뿌리 독으로 독사과를 만들어 백설 공주에게 먹입

니다. 그리고 그 독이 체내에 남아 있는 반나절 동안, 다음으로 열매를 넣은 쿠키를 먹입니다. 고블린 빈즈는 요리와 과자에 들어가는 맛 좋은 식재료지만, 뿌리와 열매를 함께 먹으면 순식간에 맹독이 돼 먹은 사람을 죽음으로 몰고 갑니다.

여기서 필요한 건 최종적으로 *백설 공주를 죽음에 이르게 할 쿠키를 처음부터 끝까지 힐데힐데가 아닌 다른 누군가가 만들어야 한다*는 점입니다. 그래서 다시 한번 사냥꾼 보보로를 호출한 것입니다.

힐데힐데가 만든 독사과를 먹어도 백설 공주는 죽지 않습니다. 즉, 그 시점에는 힐데힐데가 백설 공주를 죽인 게 되지 않습니다. 그 후 보보로가 만들어 건넨 쿠키를 먹고서야 백설 공주는 죽게 되고, 그로써 백설 공주를 죽인 사람은 보보로가 됩니다. 두 가지 사실이 겹쳐야 독성을 발휘하는 독극물. 그런 특성을 활용한 완벽한 계획이었습니다.

"기다리려무나, 백설 공주."

힐데힐데는 중얼거렸습니다. 이 계획에 성공하려면 어젯밤 만든 독사과를 백설 공주에게 반드시 먹여야 합니다. 거울이 아닌 이 두 눈으로 백설 공주가 독사과를 깨무는 모습을 확인할 것입니다.

그러려면 우선 변장부터 해야 합니다.

08

난쟁이들의 집 안은 향긋한 냄새로 가득했습니다. 오전에 반죽해 숙성시킨 빵이 가마 안에서 통통하게 구워지고 있습니다.

"맛있어 보이네. 배고파."

빨간 모자가 중얼거리자 백설 공주도 고개를 끄덕였습니다.

"이제 슬슬 다들 돌아올 때가 된 것 같아. 그때쯤이면 다 구워질 거야."

피노키오의 왼팔 소동 이후 난쟁이들은 다시 일하러 떠났고 빨간 모자는 집으로 돌아갔습니다.

"저기, 내 왼팔은 어떻게 됐어?"

피노키오만 여전히 걱정스러워 보입니다.

"조만간 찾을 수 있을 거야. 지금은 배고파서 빵 말고 다른 건 머릿속에 안 떠올라."

"넌 금방 배가 고프네. 나도 인간 아이가 되면 배가 고플까?"

"배고픈 건 좋은 일이야. 밥도 더 맛있고."

"난 맛있다는 느낌도 잘 모르겠어."

피노키오가 중얼거린 그때 누군가 문을 두드리는 소리가 들렸습니다.

"누구지? 아직 돌아오기에는 이른 시간인데."

백설 공주가 의아해하며 문을 열었습니다.

문 앞에 선 사람은 검정 후드 옷을 입었고 어깨에는 커다란 삼베 자루를 멘 꼬부랑 할머니였습니다. 뒤집어쓴 후드 아래로 보이는 새하얀 머리카락이 헝클어져 있고 큼지막한 코에는 사마귀가 가득합니다. 눈꺼풀과 볼도 축 처졌고 기미투성이라 사람이 어떻게 이렇게까지 늙을 수 있나 의아할 정도였습니다.

"안녕, 난 사과 장수 할머니란다."

목소리도 잔뜩 잠기고 갈라졌습니다.

"사과 장수요?"

"그래, 우리 농장에서 맛 좋은 사과를 수확했는데 하나 먹겠니? 아니, 한 개가 아니라 세 개, 네 개."

할머니는 마음대로 집 안에 들어오더니 삼베 자루에서 사과를 꺼내 식탁에 올려놨습니다.

"와, 정말 맛있어 보이는 사과네요." 백설 공주가 두 팔을 벌려 환영했습니다. "하지만 죄송해요, 할머니. 전 돈이 없어요."

"돈 같은 건 없어도 상관없단다. 사실 마을에서 팔다가 남은 게 너무 많아서 집에 가져가봐야 다 먹지도 못할 텐데 어떡하나 고민하며 걷고 있었거든. 그런데 갑자기 귀여운 집이 눈에 들어오는 게 아니겠니? 과감히 문을 두드리기를 잘했지. 너희처럼 예쁜 아가씨들이 먹어주면 이 할미도 정말 기쁠 것 같아."

정말 먹음직스러워 보이는 사과입니다.

"저기, 할머니. 할머니는 허리가 왜 그렇게 굽었어?"

그때 대뜸 피노키오가 옆에서 물었습니다.

"나이를 먹으면 다 이렇게 된단다."

사과 장수 할머니는 담담히 대답했습니다.

"그럼 할머니 코에는 왜 그리 사마귀가 많아?"

피노키오는 지금 내 흉내라도 내는 걸까. 빨간 모자는 내심 불쾌했습니다.

"이것도 마찬가지란다. 나이를 먹으면 이렇게 돼."

"그럼 할머니 팔은 가느다란데 어떻게 그렇게 무거운 사과를 들고 걸을 수 있었어?"

"응?"

"여기 있는 사과만 해도 무거워 보이는데, 마을에서 팔았다면 처음에는 더 많은 사과를 들고 다녔다는 말이잖아."

사뭇 예리한 질문에 불쾌감이 단숨에 사라집니다. 이 할머니, 그러고 보니 뭔가 이상합니다. 얼굴은 이상하리만큼 주름이 많아 쪼글쪼글한데 사과를 만지는 손은 묘하게 젊어 보이고 손톱은 사냥감을 노리는 매처럼 뾰족합니다.

"반짝반짝 윤기 나는 사과가 달콤하고 맛있어 보여요.

정말 돈을 내지 않아도 돼요?"

백설 공주는 빨간 모자의 그런 마음은 알지도 못하고 황홀한 얼굴로 손에 든 사과를 보고 있었습니다.

"응, 당연하지, 당연하지. 자자, 먹어보렴, 어서."

"그럼 사양 않고. 잘 먹겠습니다."

아삭. 백설 공주가 사과를 한입 깨물었습니다. 그러고는 만족스럽게 미소 짓습니다.

"볼이 떨어져 나갈 정도로 달콤해. 빨간 모자, 너도 먹어볼래?"

"난……" 하고 빨간 모자는 테이블 위에 있는 사과를 보며 침을 꿀꺽 삼켰습니다. 백설 공주가 한입 먹은 사과에서는 지금껏 한 번도 맡아 보지 못한 달콤한 냄새가 풍겨 식욕을 자극했습니다.

그러나 수상하다고 여긴 빨간 모자는 결국 사과를 외면하고 천장을 바라봤습니다. 신령이 푸치가 시선이 느껴진다고 한 천장의 한구석입니다.

……응?

빨간 모자는 문득 떠올렸습니다. 백설 공주의 계모 힐데힐데가 가지고 있다는 비밀 거울은 전 세계 어느 곳이든 원하는 곳을 비춰준다고 합니다. 혹시 신령이 푸치가 전에 느꼈던 '시선'이 그 거울로 이곳을 관찰한 힐데힐데의 시선이라면……. 순간적으로 머릿속에서 여러 가지 가능성이

겹칩니다.

역시 이 할머니는. 하지만 그렇다면 의도가 무엇일까요…….

"왜 그래?"

생각에 잠긴 빨간 모자를 보며 백설 공주가 물었습니다. 순수해 보이는 눈동자. 이런 얼굴로 쳐다보면 남자들은 순식간에 홀려버리겠지요.

"안 먹니?"

역시 진실을 확인하려면 이럴 수밖에 없어 보입니다.

"잘 먹겠습니다!"

빨간 모자는 사과를 집어 들고 한입 베어 물었습니다. 꿈결처럼 달콤한 과즙이 입 안 가득 퍼집니다. 그런 빨간 모자와 백설 공주를 보며 할머니는 활짝 미소 지었습니다.

"그럼 난 이만 슬슬 가야겠구나."

문으로 향하는 할머니를 보며 빨간 모자는 "잠깐만요" 하고 할머니를 멈춰 세웠습니다.

"이걸 두고 가셨어요."

테이블 아래에 있는 삼베 자루를 들어서 건넸습니다.

"아, 고맙구나."

할머니는 낚아채듯 자루를 받아 들고 총총걸음으로 집에서 나갔습니다.

09

압펠성으로 돌아가는 길. 힐데힐데는 서둘러 가짜 코와 가짜 빰을 떼어 바닥에 집어 던졌습니다. 도대체 그 양파 석류 인형은 뭘까요. 게다가 빨간 모자라는 그 묘하게 똑똑해 보이는 아이……. 하마터면 낭패를 볼 뻔했습니다.

"됐어. 신경 쓰지 말자."

중얼거리면서 백발 가발을 덤불 너머로 휙 던졌을 때 압펠성 문이 눈앞에 보였습니다. 힐데힐데는 묵직한 성문을 열고 들어가자마자 지하 조리실로 향했습니다. 버터 향 가득한 조리대 앞에 선 보보로가 기분 좋은 듯이 콧노래를 부르고 있었습니다.

"보보로."

"앗, 여왕님, 어서 오십시오. 무슨 일인가요? 그 차림새는……."

그제야 힐데힐데는 자신이 여전히 검정 후드가 달린 로브를 입고 어깨에는 삼베 자루를 메고 있다는 걸 깨달았습니다. 힐데힐데는 로브를 벗고 삼베 자루와 함께 조리실 구석에 던져버렸습니다.

"아무것도 아니야. 그보다 쿠키는 다 구웠어?"

"네, 이것 보십시오."

수염 난 사냥꾼에게 기대한 것치고는 잘 만든 귀여운

쿠키였습니다.

"거울아, 거울아, 보보로가 고블린 빈즈를 쿠키에 확실히 넣었겠지?"

—네, 확실합니다.

벽에 걸린 거울이 대답했습니다. 얼핏 봐서는 알아볼 수 없게 잘게 썰어 넣은 게 틀림없습니다.

"좋아, 좋아. 그럼 지금 당장 이걸 숲속 난쟁이들에게 갖다 줘."

"저, 여왕님. 생각해봤습니다만, 쿠키라고 하면 간식 시간에 먹는 것 아닌가요? 지금 가져가면 저녁 시간일 텐데 쿠키 같은 걸 먹을까요?"

"그냥 군말 없이 시키는 대로 해. 오늘 밤에 꼭 백설 공주가 이 쿠키를 먹어야 해. 자, 빨리."

보보로는 더는 말이 안 통하겠다고 생각했는지 쿠키를 박스에 주워 담고 "그럼 다녀오겠습니다" 하고 계단을 올라갔습니다.

이제 보보로가 잘 해낼지 지켜보기만 하면 됩니다. 쿠키를 만드는 도구가 널브러진 조리대 앞에서 힐데힐데는 거울에 비친 자신을 바라봤습니다.

"거울아, 거울아, 숲속 난쟁이들의 집을 비추렴."

—힐데힐데, 난쟁이의 집을 비추기 전에 한 가지 보고드릴 게 있습니다.

"보고?"

지시를 막으면서까지 이렇게 말하는 걸 보면 중요한 일이 틀림없어 보입니다.

—참으로 안타까운 소식이지만…….

거울의 보고를 다 들었을 때 문득 뒤에서 우당탕하는 소리가 들려서 힐데힐데는 무심코 고개를 돌렸습니다. 벽에 세워진 부지깽이가 쓰러져 있습니다.

"응?"

힐데힐데는 화들짝 놀랐습니다. 화로 옆에 조금 전 벗어둔 로브가 있는데, 그 로브가 마치 자기 의지를 가진 것처럼 꿈틀거리고 있는 게 아닌가요. 로브에 마법을 건 기억은 없습니다. 혹시 누군가 다른 마녀가 못된 마법이라도 구사한 걸까요.

"누구야!"

힐데힐데가 소리쳐도 로브는 멈춰 설 기색이 없이 꿈틀꿈틀 꿈틀꿈틀 계속 움직였습니다.

10

빨간 모자가 피노키오의 머리와 함께 난쟁이의 집에 돌아갔을 때는 난쟁이들도 집에 돌아와 이미 저녁 식사가 시작되고 있었습니다.

"오, 빨간 모자, 왜 이리 늦었니."

자랑이 푸치가 말했습니다.

"죄송해요. 딸기를 먹고 싶었는데 너무 어두워 결국 못 찾았어요."

할머니의 사과를 먹은 빨간 모자는 백설 공주에게 산딸기도 먹고 싶으니 따 오겠다고 하고 피노키오와 함께 집을 나섰습니다.

"딸기는 내일 또 따러 가면 되지. 자, 이리 와. 빨간 모자. 네 것도 있어." 백설 공주가 웃으며 의자를 끌어당겼습니다. "낮에 구운 빵, 다들 맛있대."

"그래? 다행이다."

"나도 먹고 싶어."

"피노키오, 넌 못 먹잖니."

난쟁이들이 웃음을 터뜨렸을 때 갑자기 누군가 문을 똑똑 두드렸습니다.

촐랑이 푸치가 일어나 문 앞에 다가갔습니다. 동시에 신령이 푸치가 천장 한구석으로 시선을 향하는 것을 빨간 모자는 놓치지 않았습니다. 그리고 그런 신령이 푸치의 행동에 백설 공주가 반응하는 모습까지.

"누구세요?"

촐랑이 푸치가 물었습니다.

"안녕하세요. 전 사냥꾼 보보로라고 합니다."

"어머! 촐랑이 푸치 씨. 그분은 제 친구예요. 열어주실래요?"

백설 공주의 말에 촐랑이 푸치가 문을 열었습니다. 수염을 덥수룩하게 기른 건장한 남자가 문 앞에 서 있었습니다.

"백설 공주, 지난번에는 미안했다……."

백설 공주를 바라보는 눈빛에서 왠지 모를 죄책감이 느껴집니다.

"사실 여왕님께서 널 성에서 추방하라고 시키셔서."

"뭐라고?" 촐랑이 푸치가 소리쳤습니다. "그래서 이렇게 연약한 소녀를 위험한 숲속에 혼자 두고 가버렸다는 거야?"

"자, 잠깐. 그렇다고 여왕님께서 백설 공주를 죽이고자 하신 건 아니야. 너희 난쟁이들 집에서 백설 공주가 보살핌을 받고 있다는 소문을 들으셨고, 그럼 그대로 그곳에 머물러 살아도 된다고 하셨어."

"함부로 말하지 마!"

"너희만 괜찮다면 매달 성에서 이 집에 돈을 보내줄 거야. 맛있는 빵과 케이크, 고기와 채소도 잔뜩 보낼 거고. 오늘 가져온 이 쿠키도 성의 표시."

보보로는 작은 상자를 들며 말했습니다.

"그딴 건 필요 없어! 저 수레 속에 가득한 말똥이 더 가치 있겠다!"

멱딴이 푸치가 소리치며 접시를 던졌습니다. 다른 난쟁이들도 격분해 보보로에게 욕설을 퍼부으며 마구잡이로 물건을 던집니다.

"비겁한 자식!" "악마!" "썩 꺼져!"

"여러분, 잠깐만요!" 하고 백설 공주가 그들을 멈춰 세웠습니다.

"새어머니께서 절 싫어하신다는 건 어렴풋이 알고 있었어요. 그 숨 막히는 성에서 사는 것보다 이 집에서 여러분과 함께 사는 편이 훨씬 나아요."

난쟁이들이 백설 공주의 말에 가만히 귀 기울입니다. 백설 공주는 모두를 둘러보며 불안해하는 표정을 지었습니다.

"여러분께서 허락해주신다는 조건이지만……."

"당연히 환영이지!" 촐랑이 푸치가 손뼉을 짝 쳤습니다.

"그래!" "우리랑 같이 살자." "야호! 하늘을 나는 기분이다!" "환영이야, 환영!"

난쟁이들은 모두 뛸 듯이 기뻐했습니다.

"여러분, 모두 고마워요. 보보로 씨, 잘된 것 같아."

"저도 감사드립니다."

보보로가 고개를 깊숙이 숙이자 백설 공주는 보보로에

게 쿠키 상자를 받아 들었습니다.

"맛있어 보이는 쿠키네. 여기요, 자랑이 푸치 씨. 여기요, 척척이 푸치 씨."

백설 공주는 난쟁이들에게 쿠키를 하나둘 나눠줬습니다.

"자, 빨간 모자."

마지막으로 빨간 모자에게도 쿠키를 한 개 나눠줍니다.

"그럼 다 같이 먹어보도록 해요."

난쟁이들은 저마다 쿠키를 한 입씩 베어 물었습니다. 맛있다며 기뻐하는 난쟁이들에게 백설 공주는 재빨리 다른 접시도 내밀었습니다. 그 위에는 칼로 썬 사과가 올라가 있었습니다.

"다들 쿠키 먹고 목마르시죠? 이 사과도 드세요."

"아, 고마워." "백설 공주는 정말 센스 있구나."

촐랑이 푸치와 척척이 푸치가 손을 뻗어 망설임 없이 사과를 베어 물자 백설 공주는 휘파람을 불었습니다.

"백설 공주, 넌 안 먹니?"

빨간 모자는 쿠키를 손에 든 채로 물었습니다. 백설 공주는 대답하지 않고 별안간 꺄핫 하고 웃음을 터뜨렸습니다.

"꺄하핫, 꺄하하핫."

웃음소리가 점점 커집니다.

"꺄하하하하핫, 꺄하하하하하!"

눈을 부릅뜨고 이를 보이며 악마 같은 얼굴로 웃습니

다. 하얀 피부의 가련한 소녀에게는 어울리지 않는 웃음소리에 난쟁이들이 모두 놀라움을 금치 못합니다.

"무, 무슨 일이야? 백설 공주."

백설 공주는 난쟁이들을 무시하고 천장 구석을 올려다봤습니다. 신령이 푸치가 지그시 보던 그 천장 구석입니다.

"보고 계시죠? 힐데힐데 새엄마. 당신은 이제 영원히 마법을 못 쓰게 됐어요!"

꺄하핫 웃음을 터뜨리는 백설 공주. 아연실색하는 난쟁이들.

빨간 모자는 조용히 쿠키를 접시에 다시 내려놨습니다.

"백설 공주, 네 피부는 왜 그렇게 하얘?"

"뭐?" 백설 공주는 웃음을 멈추고 빨간 모자를 돌아봤습니다. "태어날 때부터 하얬는데, 이제 와서 그런 건 왜 물어?"

"백설 공주, 넌 왜 이렇게 빵을 잘 만들어?"

"어릴 때 돌아가신 엄마가 가르쳐줬으니까."

"그럼."

빨간 모자는 검지를 들어 백설 공주의 코끝을 가리켰습니다.

"백설 공주, 네 범죄 계획은 왜 그렇게 허술해?"

백설 공주는 대번에 말문이 막힌 듯했습니다. 그러나 빨간 모자는 백설 공주의 눈빛이 적개심으로 가득 차 있는 걸 놓치지 않았습니다.

빨간 모자는 곧 다시 천장 구석을 올려다봤습니다.

"힐데힐데 씨, 이제 그만하세요."

"응? 그게 무슨……."

뭔가 할 말이 있는 듯한 백설 공주를 가로막듯 다시 한 번 문을 두드리는 소리가 들렸습니다. 빨간 모자는 보보로 앞을 지나 문고리에 손을 얹었습니다.

"자, 소개할게요. 압펠국의 여왕, 힐데힐데 씨예요."

열린 문 너머에는 거울을 품에 안은 검은 머리 마녀가 서 있었습니다.

II

"새엄마, 대체 왜……."

백설 공주는 꼭 죽은 사람을 보는 듯한 표정이었습니다. 힐데힐데는 그 옆에서 당돌한 미소를 짓고 있는 빨간 모자를 보며 '정말 무서운 아이구나' 하고 탄식하고 싶어졌습니다.

불과 한 시간 전, 압펠성 지하 조리실에서 있었던 일입니다.

"움직인다, 움직인다!"

벽 앞에 벗어놓은 로브 밑에서 뭔가가 꿈틀거리는 걸 보며 힐데힐데는 소스라치게 놀랐습니다. 그것도 모자라 로브 밑에서 나무로 만든 뭔지 모를 오른팔이 툭 튀어나온 것입니다.

힐데힐데는 금세 떠올렸습니다. 난쟁이들 집에 있던 그 동그란 양파석류 인형의 얼굴을. 저 팔은 그 인형의 팔이구나. 그러고 보니 집을 떠날 때 빨간 모자가 잊어버린 물건이라며 삼베 자루를 건네준 것이 기억납니다. 그때 삼베 자루에 이 팔을 숨겨둔 게 분명했습니다.

그렇다고 해도 정말 섬뜩한 일입니다. 힐데힐데는 꿈틀꿈틀 바닥을 기는 팔을 내려다봤습니다. 마법사가 의식 때 쓰는 석류 중에서 가장 효과가 좋은 양파석류. 그런 나무로 만든 인형이라면 팔만 있어도 움직일 수 있는 듯합니다. 팔은 어느새 뱀처럼 팔꿈치 윗부분을 들어 올린 채 다섯 손가락을 꼼지락꼼지락 움직였습니다.

—힐데힐데, 뭔가 할 말이 있어 보입니다. 펜을 줘보는 게 어떨까요?

거울의 조언에 따라 힐데힐데가 그 손가락에 펜을 쥐여주고 종이를 내려놓자 팔은 곧장 글자를 써 내려가기 시작했습니다.

—난 빨간 모자와 함께 있던 나무 인형 피노키오. 빨간

모자는 백설 공주의 못된 계획을 알고 있어.

못된 계획? 처음에는 미심쩍었지만 삐뚤빼뚤한 글자를 읽어갈수록 등골이 오싹해졌습니다.

—만약 내 말을 조금이라도 믿는다면 줄기가 두 갈래로 갈라진 전나무 앞으로 와줘. 소중한 거울과 함께.

줄기가 두 갈래로 갈라진 그 희귀한 전나무가 어딨는지 아는 힐데힐데는 거울을 들고 곧장 그곳을 찾았습니다.

그곳에는 빨간 모자가 먼저 와 있었습니다.

"백설 공주한테는 산딸기를 따러 간다고 하고 나왔어요." 빨간 모자는 그렇게 말했습니다. "힐데힐데 씨, 당신은 왜 백설 공주가 죽기를 바라나요? 조금 더 자세한 얘기를 들려주실 수 있나요?"

총명해 보이는 두 눈으로 뚫어지게 쳐다봐서 힐데힐데는 차마 거짓말을 할 수 없었습니다.

"힐데힐데 씨는 군주로서 대단히 훌륭한 분이에요."

눈이 빨갛게 충혈된 백설 공주와 입을 떡 벌린 난쟁이들을 향해 빨간 모자가 설명을 시작했습니다.

"자신의 경험으로 아이를 홀로 키우는 엄마들을 돕기 위한 제도를 만들었죠. 경제적 지원은 물론이고 육아 경험이 있는 할머니들을 상담원으로 모집해 고민 있는 엄마들이 언제든 상담할 수 있는 공간도 만들었어요."

힐데힐데의 머릿속에서 그간의 고생이 주마등처럼 스쳤습니다. 결혼 초기부터 왕에게 누차 제안했지만 번번이 관료들의 반대에 부딪쳤고, 7년이 지나고서야 비로소 실현할 수 있었습니다.

"백성들의 지지도 받은 제도지만 왕이 죽고 난 뒤부터 그 제도에 반대하고 나선 사람이 있었어요. 그게 바로 너야, 백설 공주. 멋 부리기를 좋아한 넌 희귀한 옷과 액세서리, 화장품들을 사재기하며 국가 재정을 압박했어. 그리고 예쁜 외모를 이용해 재정관들을 꼬드긴 후, 상담 제도를 폐지하고 그 돈이 고스란히 네 주머니에 들어가도록 만들었지?"

참으로 악독한 여자입니다. 그 이기적인 면모 때문에 얼마나 많은 엄마들이 고통받았을까요. 실제로 힐데힐데가 질책했을 때 백설 공주는 "누군지도 모를 아줌마들이 고생하는 건 내 알 바 아니야" 하고 예쁜 얼굴로 코웃음 쳤다고 합니다. 애초에 가난한데 애 같은 걸 왜 낳아? 경솔한 행동을 해서 멋대로 가난해지고 멋대로 곤란해하는 거잖아. 여자로서 이미 끝난 사람들이 꽃다운 여자의 즐거움을 방해해서야 되겠어?

"물론 그렇다고 백설 공주를 죽이려는 행위 자체를 옹호할 수는 없어요. 하지만 힐데힐데 씨에게도 동정의 여지는 있지 않을까요?"

빨간 모자가 난쟁이들의 머리 너머로 백설 공주를 봤습니다.

"전 그런 사정을 전혀 몰랐고 앞으로도 그냥 모르는 척 여행을 이어갈 수도 있었어요. 그런데 도저히 그냥 넘어갈 수 없겠더라고요. 죄 없는 가난이 푸치 씨를 의도적으로 죽인 백설 공주를……."

"백설 공주가 가난이 푸치 씨를?"

노란 난쟁이가 믿을 수 없다는 듯이 소리쳤습니다.

"수프에 고블린 빈즈 열매를 넣은 게 실수가 아니었다는 말이야?"

"제가 뿌리가 든 사탕을 발견했을 때 백설 공주는 이렇게 말했어요. '하필 제가 외출해 있을 때 그런 걸 드셨을 줄이야'라고. 고블린 빈즈는 반나절 안에 열매와 뿌리를 함께 먹으면 맹독이 된다고 해요. 그러니 가난이 푸치 씨가 뿌리를 이른 아침에 먹었어도 이상하지 않다는 뜻이에요. 그런데 백설 공주는 어떻게 자신이 '외출해 있을 때' 그걸 먹은 걸 알았을까요? 제 눈에는 '당신한테만 줄게요'라고 달콤하게 속삭이며 사탕을 건네는 백설 공주의 모습이 떠오르는 것 같은데, 여러분은 어떠세요? 하지만 백설 공주는 그때 가난이 푸치 씨가 자신에게 받은 사탕을 다 먹지 않고 그렇게 조금 남겨둘 줄은 예상하지 못했겠죠. 부족함 없이 자란 백설 공주에게는 이해하기 어려운 일이었을 거예요."

힐데힐데는 이곳 사정에 대해 잘 모르지만 난쟁이들이 소란스러운 걸 보니 아무래도 빨간 모자의 말이 사실인 것 같습니다. 백설 공주는 고개만 갸웃거리고 있었습니다. 상황이 이런데도 모르는 척하다니, 이 아이답다고 해야 할까요.

"아, 참. 자랑이 푸치 씨." 빨간 모자가 설명을 이어갔습니다.

"절 처음 만났을 때도 사실 백설 공주가 부탁한 목걸이를 사러 가는 길이었죠?"

"앗!" 난쟁이들이 일제히 보라색 난쟁이를 돌아봤습니다.

"그, 그게 무슨. 난……."

"그것 역시 계획의 일부였어요. 백설 공주는 자랑이 푸치 씨에게 심부름을 시켜 식사가 시작될 때 이 자리에 함께 있지 못하게 했어요. 수프에 위험한 고블린 빈즈가 들어 있는 걸 자랑이 푸치 씨가 알아차리면 곤란하니까요. 그리고, 척척이 푸치 씨."

빨간 모자는 말문이 막힌 보라색 난쟁이에서 감청색 난쟁이에게 눈길을 돌렸습니다.

"척척이 푸치 씨도 백설 공주가 시키는 대로 했죠? 제가 처음 여기 온 날, 백설 공주가 한밤중에 피노키오의 가짜 왼팔을 만들어달라고 부탁하지 않았나요? 물론 다른 사람들에게는 비밀이라고 했을 테고요."

"그, 그건……."

"오른팔을 바탕으로 가짜 왼팔을 그토록 정교하게 만들 수 있는 사람은 손재주가 좋은 척척이 푸치 씨뿐이에요."

감청색 난쟁이는 고개를 푹 숙였습니다. 그런 태도가 빨간 모자의 이야기를 뒷받침했습니다.

"나 따위는 어차피 들어도 모르겠지만, 왜지? 왜 그런 걸 만들어야 했던 거야?"

노란 난쟁이의 비굴한 질문에 빨간 모자는 "제가 사탕을 찾았기 때문이죠"라고 대답했습니다.

"그때 백설 공주는 속으로 '큰일이야'라고 생각했어요. 이 빨간 모자를 쓴 아이를 계속 이 집에 뒀다가는 곧 진실이 밝혀질 수도 있겠다며 걱정했겠죠. 그래서 제가 여행 목적을 달성해 하루빨리 이곳을 떠나도록 피노키오의 왼팔을 찾게 했어요. 나뭇가지에 팔을 올려둔 건 마녀가 하늘에서 떨어뜨린 것처럼 연출할 목적이었던 거예요. 실제로는 추를 단 밧줄을 나뭇가지에 걸쳐두고 땅에 남은 밧줄 끝부분에 쉽게 끊어지는 실을 써서 가짜 왼팔을 묶은 후, 밧줄을 잡아당겨 나뭇가지까지 끌어올렸겠죠. 그리고 팔이 나뭇가지에 걸렸을 때 밧줄을 다시 세게 잡아당기면 줄이 끊어져요. 그다음에는 밧줄을 내리면 팔만 나뭇가지 위에 남게 되는 거예요. 피노키오의 팔이 몸에서 떨어져도 자유롭게 움직인다는 사실을 몰랐던 건 백설 공주에게 불행이었어요."

백설 공주는 아무 대답도 하지 않습니다. 빨간 모자는 아랑곳하지 않고 설명을 이어갔습니다.

"여기까지는 알아냈지만 도대체 백설 공주가 왜 가난이 푸치 씨를 죽였는지는 도무지 짐작이 안 되더라고요. 그러다가 문득 머릿속이 번뜩인 건 백설 공주가 숲속에 남겨진 경위를 들었을 때예요. 백설 공주는 시종일관 슬퍼하는 듯 보이면서도 그 안에서는 힐데힐데 씨를 향한 뿌리 깊은 원한이 느껴졌죠. 그 모습을 보며 속으로 전 생각했어요. *백설 공주는 힐데힐데 씨에게 힌트를 주려고 가난이 푸치 씨를 죽인 게 아닐까*…… 하고."

"이해가 안 돼." 보라색 모자를 쓴 나이 든 난쟁이가 흰 머리를 긁적거렸습니다. "내가 이해 못 한다는 건 지금 이 자리에 있는 다른 이들도 모두 모른다는 뜻이겠고."

당연히 이해가 안 되겠지. 힐데힐데는 속으로 생각했습니다. 나 역시 믿을 수 없었으니까.

"신령이 푸치 씨."

빨간 모자가 말을 붙이자 지금껏 힐데힐데도 거울을 통해 여러 번 봤던 주황색 모자의 음침한 난쟁이가 고개를 들었습니다.

"백설 공주가 이 집에 온 날부터 가끔 시선 같은 게 느껴진다고 했죠?"

"응……, 저 천장 구석에서."

"그 얘기를 다른 분들께도 하셨나요?

"응, 백설 공주한테 말했어. 조심하는 게 좋을 거라고."

"힐데힐데 씨, 그 시선의 주인공은 당신이죠?"

"그래." 힐데힐데가 고개를 끄덕였습니다. "보보로가 죽이지 않은 백설 공주가 지금 어떻게 사는지 마법 거울로 지켜보고 있었어."

"마법 거울의 존재를 아는 백설 공주는 신령이 푸치 씨의 말을 듣고 자신이 감시당한다는 걸 깨달았어요. 그리고 그런 상황을 역이용해 힐데힐데 씨에게 복수할 계획을 세웠죠."

무슨 뜻인지 모르겠다는 표정의 난쟁이들에게 빨간 모자는 설명했습니다.

"힐데힐데 씨는 인간을 죽이면 마력을 잃는 운명을 타고났어요. 그걸 아는 백설 공주는 보보로를 시켜 자신을 죽이는 데 실패한 힐데힐데 씨가 다음번에는 자객을 보내거나 또 다른 작전을 세울 거라고 예상했겠죠. 그래서 직접 나서서 힌트를 준 거예요. 힐데힐데 씨, 이제는 솔직히 대답해주실 거죠? 가난이 푸치 씨, 그러니까 파란색 난쟁이가 고블린 빈즈를 먹고 죽은 걸 보며 어떤 생각을 하셨어요?"

“좋은 아이디어를 떠올렸어.”

힐데힐데가 한숨을 푹 내쉬고 대답했습니다.

“내가 먼저 고블린 빈즈의 뿌리를 백설 공주에게 먹인 후, 간격을 오래 두지 않고 다른 사람이 만든 열매가 든 쿠키를 먹인다. 그럼 백설 공주를 죽인 사람은 나중에 그 쿠키를 먹인 사람이 된다. 이러면 내가 직접 손을 쓰지 않아도 백설 공주를 죽일 수 있는 거잖아.”

“정말 끔찍해……” 하고 한 난쟁이가 중얼거렸습니다.

“맞아요, 끔찍하죠.” 빨간 모자가 동의했습니다. “하지만 더 끔찍한 건 그런 사실을 이미 알고 있었던 백설 공주예요. 백설 공주는 힐데힐데 씨가 가져온 독이 든 음식을 먹어서 힐데힐데 씨를 방심시킨 후, 다른 사람이 가져온 두 번째 음식은 절대 먹지 않았어요. 그뿐만 아니라 나중에 온 음식을 난쟁이분들이 먹게 한 후, 먼저 온 음식도 여러분에게 먹이려 했어요.”

“세상에나!” 보라색 난쟁이가 모자를 벗어 구겨버렸습니다. “그럼 우리는 죽잖아!”

“그게 바로 백설 공주의 목적이었어요. 그렇게 여러분이 죽으면 먼저 독이 든 음식을 가져온 사람, 즉 힐데힐데 씨가 여러분을 죽인 게 되는 거죠.”

“끔찍해! 너무 끔찍해! 그렇게 우리 목숨을…….”

난쟁이들은 악마라도 보는 듯한 눈빛으로 백설 공주를

바라봤습니다.

빨간 모자도 백설 공주를 돌아봤습니다.

"힐데힐데 씨는 네 작전에 감쪽같이 걸려들었어. 넌 그 사과 장수 할머니의 정체도 알고 있었지?"

"다 거짓말이에요. 여러분, 전 억울해요……." 백설 공주는 눈물을 흘리며 평소 주특기인 동정심 유도 작전을 시작했습니다. 그러나 이제는 아무도 마음이 흔들리지 않는 듯합니다.

"대체 왜, 왜 제 말을 믿어주지 않는 거죠?" 백설 공주가 두 손으로 얼굴을 감쌌습니다.

"이제 그만해, 백설 공주. 조금 전 네가 웃는 거 다 봤어. 얼굴에서 손 치워."

빨간 모자가 다가가 백설 공주의 손목을 붙들려는 바로 그때였습니다.

백설 공주가 먼저 빨간 모자의 손목을 붙잡는가 싶더니 다리를 확 걸어 빨간 모자를 넘어뜨렸습니다.

"꺄악!"

테이블이 흔들려 식기와 빵, 피노키오의 얼굴이 바닥에 떨어졌습니다.

"이 방해꾼!"

백설 공주는 빨간 모자 위에 올라타더니 오른손으로 강제로 입을 벌리려 합니다!

"입 벌려, 빨간 모자. 너도 독사과를 먹었지? 이 쿠키만 먹으면, 넌, 넌……!"

조금 전까지만 해도 연민이 느껴질 만큼 슬픈 모습이던 백설 공주의 느닷없는 변화에 놀랐는지 난쟁이들과 보보로가 입을 떡 벌리고 있습니다. 가까이 다가가면 살해될 것만 같은 분위기. 악마야. 힐데힐데는 그렇게 느꼈습니다. 마성의 여인처럼 어중간한 수준이 아닙니다. 백설 공주는 소녀의 거죽을 뒤집어쓴 악마입니다!

"나, 난 하늘을 날 수 있고 땅속을 자유롭게 돌아다닐 수도 있어!"

그때 불현듯 우스꽝스러운 목소리가 들렸습니다. 바닥에 떨어진 피노키오의 얼굴 쪽입니다.

"그뿐만 아니라 얼굴만으로 땅 밑에서 자유자재로 움직일 수 있어. 두더지처럼!"

하필 이럴 때 무슨 헛소리일까요. 빨간 모자가 그렇게 생각했을 때.

쭈우우우우우우우욱.

순간 피노키오의 코가 힘차게 뻗어가더니 백설 공주의 오른쪽 눈에 푹 꽂혔습니다.

"아얏!"

백설 공주는 눈을 감고 바닥에 쓰러졌습니다. 빨간 모자는 벌떡 일어나 바닥에 웅크린 백설 공주를 내려다봤습니다. 그리고 테이블 위에 널브러진 보보로의 쿠키를 한 개 집어 들었습니다.

"잘 봐, 백설 공주!"

빨간 모자는 쿠키를 입에 넣고 우물거리기 시작했습니다.

"빠, 빨간 모자, 무슨 짓을……."

야단법석을 피우는 난쟁이들을 향해 빨간 모자는 "괜찮아요" 하고 혀를 내밀었습니다.

"힐데힐데 씨는 아무래도 마법사로서 실력은 꽝인 것 같아요. 독사과를 만드는 방법도 잘 몰랐던 걸 보면요."

"뭐?" 백설 공주가 눈을 휘둥그레 떴습니다.

—거기에 대해서는 제가 설명하겠습니다.

힐데힐데가 손에 든 거울의 표면이 하얗게 변합니다.

—고블린 빈즈의 뿌리는 열을 가하면 독성을 잃는 것으로 알려져 있습니다. 즉, 냄비로 끓여 만드는 독사과에는 고블린 빈즈 뿌리를 쓸 수 없다는 뜻입니다.

힐데힐데도 그 말을 처음 들었을 때는 충격받았습니다. 하지만 피클, 드레싱, 셔벗……. 곰곰이 생각해보면 *하나같이 열을 가하지 않고도 조리할 수 있는 음식입니다*. '파이나 튀김, 구운 과자에는 적합하지 않다'라는 내용도 떠오릅니다. 『독약술 입문』을 끝까지 읽었다면 알 수 있었겠지만, 마법어를 해독하는 데 벅찬 나머지…….

"자랑은 아니지만, 백설 공주." 힐데힐데는 복잡한 심경으로 낯빛이 조금씩 창백해지는 의붓딸을 바라봤습니다. "난 어릴 때부터 독약술 과목만큼은 젬병이었단다. 요리도."

빨간 모자가 빙긋 웃으며 설명을 이어갔습니다.

"실제로 조금 전 독사과를 먹은 촐랑이 푸치 씨와 척척이 푸치 씨는 멀쩡하죠."

"그러고 보니." 백설 공주는 얼빠진 얼굴로 두 사람을 봤습니다. "나, 난 대체 무엇을 위해……."

"원망할 거면 힐데힐데 씨의 마법 능력을 과대평가한 네 부주의함을 원망해."

"시끄러워!"

백설 공주는 빨간 모자를 밀치고 부엌으로 달려갔습니다. 그러더니 커다란 칼을 꺼내 모두를 향해 겨눴습니다.

"뭐 하는 거야, 백설 공주!" "그만해!" "그런 짓 하지 마!"

"빨간 모자, 가르쳐줘."

난쟁이들을 무시하고 백설 공주가 물었습니다.

"아까 산딸기를 따러 갔을 때 새엄마와 대화를 나눴다는 건 알겠어. 하지만 새엄마를 어떻게 여기까지 부른 거야?"

"이거." 빨간 모자가 대답하기 전에 힐데힐데가 피노키오의 팔을 꺼내 백설 공주에게 보여줬습니다. 백설 공주는 그제야 모든 것을 알아차린 듯했습니다.

"빨간 모자, 넌 정말 똑똑한 아이구나. 네가 새엄마의 딸로 훨씬 어울릴 것 같네."

"백설 공주, 그 칼을 이쪽으로……." "자, 어서." "자, 자."

다가오는 난쟁이들을 향해 백설 공주는 "길을 비켜!" 하고 으름장을 놨습니다. 천진난만함으로 가득한 눈은 어느덧 벌겋게 충혈돼 있고, 눈처럼 새하얬던 피부도 수치심과 분노로 빨갛게 달아올랐습니다. 사람이 백팔십도 달라진 듯한 그 모습에 난쟁이들은 겁에 질려 주춤주춤 길을 비켜줍니다. 백설 공주는 칼을 들고 문밖에 나가 뒤를 돌아봤습니다.

"너희는 정말 쓸모라곤 없는 녀석들이야. 난 도시로 갈 거야. 나 정도 미모면 다가오는 남자들이 줄을 설 테니까. 꺄핫, 빨간 모자, 너처럼 못생긴 아이는 모르겠지. 나 같은 미녀는 어디서든 잘 살아갈 수 있다는 걸. 어디서든!"

백설 공주는 칼을 던져버리고 어두운 숲으로 뛰어갔습니다.

"앗……."

정신을 차린 보보로가 쫓아가려고 했지만 힐데힐데는 "괜찮아" 하고 제지했습니다.

"저 아이를 쫓는 것보다 더 중요한 일이 있어. 나라를 다시 일으켜 세워야 해."

12

난쟁이들의 의기소침한 모습은 가만히 보고 있기 힘들었습니다. 어여쁜 소녀가 그토록 더러운 마음을 가지고 있었다니……. 모든 걸 꿰뚫어 보는 것 같았던 자랑이 푸치마저 벽을 향해 중얼중얼 투덜거리며 고개를 숙일 정도였습니다.

그런 남자가 여섯 명이나 있는 집 안에서는 편히 쉴 수도 없어 빨간 모자는 피노키오와 함께 힐데힐데의 성에 머무르기로 했습니다.

성 침대에 깔린 이불은 푹신푹신해서 잠이 솔솔 왔습니다. 아침이 돼 피노키오와 거실에 가니 테이블에는 힐데힐데와 멍한 표정의 남자가 먼저 와 앉아 있었습니다. 마법의 거울이 두 사람 뒤편 벽에 걸려 있습니다.

"안녕, 빨간 모자, 피노키오. 잘 잤니?"

"네, 저분은 누구예요?"

"우리 바보 아들 빅토르. 자, 빅토르, 그걸 여기 내려놓으렴."

"네에."

빅토르가 테이블 아래에서 꺼낸 것을 보고 빨간 모자는 하마터면 놀라서 펄쩍 뛸 뻔했습니다.

"내 왼팔이다!"

피노키오가 소리치자 왼팔의 팔꿈치 아랫부분이 꿈틀꿈틀 움직였습니다.

"어제 지붕 누수를 고치다 보니 조각상 위에 있더라. 꿈틀거리는 게 기분 나빠서 버리려고 했는데 엄마한테 물어보니 네 거라고 했어."

피노키오가 말한 '움푹 팬 부분이 있고 거기에 피리 정도 되는 막대기가 세워져 있다'라는 건 아무래도 압펠국의 문장을 모티브로 한 사과 조각상을 의미했던 것 같습니다.

"정말 훌륭한 아드님이네. 힐데힐데 씨, 빅토르 씨를 키워줘서 고마워."

피노키오는 별생각 없이 말한 듯했지만 힐데힐데는 그 말이 마음에 와닿았는지 두 눈에 눈물이 맺혔습니다.

"빨간 모자, 아무래도 내가 잘못한 것 같구나. 아들만큼 애정을 쏟았다면 백설 공주도 그렇게 되지 않았을지 몰라."

목소리에서는 반성의 기운이 묻어났습니다.

"그 아이도 앞으로 인생의 고단함을 겪고 성에 돌아오겠지. 그때는 따뜻하게 받아줘야겠어."

—지금 신세 한탄만 하고 있을 때가 아닙니다. 이걸 보십시오.

마법의 거울이 말했습니다. 거울 속에 풀밭 같은 곳이 비치더니 뭔지 모를 통나무 같은 게 하늘에서 떨어지는 모습이 보였습니다.

“앗!” 피노키오가 소리쳤습니다. “몸통이다. 내 몸통이야!”

“어제 거울에게 지시해 찾으라고 했단다. 거울아, 거울아, 저기가 어디니?”

힐데힐데가 묻자 거울은 즉시 대답했습니다.

—여기서부터 북동쪽으로 40킬로미터 떨어진 하멜른의 교외 부근입니다.

“오, 음악의 도시잖아.”

빅토르가 반가운 듯 말했지만 힐데힐데는 표정이 굳었습니다.

“그렇게 한가한 소리 할 때가 아니야. 거울아, 거울아, 저걸 떨어뜨린 마녀를 비춰주렴.”

순간 거울이 뿌옇게 변하는가 싶더니 은색 빗자루를 탄 마녀의 모습이 비쳤습니다. 해골처럼 야윈 몸에 노랗게 빛나는 두 눈이 섬뜩합니다. 오른쪽 어깨에는 사나운 눈빛을 한 검은 고양이, 왼쪽 어깨에는 사마귀투성이 두꺼비를 올려놨고, 허리에는 목각 인형의 다리가 하나씩 묶여 있었습니다.

“내 다리다!”

피노키오가 외쳤습니다.

“하필 저 마녀라니.”

“아는 분인가요?”

빨간 모자의 질문에 힐데힐데는 못마땅하게 고개를 끄덕였습니다.

"베라, 마이젠 19세란다. 나와 같은 발푸르기 출신으로 어릴 때 저 아이한테 갖은 괴롭힘을 당했지. 거울아, 거울아, 마이젠 19세는 지금 어디로 가고 있니?"

—하멜른에서 북쪽으로 20킬로미터 떨어진 부히부르크입니다.

"역시. 빨간 모자, 저 아이는 생명체를 원하는 모습으로 바꾸는 무서운 마법을 쓰는 마녀란다."

빨간 모자의 머릿속에 도롱이 벌레가 된 자경단원의 모습이 떠올랐습니다.

"그 마법 덕분에 부히부르크의 삼 형제들과도 친하게 지내고 있다고 해."

"부히부르크 삼 형제요?"

그러고 보니 엄지 공연단 단장에게도 비슷한 말을 들었던 것 같습니다.

"영생과 권력을 손에 넣은 아기 돼지 삼 형제. 그런 거대한 악당을 상대해야 할 수도 있는데 꼭 가야겠니?"

"당연하죠!" 빨간 모자는 힘차게 대답했습니다. "피노키오의 몸을 전부 모아서 인간 아이로 만들어줘야 해요."

"……대단하구나, 넌."

힐데힐데가 미소 지었습니다.

"그럼 성대한 환송식을 열어줘야겠다. 압펠 왕국의 사과를 가득 넣은 아침 식사를!"

힐데힐데가 손뼉을 짝 치자 문이 열리더니 음식을 실은 왜건들이 들어왔습니다. 사과빵, 사과 파이, 사과 볶음 등등. 빨간 모자는 다음 여정을 위해 배를 든든히 채웠습니다.

3막 하멜른의 마지막 심판

이

깊은 숲길을 간신히 빠져나가니 끝없는 풀밭이 펼쳐졌습니다. 큰 강을 따라 걷고 있지만 가도 가도 하멜른 도시는 보이지 않았습니다.

"빨간 모자, 심심해. 노래라도 불러줘."

바구니 안에 있는 피노키오는 느긋해 보입니다.

"시끄러워. 네가 직접 걸어가."

"불가능해."

빨간 모자도 알고 있었습니다. 피노키오는 지금 머리와 두 팔뿐이기 때문입니다. 피노키오는 대체 언제쯤 자기 다리로 걸을 수 있을까요.

"어라?" 그런 빨간 모자의 마음은 알지도 못하고 피노키오가 눈을 깜빡거렸습니다. "어디선가 풀피리 소리가 들리는 것 같은데?"

삘리리리.

빨간 모자는 발걸음을 멈추고 주변을 두리번거렸습니다. 길옆 바위 그늘에서 엎드려 누워 풀피리를 부는 아저씨가 보였습니다. 나이는 예순쯤 될까요. 머리카락이 하나도 없고 둥근 빵에 참깨를 올려놓은 것 같은 궁상맞은 얼굴. 아저씨는 피리를 불며 풀밭 위에 펼친 장부와 낡은 책을 번갈아 보다가 빨간 모자를 발견하고는 연주를 멈추고 벌떡 일어났습니다.

"여어, 무슨 일이니?"

"하멜른이라는 도시에 가려고 하는데 이쪽으로 가는 게 맞을까요?"

"축제에 참가하려고?"

"축제요? 아뇨, 찾는 게 있어서요."

"그렇구나. 귀 기울여보렴. 음악 소리가 들리지?"

그의 말대로 눈을 감고 귀 기울이니 어디선가 흥겨운 음악 소리가 바람을 타고 전해져 왔습니다.

"하멜른은 음악의 도시란다. 시민과 외지인들이 모두 모여 온종일 좋아하는 음악을 연주하는 곳이지."

"온종일요? 한밤중에도?"

"당연하지. 게다가 내일부터는 1년에 한 번 열리는 하멜른 페스티벌이 시작돼서 다른 도시에서도 음악을 좋아하는 이들이 몰려와 전야제 분위기로 들떠 있단다. 오, 이런.

내가 여기서 농땡이를 부리고 있었던 건 비밀로 해주겠니? 풀벌레들의 날갯짓 소리 하모니를 즐기기에는 마을이 너무 시끄러워서."

아저씨의 얼굴 주변에 등에 두 마리가 날아다니고 있었습니다. 아저씨는 다시 바닥에 드러누워 풀피리를 불기 시작했습니다.

음악이 들리는 쪽으로 강변길을 걷다 보니 어느덧 눈앞에 주황색과 초록색 벽돌로 지은 높은 담장이 보였습니다. 도시를 지키는 방벽처럼 보이지만 문은 열려 있고 안에서는 흥겨운 음악 소리가 흘러나옵니다.

마을에 들어간다기보다는 음악 속으로 들어가는 느낌이었습니다. 상점이 늘어선 대로변에서도 바이올린과 아코디언, 비올라, 첼로, 호른, 코넷, 탬버린, 작은북 등 갖가지 악기를 든 사람들이 음악을 연주하고 있습니다.

"즐거운 도시네. 춤추고 싶어져."

피노키오가 중얼거렸지만 빨간 모자는 피곤한 나머지 그럴 겨를이 없었습니다. 어디 쉴 만한 곳이 없을지 주변을 두리번거리며 걷다가 길 한가운데에 서 있는 사람과 몸을 부딪치고 말았습니다.

"꺄앗."

"어이쿠, 뭐야?"

눈썹이 짙은 남자입니다. 술에 취해 얼굴이 벌겋게 달아

올라 있습니다. 손에는 클라리넷을 들었는데 여기저기 압정이 박혀 있어 울퉁불퉁한 모습이 흉측한 악기입니다. 남자는 '이런, 이런' 하는 눈빛으로 빨간 모자를 봤습니다.

"어이, 아가씨. 나랑 세션이라도 하려고? 그럼 같이 가지."

그는 바구니를 든 빨간 모자의 손을 콱 붙들었습니다.

"싫어요!"

그때 순간 피노키오의 두 팔이 남자의 손에 달려들더니 손목을 죄기 시작했습니다.

"아앗, 아야야야. 이 녀석은 또 뭐야!"

남자는 빨간 모자의 손목을 뿌리치고 피노키오의 두 팔도 땅에 내동댕이쳤습니다.

"빨간 모자를 함부로 대하지 마."

"뭐야? 나무 인형이 말을 하는 것 같은데……. 흐음, 혹시 이 녀석, 마녀인가?"

"아뇨, 전 빨간 모자. 얘는 피노키오예요."

"됐어. 도저히 화가 안 풀리네. 이 마녀, 혼을 내주마!"

남자가 클라리넷을 치켜들었습니다. 주변 사람들이 연주를 멈추고 쳐다봤지만 아무도 도와주려는 사람이 없습니다. 이럴 수가. 울퉁불퉁한 클라리넷에 맞아 머리가 깨지기 일보 직전입니다.

"우웃!"

그때 어디선가 날아온 뭔가가 남자의 손을 칭칭 감았습

니다. 클라리넷이 바닥에 떨어지고 남자의 오른손이 위로 들립니다. 빨간 모자는 바닥을 기어 피노키오의 두 팔을 다시 주웠습니다.

"하멜른 축제 전날에 볼썽사나운 짓 하지 마라."

기타를 어깨에 멘 남자가 인파 사이를 뚫고 나타났습니다. 그를 보자마자 빨간 모자는 깜짝 놀랐습니다. 챙이 넓은 검정 모자를 쓰고 있는데 그 아래로 보이는 얼굴이 당나귀였기 때문입니다.

술주정뱅이의 오른손에 칭칭 감긴 것은 다름 아닌 기타 줄이었습니다. 그 줄은 바로 옆 건물인 선술집 간판에 걸린 채로 당나귀 남자가 오른손으로 쥐고 있습니다. 당나귀 남자가 줄을 힘껏 잡아당기자 술주정뱅이 아저씨의 팔이 더욱더 위로 올라갔습니다.

"아야야! 너, 넌 뭐야!"

"날 모르는 걸 보니 외지인인가? 너 같은 악당은 하멜른 축제에 어울리지 않아. 썩 꺼져."

군중들 사이에서 박수가 터질 것 같은 분위기입니다. 그런데 갑자기 당나귀 남자가 몸을 비틀거렸습니다. 술주정뱅이 아저씨가 왼손으로 주머니에 든 칼을 꺼내 기타 줄을 끊어버린 것입니다.

"이 자식이!"

술주정뱅이 아저씨가 당나귀 남자를 걷어찼습니다. 바

로 그때.

두구두구, 두구두구, 챙.

빨간 모자 뒤쪽에서 험악한 분위기와 어울리지 않는 흥겨운 리듬이 들렸습니다. 돌아보니 개 탈을 쓰고, 가슴에 냄비와 프라이팬을 매달았고, 허리에는 작은북과 커다란 나무토막을 달고 있는 사람이 그것들을 두드리며 빨간 모자 옆을 지나쳐 갔습니다.

개 남자는 마구 칼을 휘두르는 술주정뱅이 아저씨 뒤로 잽싸게 돌아가더니 드럼 스틱으로 그 머리를 후려쳤습니다.

"아야!"

술주정뱅이 아저씨가 머리를 감싸며 개 남자를 돌아봤습니다. 개 남자는 다시 한번 스틱으로 그의 머리를 툭탁 툭탁 때렸습니다.

"뭐 하는 짓이야, 이 자식!"

개 남자는 부웅 날아오는 팔을 슬쩍 피하고 정확하게 술주정뱅이 아저씨의 머리를 가격했습니다. 당나귀 남자가 징징 기타를 치자 개 남자가 거기에 화답이라도 하듯 발로 탁탁 박자를 넣습니다.

두구두구, 챙. 딩가딩가, 댕. 두구두구두구두구, 챙. 딩가딩가딩가딩가, 땡.

두 사람은 저마다 악기를 연주하며 리듬감 있게 술주정뱅이 아저씨를 공격했습니다.

장장, 자아앙, 자가장장.

또다시 어디선가 흥겨운 멜로디가 들렸습니다. 고개를 들어보니 바로 옆 지붕 위에서 키 작은 남자가 아코디언을 연주하며 스텝을 밟고 있습니다. 그는 고양이 탈을 쓰고 있었습니다.

"미야핫핫, 다들 뭘 멍하니 보고만 있어? 하멜른 시민들아, 너희 악기는 그냥 액세서리인가?"

군중들이 서로 마주 보며 고개를 끄덕이더니 각자 악기를 들고 당나귀, 개, 고양이 남자의 음악에 맞춰 연주를 시작했습니다. 그야말로 오케스트라를 방불케 합니다.

"뭐가 뭔지 모르겠지만 재밌네."

빨간 모자는 어안이 벙벙했지만 피노키오는 즐거운 듯이 바구니 안에 있는 손가락으로 리듬을 탔습니다.

"미야호!"

고양이 남자의 외침과 함께 마침내 술주정뱅이 아저씨가 털썩 쓰러졌습니다. 손에 든 칼은 어느새 보이지 않았고 눈을 까뒤집은 그의 머리에는 혹이 가득했습니다.

02

하멜른은 자치 도시로 일곱 명의 평의원으로 구성된

'하멜른 평의회'라는 조직이 법 제정, 판결, 집행을 모두 도맡아 하는 곳입니다. 평의원은 시민 중에서 폭넓게 선출되지만 사실상 세습제이며 당나귀 남자, 개 남자, 고양이 남자는 모두 20대 나이에 의원에 선출돼 현재 활동 중이라고 했습니다.

"모두 대단한 분들이었군요."

빨간 모자는 눈을 동그랗게 떴습니다.

"대단할 게 있나. 다들 아버지가 돌아가신 후 역할을 물려받았을 뿐. 나랑 미판테는 3년 전, 솔란은 아직 두 달밖에 안 된 신입이지."

드레이첼이라는 당나귀 남자가 말했습니다. 미판테는 개 남자, 솔란은 고양이 남자를 가리킵니다.

"의원 일 같은 건 귀찮아. 마음 같아서는 다른 도시로 가서 밴드를 하고 싶어."

"밴드라면 하멜른에서 하는 게 가장 좋지 않나요? 음악의 도시잖아요."

"이런 코딱지만 한 곳에서 뭘 하겠어. 큰 무대라면 당연히 브레멘이지!"

하멜른 북서쪽에 있는 대도시 브레멘은 모든 음악가가 꿈꾸는 도시라고 합니다.

"하지만 의원 일을 하면서 이 마을을 떠날 수는 없지."

"게다가 우리 셋은 모두 노래가 서툴러. 밴드에는 노래

잘하는 사람이 한 명은 있어야 하는데."

"1년에 한 번 열리는 하멜른 축제에서 연주를 선보이는 게 고작이야. 밴드 이름은 동경의 마음을 담아 '브레멘 밴드'라 붙였어. 동물 탈을 쓰는 건 그냥 퍼포먼스고."

"그런데, 아가씨는 가수인가요? 보아하니 악기를 가지고 있지 않은 것 같은데."

개 남자 미판테가 정중히 물었습니다.

"저희는 축제에 참여하려고 이곳에 온 게 아니에요."

빨간 모자는 여행의 이유를 설명했습니다.

"오오, 이렇게 먼 곳까지 잘 오셨습니다." 미판테는 예의 바른 평의원다운 말투로 말했습니다.

"배고프지 않으십니까? 묵을 곳도 없으시죠?"

"배가 고프고 묵을 곳도 없어요."

"내일 축제를 앞두고 숙소는 예약이 꽉 찼을 겁니다. 하지만 제가 아는 가게라면 빈방이 있을지도 모르겠네요. 안내해드릴까요?"

"고마워요. 부탁드려요!"

먹을 것과 묵을 곳이 생기다니, 운이 좋습니다.

"저……." 그때 피노키오가 입을 열었습니다. "미판테 씨, 그 허리에 찬 나무토막은 어디서 난 거야?"

"이거 말입니까? 어제 아침 담장 너머를 산책하다가 주웠습니다. 스틱으로 두드리면 제가 원하는 소리가 나서

제 악기에 추가했죠."

미판테가 그 나무토막을 타닥타닥 두드리자.

"역시!" 피노키오가 소리쳤습니다. "그건 내 몸통이야! 어쩐지 아까부터 두들겨 맞는 느낌이더라!"

코가 길어지지 않는 걸 보니 아무래도 사실 같습니다. 행운은 겹치는 법입니다. 피노키오의 몸통까지 이렇게 쉽게 찾을 줄이야.

"미판테 씨, 돌려줘."

피노키오가 부탁했습니다. 하지만.

"아뇨, 그럴 수는 없습니다."

미판테는 정중한 말투로 단호하게 거절했습니다.

"돌려줘, 미판테."

"나무토막이라면 또 구할 수 있잖아."

"이보다 더 이상적인 소리를 내는 나무토막은 없습니다. 절대 안 됩니다."

정중하기는 해도 고집스러운 사람입니다. 미판테는 등을 돌린 채 "안 돼, 안 돼요" 하고 뛰기 시작했습니다.

빨간 모자도 그를 뒤따라갔습니다. 3분 정도 달려 미판테가 들어간 곳은 '프렐류드'라는 이름의 가게였습니다.

"오오, 바로 여기야. 우리의 아지트."

드레이첼이 간판을 가리키며 말했습니다. 빨간 모자도 다른 이들과 함께 가게에 들어갔습니다.

테이블이 열 개 남짓 있는 내부가 빈말로도 깔끔하다고 할 수 없는 식당입니다. 창문은 전부 닫혀 있고 조명은 벽면에 같은 간격으로 설치된 거미줄 모양 램프가 전부인데, 꼭 동굴 안에서 촛불을 켠 것처럼 어두침침합니다. 그런데도 사람들로 가득 들어찬 객석은 열기로 뜨거웠습니다.

가게 안쪽 무대에서 네 명의 바이올리니스트가 신나는 곡을 연주하고 있었습니다. 손님들은 모두 식사를 하면서도 숟가락과 포크로 테이블을 두드리며 리듬을 타고 있습니다.

"앗!"

빨간 모자가 무대를 가리켰습니다. 미판테가 갑자기 무대에 오르더니 바이올린 연주에 맞춰 드럼을 치기 시작한 것입니다. 갑작스러운 타악기의 등장에 객석이 더욱 열광합니다.

"이렇게 된 이상 어쩔 수 없지." 솔란이 중얼거렸습니다. "빨간 모자, 우선 방부터 잡는 게 좋을 것 같아."

"좋은 제안이다. 저쪽이야."

드레이첼이 무대 반대편을 가리켰습니다. 작은 카운터 위에 나무로 만든 쥐 장식물이 보입니다. 종이를 꼬아 만든 듯한 꼬리가 유독 볼품없습니다.

카운터 안쪽의 술병과 식료품 상자가 늘어선 곳 위에 커다란 수조가 있고, 그 안에서 작은 물고기 서른 마리 정도가 헤엄치고 있습니다. 어둑어둑한 조명 속에서 그 모습만큼은 멋져 보였습니다.

"마사 씨, 마사 씨."

카운터 너머에서 말을 거는 드레이첼의 목소리를 듣고 요리 중인 여자가 고개를 들었습니다.

"응? 누군가 했더니 의원 나리시잖아."

나이가 쉰 정도 됐을까요. 걸걸한 목소리입니다.

"여행 중이라는 여자아이를 한 명 데리고 왔어. 오늘 밤 묵을 곳을 찾는다고 하는데 지금은 어디든 빈방이 없잖아. 여기 다락방은 비어 있겠지?"

드레이첼의 말을 들으며 마사는 눈을 가늘게 뜨고 빨간 모자의 얼굴을 뚫어져라 봤습니다.

"하필 이럴 때."

한숨을 푹 내쉽니다. 하필 이렇게 바쁠 때 데려온 게 마음에 안 든다는 뜻이겠지요.

"부탁드려요. 청소든 설거지든 뭐든 할게요."

거절당하면 큰일이니 빨간 모자는 필사적으로 부탁했습니다.

"아쉽게도 1인실은 없고, 다인실로도 괜찮다면."

"당연히 괜찮아요."

"그럼 날 따라오렴. 드레이첼, 3번 테이블에 맥주 석 잔만 갖다 줘. 솔란은 7번 테이블에 땅콩 2인분."

"이런, 이런. 손님을 이렇게 막 대하는 술집 주인은 마사 씨밖에 없을걸."

드레이첼과 솔란이 쓴웃음을 지었습니다.

마사를 따라 주방 안쪽으로 가니 채소가 담긴 바구니와 사람 한 명이 들어갈 정도로 큰 포도주 통 사이로 가파른 계단이 보였습니다.

"그 통은 만지면 안 돼. 숙성 중이라."

마사는 무뚝뚝하게 주의를 주고 계단을 올랐습니다. 빨간 모자는 따라가며 질문을 던졌습니다.

"마사 씨, 가게를 혼자 운영하세요?"

"그래, 쉰하나인 이 나이까지 계속 혼자였어."

빨간 모자는 괜한 질문을 했나 속으로 걱정했지만 마사는 이야기를 멈추지 않았습니다.

"너보다 훨씬 어렸을 때 고아가 돼 브레멘에 있는 레스토랑에 들어가 열심히 요리 기술을 익혔지. 그리고 열아홉 살 때 하멜른에 와서 가게를 열고 지금껏 열심히 꾸려왔단다."

"그렇군요……."

"너처럼 어린 여자아이가 여행하는 걸 보면 응원하고 싶어져."

"빨간 모자, 내 몸통이나 찾아줘!"

느닷없이 바구니 안에서 피노키오가 화난 목소리로 말

했습니다.

"피노키오, 조용히 해."

"얼른. 지금 당장, 지금 당장!"

"섬뜩한 인형이구나."

마사는 기묘하다는 듯이 웃었습니다.

3층에 도착했습니다. 좌우로 객실이 세 개씩 있는 복도 안쪽에 위태로워 보이는 허름한 사다리가 천장 구멍까지 이어져 있습니다. 마사는 빨간 모자에게 먼저 올라가라고 했습니다.

사다리 위는 램프 하나만 켜진 희미한 공간으로 아무도 없었습니다. 쿠션이 다섯 개 있는데 나란히 두면 침대 대용으로 쓸 수 있을 것 같습니다.

"쾌적한 공간이에요. 고마워요, 마사 씨. 그런데 다인실이라고 하지 않았나요?"

"다인실이지. 저 아이와 함께 지내야 해."

"저 아이요?"

빨간 모자는 눈을 부릅뜨고 다시 한번 방 안을 둘러보다가 화들짝 놀랐습니다.

램프 불빛이 희미하게 비치는 방 한구석에 흰옷을 입은 야윈 여자가 무릎을 끌어안고 있었습니다. 말없이 빨간 모자를 쳐다보는 두 눈이 움푹 패 있고 볼도 홀쭉해 꼭 유령처럼 생기가 없었습니다.

03

무대 위에서 첼발로 연주자가 경쾌한 음악을 연주하고 있고 그에 맞춰 아이 세 명이 캐스터네츠와 탬버린을 치고 있습니다.

"원래 하멜른은 천 년 정도 전에 만들어진 장인들의 도시입니다."

테이블을 사이에 두고 빨간 모자 맞은편에 앉은 미판테가 입을 열었습니다. 개 탈은 벽 앞 나무 상자 위에 있습니다. 그 옆에는 당나귀와 고양이 탈도 나란히 있었습니다.

"2백여 년 전 일대에서 전쟁이 시작되면서 도시를 지키기 위해 주변을 성벽으로 둘러쌌고 북쪽과 남쪽 성문에는 방어 시설도 만들었죠. 전쟁이 끝나고 평화가 찾아온 건 백 년쯤 전. 그 후부터는 악기 장인들의 도시로 유명해졌습니다."

따분해. 빨간 모자는 샌드위치를 먹으며 생각했습니다. 지금까지 두 시간 동안 설거지를 하고 간신히 휴식에 들어간 참입니다. 브레멘 밴드의 테이블에 앉아 미판테와 피노키오의 몸통을 두고 협상하려 했지만, 미판테는 "하멜른 축제의 유래가 궁금하지 않습니까?"라는 말로 얼버무리더니 궁금하지도 않은 하멜른의 역사를 설명하기 시작했습니다.

"어이, 미판테. 얼른 본론으로 들어가."

드레이첼이 짜증스럽게 말했습니다.

"내가 대신 얘기할게."

옆에서 맥주를 마시던 솔란이 나섰습니다. 고양이 탈을 벗은 그의 얼굴은 눈이 작고 코가 뾰족해서 고양이보다 두더지를 닮았습니다.

"지금으로부터 45년 전, 하멜른에 쥐 떼가 출몰했어."

미판테에게는 미안하지만 빨간 모자는 그제야 이야기에 조금 흥미가 생겼습니다.

"쥐 떼들은 인간의 식량을 모조리 먹어 치웠을 뿐만 아니라 하멜른 전역의 현악기 줄과 타악기 가죽까지 갉아 먹는 바람에 악기들이 망가졌고 목관 악기 같은 건 아예 소멸해버렸지."

"끔찍하네요. 그때는 피해를 막을 방법 같은 것도 없지 않았나요?"

"그래, 없었지. 그렇게 절망에 빠진 하멜른 시민들 앞에 어느 날 한 남자가 나타났어. 빨강과 초록색이 섞인 화려한 체크무늬 옷을 입었고 입가에 체크무늬 마스크를 쓰고 손에 플루트를 든 그는, 당시 하멜른 평의회 의장 앞에 서서 이렇게 말했다고 해."

"'저에게 금화 오천 페르크를 주시면 하멜른에서 쥐를 소탕해드리겠습니다'."

미판테가 '이 대사만큼은 내가'라는 듯이 끼어들어 말했습니다.

"오천 페르크면 엄청난 액수지. 군함 한 척은 살 수 있을걸."

"하지만 의장은 남자에게 약속했습니다."

미판테가 재빨리 다시 입을 열었습니다.

"'쥐를 다 쫓아내면 그 액수를 지불하겠다'라고. 그 말을 들은 남자는 빙긋 웃고 마을에서 나갔습니다. 그날 밤입니다. 성벽 밖에서 경쾌한 플루트 소리가 들렸습니다. 그러자 마을에 있는 모든 건물이라는 건물에서 쥐들이 우르르 몰려나오더니 성벽을 기어올라 도시 밖으로 나갔다고 합니다. 당시 쥐를 쫓아간 주민의 말에 따르면, 베자강 너머에서 음악 소리가 흘렀고 쥐들은 마치 그 음악에 홀린 것처럼 강에 뛰어들었다고……."

자가장. 드레이첼의 기타 소리가 들렸습니다.

"쥐는 헤엄을 못 치지. 익사한 거야."

"쥐 떼는 전부 강물에 휩쓸려 가서 하멜른에는 마침내 쥐가 한 마리도 안 남게 됐습니다."

"대단해요." 빨간 모자가 감탄했지만 다른 세 사람의 표정은 밝지 않았습니다.

"문제는 바로 그 이후야. 하멜른 의회는 피리 부는 사나이에게 약속한 보수를 줄지 말지 다시 한번 시민 투표로

정하겠다고 선언했어. 그전에도 중요한 사안은 시민 투표로 결정해온 도시이기는 하지만, 이미 약속까지 한 마당에 이건 너무하지. 시민들은 외지인에게 세금을 주는 상황을 꺼렸고, 결국 '주지 않는다'가 다수로 나와 남자와의 약속은 파기. 그러자 피리 부는 사나이는 이런 말을 했다고 해."

"'그럼 대신 '저주의 노래'를 연주해 여러분의 가장 소중한 보물을 접수하겠습니다'."

미판테의 표정에서 피리 부는 사나이의 분노가 겹쳐 보이는 것 같았습니다.

"그날 밤, 도시 전체가 잠들었을 때 성벽 밖에서 플루트 소리가 들렸습니다. 그러자 마을에 있는 모든 집이라는 집에서 잠에서 깨어난 아이들이 비틀비틀 밖으로 나가는 게 아니겠습니까. 아이들은 피리 부는 사나이의 연주에 홀린 것처럼 도시를 둘러싼 성벽 문을 지나 도시 밖으로 나갔다고 합니다."

자자장 하고 드레이첼이 기타로 반주를 넣었습니다.

"다음 날 아침, 아이들의 모습이 보이지 않자 어른들은 피리 부는 사나이의 저주라며 서둘러 아이들을 찾아 헤맸지만 아이들은 어디에도 없었습니다. 피리 부는 사나이 때문에 아이들이 종적을 감췄다는 걸 알게 된 어른들은 슬픔과 한탄, 분노에 휩싸여 피리 부는 사나이의 행방을 필사적으로 찾아 헤맸고, 마침내 저 먼 뤼벡이라는 도시에서 남자의 신병을 확보했습니다."

자가장, 자가장 하고 기타를 연주하는 드레이첼 옆에서 미판테가 대사에 힘을 실었습니다.

"아이들은 어딨나?"

"'글쎄요, 저도 모르겠네요'."

미판테는 피리 부는 사나이 역할에 완전히 몰입한 듯 보였습니다.

"'숲속 깊숙한 곳으로 유인해 연주를 멈추자 아이들이 정신을 차리고 울부짖더군요. 스스로 숲에서 탈출하고자 시도한 아이도 있었겠지만 아시다시피 그 숲은 너무 깊죠. 아마 전부 늑대 먹이가 됐을 겁니다'."

"그건 너무하잖나!"

솔란이 갑자기 귀에 거슬리는 소리를 내며 아코디언을 엉망진창으로 연주했습니다.

"피리 부는 사나이를 당장 처형하라!"

"시민들은 피리 부는 사나이의 처형을 요구했습니다." 미판테는 침착하게 설명을 이어갔습니다. "하지만 하멜른 자치법에는 사형이 금지돼 있어 의회는 결국 그에게 종신형을 선고했습니다. 그를 가두기 위해 전쟁이 끝난 후 방치돼 있던 성벽 북문 위 방어 시설에 철창을 설치해 감옥을 만들기로 했죠. 피리 부는 사나이는 이후 45년이 지난 지금까지 그 안에 수감돼 있습니다."

"지금도요?"

빨간 모자는 무심코 되물었습니다.

"네, 그를 감옥에 가둘 때 의회는 피리 부는 사나이에게 만돌린을 하나 줬습니다. 살아 있는 동안 매일 밤 그 악기를 연주하라는 명령과 함께."

"왜 그런 명령을?"

"평생을 감옥에서 살아야 할 남자에게 주는 최소한의 자비였겠죠."

"하지만 그 남자가 또 저주의 곡을 연주하면 어떡해요? 이번에는 쥐나 아이가 아닌 다른 사람이 홀리기라도 하면……."

"그래서 플루트가 아닌 만돌린이었던 거야." 드레이첼이 대답했습니다. "피리 소리는 위험하지만 현악기라면 괜찮다. 과연 하멜른다운 판결이라 할 수 있지. 실제로 그의 만돌린 실력은 괜찮았어. 최근 두 달 정도는 기운이 없었지만 전에는 매일 다른 곡조의 곡을 연주하기도 했고."

미판테가 말을 이었습니다.

"빨간 모자 씨가 지적한 대로 그 사건 이후 하멜른 시민들이 밤에 들리는 피리 소리를 두려워하게 된 건 사실입니다. 피리 부는 사나이는 감옥에 갇혔지만 쥐와 아이들을 불러낸 그 저주의 노래는 지금도 엄연히 존재하니까요. 제2의 피리 부는 사나이가 나타나지 않으리라는 보장이 없죠. 그래서 하멜른 시민들은 이렇게 생각했습니다. *'마을에 스물네 시간 내내 음악이 흐르면 저주의 노래 같은 건 묻혀서 들리지도 않을 것이다'*라고."

이 얼마나 기발한 발상인가요. 역시 악기 장인들의 도시답습니다.

"하멜른은 이른바 음악의 성벽에 둘러싸인 도시입니다. 덕분에 지금은 1년에 한 번씩 축제도 열리게 됐죠."

미판테는 긴 이야기를 마치고 물을 한 모금 마셨습니다.

"하지만 최근 들어 피리 부는 사나이의 저주가 뒤늦게 나타나고 있다고 주장하는 사람도 있어."

솔란이 어깨를 으쓱했습니다.

"피리 부는 사나이 사건 이후 하멜른 시민들은 다시 열심히 아이를 낳기 시작했어. 뭐 우리가 태어난 전후戰後 15년 정도가 그런 시기였다고 할까. 하지만 지금은 어떻지? 집집마다 아이 울음소리가 뚝 끊겼고, 결국 현재 마을에 남은 아이는 저 세 명뿐이야."

무대 위에서 캐스터네츠를 치는 남자아이 두 명과 여자아이 한 명. 여자아이는 세 살쯤 됐을까요. 두 오빠보다 캐스터네츠를 치는 타이밍이 한 박자씩 늦는데 그 모습이 또 귀엽습니다.

"저주 탓으로 돌리지 마."

마사가 붉은 액체가 담긴 유리잔을 세 사람 앞에 내려

놓으며 말했습니다.

"이게 다 너희 세대가 결혼도 안 하고 좋아하는 일에만 열중해서잖아."

"마사 씨에게 들을 말은 아닌 것 같은데."

"이 음료는 뭐예요?"

빨간 모자가 물었습니다.

"폭탄 칵테일. 빨간 모자, 너한테는 너무 자극적일걸."

대답하는 드레이첼 옆에서 솔란이 재빨리 칵테일을 한 모금 마셨습니다.

"미야핫! 세 옥타브 점프다!"

그는 갑자기 몸을 배배 꼬았습니다.

"화약이 들어 있죠. 알코올에 섞으면 자극제가 되거든요. 평화가 찾아온 이래 하멜른 자치법에서는 화약 반입을 금지하고 있지만, 이곳 '프렐류드'만 예외적으로 식품으로 화약을 외부에서 반입하는 걸 허용하고 있습니다."

"우리 아버지 대부터 의원들이 즐겨 찾는 곳이니까. 하지만 이런 기발한 칵테일을 내놓으면서 포도주는 왜 메뉴에 없는지 이상할 따름이지."

안쪽에 포도주 통이 있지 않았나? 빨간 모자는 순간 의아했지만 그 의문을 날려버릴 기세로 마사가 "흥" 하고 코웃음을 쳤습니다.

"포도주는 지금 숙성 중이야. 그나저나 드레이첼. 아버지와 함께 와 바로 지금 그 자리에 앉아 바지에 오줌을 지리고 펑펑 울던 네가 벌써 술에 대해 얘기할 나이가 됐네."

"언제 적 얘기를 하는 거야. 그리고 지금 우리는 아버지 대보다 훨씬 진지하게 일하고 있어. 아버지 대는 일주일에 한 번씩 저녁에 우리 집에 모여 평의회를 열었는데 일곱 명의 의원 중 꼭 한 명은 결석했다지."

"그래, 너희 아비는 하나같이 게으름뱅이들이었으니."

마사가 헛웃음을 지었습니다.

"이렇게 욕을 얻어먹으면서도 선대 평의원들은 모두 마사 아주머니에게 의지했어. 우리 아버지도 돌아가시기 두 달 전 상담할 게 있다며 혼자 이 가게를 찾았다고 하고."

"그래, 샤프너 씨가 찾아왔지."

"그때 아버지가 무슨 얘기를 했어?"

"그건 말 못 하겠네. 아마 너희 아버지도 부끄러워할 테니."

마사가 웃음을 터뜨렸을 때 갑자기 가게 출입문이 활짝 열렸습니다.

"이 녀석들!"

허름한 옷차림의 30대 여자가 험악한 얼굴로 무대를 노려봤습니다. 캐스터네츠를 두드리던 세 아이가 대번에 움직임을 멈추고 굳어버립니다.

솔란이 빨간 모자의 귀에 대고 목소리를 낮췄습니다.

"아이들 엄마 로제타야. 실로폰 장인인 남편이 죽어서 혼자 열심히 아이들을 키우는데 요새는 육아에 일까지 겹쳐서 많이 힘든지 걸핏하면 화를 내더군."

"지금 이런 데서 놀고 있을 때니? 물은 길어 왔어? 청소는? 장작 패기는?"

"로제타, 꼭 그렇게 소리치지 않아도……."

마사가 말려도 로제타는 그녀를 밀치고 무대에 올라가 둘째와 셋째의 옷깃을 붙들었고 첫째 아들의 엉덩이를 걷어찼습니다.

"얼른 나가!"

으앙 하고 울음을 터뜨리는 세 아이. 뭐 저렇게 난폭한 엄마가 다 있담. 빨간 모자는 안타까운 심정으로 끌려가는 아이들을 바라봤습니다.

04

내일 리허설이 있다며 브레멘 밴드가 자리를 떠나자 본격적으로 가게가 바빠졌고 빨간 모자는 꼭 겨울을 준비하는 다람쥐처럼 음식과 술을 나르고 접시를 치우며 분주하게 움직였습니다.

"아, 피곤해. 언제까지 일해야 하는 거야."

투덜거리며 손님 접시를 카운터에 내려놨을 때, 순간 몸을 휘청하는 바람에 카운터 위에 있는 뭔가를 떨어뜨렸습니다. 조금 전에 본 나무로 만든 쥐 장식물입니다.

"어라?"

그러나 쥐는 바닥에 떨어지지 않고 허공에 대롱대롱 매달려 있었습니다. 유심히 보니 쥐의 배 한가운데에도 꼬리처럼 종이를 꼬아서 만든 줄이 튀어나와 있고, 그 줄은 카운터를 가로질러 주방 안까지 뻗어 있습니다. 빨간 모자는 줄을 따라 주방에 들어갔습니다. 줄은 계단 옆으로 이어져 숙성 중이라는 포도주 통과 바닥 사이에 끼어 있었습니다.

"이게 뭐지?"

"얘, 빨간 모자. 지금 뭐 하니!"

마사의 고함에 깜짝 놀라 빨간 모자는 카운터로 되돌아갔습니다. 쥐 장식물은 마사가 다시 집어 카운터에 돌려놓은 상태였습니다.

"할 일이 산더미처럼 쌓여 있는데. 5번 테이블에 맥주 두 잔!"

"네에."

빨간 모자가 주문에 맞춰 맥주를 준비하고 있을 때 가게 문이 열렸습니다.

"야호호호." "야호호호."

밝은 노랫소리와 함께 수염을 기른 아저씨 두 명이 가게에 들어왔습니다. 둘 다 돼지 그림이 그려진 커다란 상자를 등에 짊어지고 있었습니다.

"마사, 오랜만이야."

"어머, 티모시랑 그 제자잖아. 시간이 벌써 이렇게 됐나?"

"그래, 이제 곧 예약한 8시 반이야. 마사, 무대 준비는 마쳤겠지?"

"응, 방금 한 팀이 끝났어. 써도 돼."

"그럼 실례."

무대에 올라간 두 사람이 상자에서 꺼내 든 물건은 인형극의 무대처럼 보이는 것이었습니다. 빨간 모자가 그들을 지켜보고 있자 마사가 빨간 모자의 등을 쿡쿡 찔렀습니다.

"원래는 지금쯤 가게 문을 닫을 시간이라 그런지 너무 피곤하구나. 빨간 모자, 저 친구들이 지금부터 한 시간 동안 인형극을 선보일 텐데, 그동안 난 잠깐 눈 좀 붙이고 올 테니 가게를 잘 부탁한다. 주문을 어떻게 받는지 이제 대충 알겠지? 음식은 지금 안 된다고 해."

"네? 네?"

오늘 처음 온 사람에게 가게를 혼자 지키라뇨. 그렇게 당황하고 있을 때 무대에서 흥겨운 음악 소리가 들렸습니다. 두 아저씨 중 한 명이 솔란의 것보다 작은 아코디언을 연주하고 있습니다. 다른 아저씨는 무대 뒤에 숨어서 돼지 인형을 조종했습니다.

꿀꿀, 꿀꿀. 무섭지 않아
늑대 따위 무섭지 않아
꿀꿀, 꿀꿀. 우리는
용기와 지혜를 가진 아기 돼지들
꿀꿀, 꿀꿀. 궁금하지 않니?
부히부르크의 역사가!

부히부르크? 피노키오의 다리를 가져간 마녀가 현재 향하고 있다는 도시 이름입니다. 그곳에 대한 정보도 얻을 겸 이 인형극을 꼭 봐야겠습니다.

"그럼 잘 부탁한다."

빨간 모자는 가게 밖까지 마사를 배웅하고 무대에 주목했습니다.

잠시 후 시작된 인형극을 감상하는 동안 눈 깜짝할 사이에 한 시간이 흘렀습니다.

아기 돼지 세 마리……. 이 얼마나 교활하고 욕심 많은 자들인가요. 마녀를 그런 식으로 이용하다니. 인간들을 그렇게 만들어버리다니. 아기 돼지들이 지배하는 도시 부히부르크는 아무래도 무서운 곳 같습니다. 피노키오의 다리를 찾으러 간다고 하지만, 정말 발을 들여도 괜찮을까요?

"수고 많았어."

어느새 빨간 모자 뒤에 마사가 와서 서 있었습니다.

"한 시간이라도 눈을 붙이면 머리가 맑아진다니까. 이제 밤늦게까지 힘낼 수 있을 것 같아."

마사는 빵과 샐러드, 수프 두 사람 몫을 쟁반에 담아 빨간 모자에게 건넸습니다.

"이번에는 네가 쉬었다 오렴. 딱 한 시간이야. 가는 김에 네 룸메이트인 그 우울한 여자애한테도 저녁 갖다 주고."

"알겠어요."

빨간 모자는 피로에 지친 몸을 이끌고 계단을 올랐습니다. 이렇게 열심히 일한 건 태어나서 처음인 것 같습니다. 하지만 생각해보면 먹고살기 위해 일하는 건 당연하고, 지금까지 여정에서는 여러 선량한 이들의 도움을 받아왔습니다. 좋은 경험으로 받아들이자고 되뇌며 빨간 모자는 다락방으로 돌아갔습니다.

희미한 불빛 아래에는 여전히 하얀 옷을 입은 음침한 여자아이가 가만히 앉아 있고, 그 앞에서 피노키오가 어색한 표정을 짓고 있었습니다.

"아, 빨간 모자, 돌아왔다!"

피노키오가 기쁜 듯이 외쳤습니다.

"일 다 끝났어?"

"아직 안 끝났어." 두 사람 몫의 음식이 담긴 쟁반을 탁자 대용 나무 상자에 내려놓으며 빨간 모자는 한숨을 푹 내쉬었습니다.

"한 시간만 쉬고 다시 일하러 가야 해. 평소에는 8시에 문을 닫는데 축제 전날이라 자정까지 가게를 열 거래. 마사 씨는 사람을 좀 거칠게 다루는 것 같아. 음, 이름이 시들렌이라고 했니? 이게 나랑 네 저녁이야."

무릎을 끌어안고 있는 하얀 옷의 여자가 빨간 모자를 흘낏 봤지만 말없이 다시 눈을 내리깝니다. 안색이 좋지 않고 입술이 바싹 메말라 있었습니다.

"하멜른 사람이 아니라고 하던데, 어디서 왔니?"

시들렌은 대답하지 않았습니다.

"소용없어, 빨간 모자. 이 사람은 뭘 물어도 전혀 대답을 안 해. 나도 아래층으로 데려가줄래?"

"네가 있어봐야 방해만 돼."

거짓말을 하면 코가 길어지는 인형 머리는 식당 주방이나 홀에서는 아무 도움도 되지 않습니다.

"하지만 이 사람과 함께 있으면 왠지 숨이 막혀."

"어차피 숨을 쉬지도 않으면서."

빨간 모자가 말했을 때 시들렌이 갑자기 쟁반에서 빵을 집더니 우걱우걱 먹기 시작했습니다. 빨간 모자와 피노키오는 눈을 휘둥그레 떴습니다.

"……배고팠구나."

자기 몫까지 빼앗기면 안 되니 빨간 모자도 서둘러 빵을 집어 먹으며 피노키오에게 조금 전 본 인형극 내용을 들려줬습니다. 그 후 30분 정도 대화를 나누다가 왠지 바깥이 소란스럽다는 걸 깨달았습니다.

작은 창문을 열어보니 바로 아래 길에서 탈을 쓰지 않은 드레이첼과 미판테가 도란도란 뭔가를 상의하고 있었습니다.

"두 분, 무슨 일이에요?"

그렇게 외치자 두 사람이 빨간 모자를 올려다봤습니다.

"오, 빨간 모자구나. 조심해. 조금 전 하멜른 경찰서에서 연락이 왔어."

"피리 부는 사나이가 북문 감옥에서 탈출했다고 합니다."

"그뿐만이 아니야. 감옥 앞에는 교도관의 시체까지 있었다고 해. 녀석이 살인을 저지른 거야!"

"네? 뭐라고요?"

빨간 모자는 하마터면 펄쩍 뛸 뻔했습니다.

"또 시체야?" 방 안에서 피노키오가 어이없다는 듯이 말했습니다. "빨간 모자, 갈 거지? 넌 이런 데 강하니까."

"'이런 데'라고 하지 마!"

그러나 빨간 모자의 머릿속에는 이미 한 가지 작전이 떠올라 있었습니다. 빨간 모자는 먹다 만 빵을 입에 쑤셔 넣었습니다.

"너도 같이 가자."

빨간 모자는 피노키오의 머리와 두 팔이 담긴 바구니를 들고 다락방을 내려갔습니다.

주방에서 소시지를 굽고 있는 마사에게 "죄송해요. 잠깐만 나갔다 올게요" 하고 가게에서 뛰어나가자 드레이첼과 미판테는 여전히 가게 앞에 있었습니다.

"빨간 모자, 위험하니 나오지 말라고 했잖아."

드레이첼이 고리눈을 뜨며 말했습니다.

"하멜른 경찰과 협력해서 우리 의원들도 지금 탈옥한 피리 부는 사나이의 행방을 쫓고 있어. 솔란은 술에 취해 집에 가서 잠들어버렸지만."

"감옥이 북문 위에 있다고 했죠?"

빨간 모자가 물었습니다.

"그래……" 하는 드레이첼 옆을 지나 빨간 모자는 북쪽을 향해 냅다 뛰기 시작했습니다.

"잠깐만, 빨간 모자!"

아니나 다를까 두 사람도 쫓아왔습니다.

작은 마을이라 금세 북문에 도착했습니다. 문 바로 옆에 계단이 있는 것 같은데 그 앞에 튼튼한 격자문이 닫혀 있고 경찰관임을 알 수 있는 제복 입은 남자가 서서 지키고 있었습니다.

"어이, 빨간 모자."

"대체 뭘 하려는 겁니까? 갑자기 뛰어가서."

뒤늦게 도착한 드레이첼과 미판테가 숨을 헐떡였습니다. 빨간 모자는 두 사람을 향해 검지를 들어 보였습니다.

"제가 이 안을 조사할 수 있게 해주세요. 피리 부는 사나이가 어떻게 감옥을 나와 어디로 갔는지 수수께끼를 풀어볼게요. 그 대신……." 빨간 모자가 미판테의 허리를 가리켰습니다. "제가 피리 부는 사나이를 찾으면 피노키오의 몸통을 돌려주세요."

바구니 안에서 "야호!" 하는 환호성이 들렸습니다.

"브라보! 좋은 생각이야, 빨간 모자!"

피노키오가 기쁜 표정으로 두 손으로 손뼉을 짝짝 쳤습니다.

"당나귀 씨, 개 씨, 나도 찬성이야. 빨간 모자는 이럴 때만큼은 실력이 정말 대단해."

"그게 대체 무슨 소리지? 지금 외지인을 살인 현장에 들여보내라는 말인가?"

"전 이미 시체에 익숙해요. 지금까지도 몇 번이나 이런 현장에 있었어요."

"설령 그 말이 사실이라 해도……."

"좋아!"

유난히 활기찬 목소리가 들렸습니다. 돌아보니 둥근 빵에 참깨를 올린 것 같은 낯익은 얼굴이 눈앞에 보였습니다.

"낮에 봤던 그 풀피리 아저씨?"

빨간 모자가 중얼거리자 옆에서 드레이첼과 미판테가 갑자기 자세를 바로잡았습니다.

"헤스 의장님! 오셨습니까!"

"오다니, 하멜른 경찰에 신고한 게 바로 나일세."

"헉!"

빨간 모자는 당황하는 두 사람에서 풀피리 아저씨에게 시선을 돌렸습니다.

"아저씨가 하멜른 의회 의장님이었어요? 이 도시에서 가장 높은 사람?"

"높고 뭐고도 없지. 30년 전 아버지가 돌아가셔서 자연스레 의장 자리에 올랐을 뿐. 사실 난 풀피리를 불며 역사나 공부하면서 살고 싶은 사람이야."

아무래도 만나는 의회 관계자들은 하나같이 비슷한 말만 하는 것 같습니다.

"아저씨가 신고하셨다는 게 정확히 무슨 뜻이에요?"

"헤스라고 부르려무나. 난 항상 밤마다 북문 밖에 나가 피리 부는 사나이의 만돌린 연주를 들어왔지. 감옥에 갇힌 사람의 음악이라 그런지 애절함이 느껴져서 좋았어. 매일 곡조도 달라 질리지 않았고. 그런데 평소에는 9시가 지나 연주를 시작하던 녀석이 오늘 밤은 9시 반이 지나도 연주하지 않더구나. 무슨 일인가 싶어 마을로 돌아와 저 문을 살펴보니 자물쇠가 풀려 있었고."

그가 경비원 뒤에 있는 격자문을 가리키며 말했습니다.

"혹시나 해서 감옥까지 올라가보니 교도관이 감옥 앞에 쓰러져 있더구나. 머리에서 피를 흘린 채로 숨을 쉬지 않았고 허리에 차고 있던 열쇠 뭉치도 사라진 상태였어. 그래서 신고한 거다."

"그런가요."

"말이 나온 김에 드레이첼, 미판테. 난 이 아이에게 수사권을 줘보려고 한다."

"네? 왜, 왭니까?"

"내 친구 중에 에이미라는 무당벌레가 있다. 평소에는 숲속에 사는 어느 늑대의 조수로 일한다고 들었는데 가끔 날아와 나한테 재밌는 얘기를 들려주고 있지. 무슨 일이 있을 때마다 척척 추리하며 여행 중이라는 빨간 모자를 쓴 아이가 바로 너 아니냐?"

"에이미를 아세요?"

"그래, 벌써 3년 지기 친구지."

빨간 모자는 기분이 들떴습니다. 인간의 말을 알아듣는 그 신비한 무당벌레에게 예전에 큰 도움을 받은 적이 있기 때문입니다.

"어쨌든 드레이첼, 미판테. 이 아이에게 감옥을 보여줘라. 나도 함께 갈 테니 괜찮아. 아니, 그래. 너희도 따라와

라. 등불은 많을수록 밝은 법이니."

"네!" "알겠습니다!"

등불이 세 개나 있어도 어두침침한 나선 계단이지만 위에 도착하니 의외로 바깥 음악이 잘 들린다는 것을 알 수 있습니다. 북쪽 벽에 세로로 긴 창문이 여러 개 뚫려 있습니다. 모두 폭은 주먹만 하지만 세로 길이가 50센티미터 가량 됐습니다.

"창문이 참 길쭉하네."

피노키오가 중얼거렸습니다.

"이건 창문이 아니야. 성가퀴지." 헤스 의장이 대답했습니다. "성벽에 설치된 방어 시설이고 적이 공격해 올 때 궁수들이 화살을 쏘는 용도로 만든 구멍이다. ……아니, 그런 것보다 빨간 모자. 얼른 시신부터 확인해보는 게 어떻겠냐?"

시신은 계단 바로 옆에 엎드린 채로 쓰러져 있었습니다. 헤스 의장이 다가가자 백발에 머리숱이 적은 70대 노인의 모습이 등불에 비쳤습니다. 뒤통수에 피가 흐른 흔적이 있고 옆에는 만돌린이 떨어져 있는데 프렛 부분에 피가 보입니다.

"만돌린으로 사람을 죽일 수 있나요?"

"실제로 이렇게 죽었잖나. 교도관이기는 해도 영감님이라 심장이 약했을 테고."

"애초에 이런 할아버지가 교도관 일을 해도 되나요?"

"교도관이라고 해봐야 아침 9시와 저녁 6시, 하루에 두 번 식사를 넣어주기만 하면 되니까."

드레이첼이 말했습니다.

"다른 시간에는 보통 아무도 이곳에 오지 않지. 워낙 견고하게 만들어진 감옥이기도 하고."

헤스 의장이 등불로 계단 반대편을 비췄습니다. 빨간 모자는 그쪽으로 고개를 돌렸다가 소스라치게 놀랐습니다.

천장부터 바닥까지가 관악기로 빼곡히 채워져 있습니다. 호른, 트롬본, 트럼펫, 코넷……. 빨간 모자가 모르는 악기들까지 복잡하게 뒤얽혀 공간을 나누고 있습니다. 감옥이라기보다 '관악기의 벽'이라는 말이 더 어울릴 정도입니다. 다만 오른편의 아래쪽, 즉 트롬본의 관 부분과 거기에 얽힌 또 다른 트롬본 관이 부자연스럽게 휘어져 마른 사람이라면 지나갈 정도의 구멍이 나 있었습니다.

"이 악기들은 오래전 쓰레기장에 산더미처럼 쌓여 있던 고장 난 관악기들입니다."

미판테가 설명했습니다.

"45년 전 피리 부는 사나이에게 종신형을 선고한 후, 이곳을 감옥으로 만들 때 고장 난 관악기들을 재사용하기로 했죠. 의회가 브레멘에서 숙련된 장인들을 불러 관악기 튜브를 엮고 일부는 용접해서 이런 감옥을 만든 겁니다.

감옥 철창까지 악기라니 그야말로 하멜른답다고 할 수 있겠죠."

"오오, 열심히 공부했구나, 미판테." 헤스 의장이 감탄했습니다.

"황송합니다."

"저 구멍은?"

빨간 모자는 트롬본이 꼬불꼬불 이어져 생긴 구멍을 가리켰습니다.

"트롬본 슬라이드를 이용한 식사 제공용 구멍이 있긴 하지만, 이렇게 넓지는 않을 텐데."

헤스 의장은 등불을 들고 구멍에 다가가 빨간 모자에게 손짓했습니다.

"여기 그을음 자국 보이니?"

쪼그려 앉아 관찰하니 정말로 찌그러진 트롬본과 트럼펫이 있는 곳에 그을음이 묻어 있었습니다.

"피리 부는 사나이가 횃불로 열을 가해서 구부렸을 수도."

"횃불 같은 걸 누가 넣어주나요? 설마 돌아가신 교도관님은 아니겠죠?"

"이 교도소는 야간에 항상 등불만 켜져 있지. 교도관이 가져왔을 가능성은 희박할 거야. 굳이 가능성을 꼽자면 외부. 감옥 안쪽 벽에도 성가퀴가 두 개 있거든."

"흐음……. 잠깐 감옥 안을 확인해도 될까요?"

헤스 의장이 고개를 끄덕이자 빨간 모자는 바닥에 납죽 엎드려 그 구멍을 지나 관악기 감옥에 들어갔습니다.

소 한 마리만 있어도 가득 찰 공간입니다. 등불 빛이 관악기 일부를 비춰 반짝반짝 빛납니다. '감옥 밖에서는 이렇게 눈부시지 않았는데' 하고 의아해하며 바닥을 관찰하니 구석에 주먹 크기의 구멍이 있습니다. 구멍을 들여다보니 아래쪽으로 저 멀리 흐르는 물이 보였습니다.

"이 구멍은 화장실인가요?"

"그래."

빨간 모자는 이 구멍으로 횃불을 전해 받는 건 어려울 거라 판단하고 다음으로 북쪽에 두 개 있다는 성가퀴 쪽으로 향했습니다. 까치발을 들어 그중 하나로 밖을 내다봅니다. 별이 뜬 하늘 아래 유유히 흐르는 강물 너머에 어두운 숲이 펼쳐져 있었습니다.

빨간 모자는 눈을 감고 곰곰이 생각에 잠겼습니다. 축제 전날 밤이라 음악이 들리지만 도시 밖에서는 아무 소리도 들리지 않습니다. 성벽 너머는 정적……. 피리 부는 사나이가 이 감옥에서 빠져나갈 방법은…….

"알아냈어요."

빨간 모자는 눈을 다시 뜨고 뒤를 돌아봤습니다. 관악기 감옥 너머에 있는 세 사람의 표정은 보이지 않습니다.

"피리 부는 사나이는 역시 밖에서 횃불을 조달받았어요."
"45년이나 갇혀 있었는데 협력자가 있었다고?"
감옥 밖에서 드레이첼이 물었습니다.
"있었어요. 바로 *쥐*예요."
"쥐?"
세 사람이 경악하며 목소리를 높였습니다.
"피리 부는 사나이가 45년 전 연주한 곡에는 쥐를 유인하는 것뿐만 아니라 자유롭게 조종하는 힘도 있지 않았을까요? 그렇다면 횃불과 성냥을 이곳에 가져오게 할 수도 있었을 거예요. 쥐라면 가뿐히 벽을 기어오를 수 있고 이 성가퀴를 통과할 수도 있어요."
"연주를 어떻게 하지?" 드레이첼이 물었습니다.
"만돌린이 있잖아요. 그 곡은 어떤 악기로 연주하든 상관없는 곡일 거예요. 하멜른 시내에서는 스물네 시간 내내 누군가가 음악을 연주하고 있어요. 게다가 이 감옥의 성가퀴는 도시 바깥쪽으로 뚫려 있죠. 피리 부는 사나이는 하멜른 시민들에게 들키지 않고 도시 밖에 있는 쥐들에게 음악을 들려줄 수 있었을 거예요."
"동의할 수 없습니다." 미판테의 목소리가 들렸습니다. "45년 전부터 이곳 하멜른에서는 쥐가 목격된 적이 한 번도 없습니다. 저도 태어나서 지금껏 쥐라는 생물을 본 적이 없어요."

"도시 밖에는 있지 않을까요?"

"45년 전 이 도시 부근에 사는 쥐들은 모두 베자강에 뛰어들어 익사했을 겁니다."

"자, 자." 헤스 의장이 분위기를 수습했습니다. "그럼 여기서 쥐를 유인한다는 그 곡을 연주해보면 되겠군. 만돌린이 아닌 45년 전 헬무트가 했던 것처럼, 플루트로."

빨간 모자는 화들짝 놀랐습니다.

이게 무슨 소리일까요. 헬무트는 또 누구?

"의장님, 무슨 말씀을……." 드레이첼이 당황하며 말리기도 전에 갑자기 관악기 감옥 너머에서 경쾌한 플루트 소리가 들리기 시작했습니다.

05

"이런, 이런. 미안하군."

북문 감옥에서 몇 분 거리인 교회 앞 광장. 그곳 야외무대 옆에 있는 오픈형 카페에서 헤스 의장이 사과했습니다. 사과하면서도 기분 좋은 것처럼 소시지를 우물거리고 있습니다. 밤 11시가 지났는데 광장 곳곳에 설치된 램프 때문에 대낮처럼 밝고 여기저기서 악기를 연주하는 사람들이 보였습니다.

"올해 들어 가장 큰 충격이었어." "정말 놀랐습니다."

드레이첼과 미판테는 눈을 휘둥그레 뜨고 낡은 악보를 보고 있습니다.

"헤스 의장님께서 피리 부는 사나이를 조사하신다는 건 알고 있었지만, 설마 이렇게까지……."

그 악보에는 〈쥐를 부르는 노래〉라는 제목이 붙어 있었습니다.

헤스 의장이 부친의 사망으로 의장 자리에 오른 건 지금으로부터 30년 전인 33세 때였다고 합니다. 그전까지는 이곳에서 남동쪽 몇 킬로미터 떨어진 보팅겐이라는 도시의 대학에서 역사학을 공부했는데, 스물아홉 살 때 어느 날 대학 역사를 정리하던 중 헬무트라는 학생에 대해 기록한 문서가 눈에 들어왔다고 합니다.

"헬무트는 별로 질이 좋지 못한 학생이었는데, 열여덟 살 때 유부녀를 임신시키는 소동을 일으켰다더군. 그 문제는 어찌어찌 해결됐지만, 이후 플루트에 푹 빠져 학업을 소홀히 해서 스물네 살이 될 때까지 1학년 수업 내용도 제대로 이수하지 못했다고 해. 하지만 교수에게 불려 가 주의를 들었을 때 그는 오히려 교수 앞에서 큰 소리를 치며 대들었지. 그래서 화가 난 교수에게 쇠몽둥이로 얼굴을 얻어맞아 크게 다쳐 턱과 입술을 꿰맸고, 그 일을 계기로 보팅겐 대학을 퇴학했다고 해."

"엄청난 얘기네요……." 빨간 모자는 아연실색했습니다.

"그래. 하지만 무엇보다 내 눈길을 사로잡은 건 그가 퇴학한 시기였어. 하멜른에 피리 부는 사나이가 나타나기 불과 2주 전이었거든. 심지어 헬무트는 평소 빨강과 초록색이 섞인 체크무늬 망토를 즐겨 입었다고도 기록돼 있었지. 하멜른에 피리 부는 사나이가 나타났을 때 당시 열여덟 살이던 나도 그 모습을 멀리서 지켜봤지만, 그가 두른 빨강과 초록색 섞인 망토가 눈에 새겨져 지금도 잊히지 않는단다."

"그럼 그 헬무트라는 사람이 피리 부는 사나이라는 말인가요?"

"난 그렇게 믿고 독자적으로 조사를 진행해왔어. 의장 자리에 오른 뒤에도 짬이 날 때마다 보팅겐에 가서 문헌과 증인 등을 조사했고."

헤스 의장은 하멜른 시민으로서 피가 끓어올랐다고 했습니다.

"교도소에 수감 중인 피리 부는 사나이는 원칙적으로 면회가 금지됐지. 하지만 난 의원의 권한을 이용해 여러 번 그를 만나러 갔어. 그는 관악기로 된 철창 너머에서 빨강과 초록색 체크무늬 망토를 머리에 뒤집어쓴 채 만돌린만 연주할 뿐, 내 질문에는 한 번도 대답해주지 않았지."

"하멜른 시민들에게 원망이 깊었겠죠."

미판테가 말했습니다.

"그럴 수도 있겠지. 하지만 난 포기하지 않았어. 평생의 연구 주제로 조사를 이어왔고, 그러다 지난해 마침내 보팅겐 대학 지하 서고에서 이걸 손에 넣은 거야."

소시지를 다 먹은 헤스 의장이 포크로 〈쥐를 부르는 노래〉 악보를 가리켰습니다.

"같은 선반에는 다른 곡의 목록도 있었는데 〈거미를 부르는 노래〉 〈까마귀를 부르는 노래〉 〈어린이를 부르는 노래〉라는 제목의 곡들도 있더군. 아쉽게도 실물 악보는 이것밖에 못 건졌지만."

"이게 정말 그 실물일까."

피노키오가 의심스럽다는 듯 말했습니다.

"틀림없어. 처음 이걸 발견했을 때 흥분한 나머지 바로 연주해봤지. 섬세한 입술 움직임이 필요한 곡이라 어지간한 실력으로는 불 수도 없지만, 난 평소에 풀피리로 훈련해왔으니까. 그런데 곡을 연주하고서야 깜짝 놀랐지. 서고 이곳저곳에서 쥐가 우르르 몰려나와 있었거든. 그 모습이 기쁘기도, 섬뜩하기도 했지만……."

헤스 의장은 참깨 같은 눈을 가늘게 뜨고 웃었습니다.

"그러니까, 빨간 모자. 결론은 이 하멜른 근처에는 쥐가 없다는 말이란다. 있다면 역시 우르르 나타났을 테니."

조금 전 감옥에서 이 곡을 연주했을 때 10분이 지나도 쥐는 한 마리도 나타나지 않았습니다. 쥐가 횃불을 조달했다는 빨간 모자의 추리가 부정된 것입니다.

"그럼 그 피리 부는 사나이는 어떻게 트롬본 구멍을 넓혔을까요?"

빨간 모자는 고개를 갸웃거렸습니다.

"그건 내가 말했잖니. 아마 외부에 있던 동료가 사다리를 이용해서 불붙지 않은 횃불과 성냥을 던져 넣었을 거라고."

"45년이나 수감 중인 사람에게 동료가 있다고요?"

"있고말고." 헤스 의장이 수첩을 펼쳤습니다. "보팅겐 대학을 졸업하기 직전 헬무트를 만난 동창생에게 이런 얘기를 들었지. 이미 나이가 지긋한 영감님이지만, 헬무트가 '난 이곳을 떠나 동지와 함께 새로운 일을 시작할 거다'라 말했던 걸 똑똑히 기억하고 있더군."

"헬무트에게 동지가 있었다는 말입니까?"

드레이첼이 물었습니다.

"그래, 헬무트는 보팅겐 대학을 졸업할 당시 스물네 살. 그럼 올해로 예순아홉이지. 파트너도 아마 그 정도 나이대로 추정되고. 축제에 참가하러 온 여행객들 사이에 섞여 헬무트를 도운 게 분명해. ……그래서 처음 신고할 때 하멜른 전역에 있는 숙박객 중 나이가 예순이 넘은 사람들부터 확인하라고 지시했단다. 늦어도 밤이 되기 전까지는 헬무트와 함께 신병을 확보할 수 있지 않을까."

"네? 그럼 저한테 왜 수사권을 준다고 하신 거예요?"

빨간 모자가 묻자 헤스 의장은 빨간 모자의 얼굴을 보며 빙그레 웃었습니다.

"무당벌레 에이미가 칭찬을 너무 많이 해서 재능이 어느 정도인지 한번 확인해보고 싶었지. 하지만 그리 대단하지는 않은 것 같구나."

빠직. 머릿속에서 그런 소리가 들리는 것 같았습니다. 이 얼마나 굴욕적인 말인가요!

"뭐 그래도 잠시나마 즐겁게 해준 보답으로 원하는 게 있으면 뭐든 사주마."

"필요 없어요!"

빨간 모자는 피노키오가 든 바구니를 들고 벌떡 일어섰습니다.

06

눈을 떠 보니 유난히 낮은 천장이 보입니다. 아침입니다.

—뭐 그래도 잠시나마 즐겁게 해준 보답으로 원하는 게 있으면 뭐든 사주마.

어젯밤에 본 헤스 의장의 얼굴이 떠올랐습니다.

"아아, 짜증 나!"
빨간 모자는 분통이 터져 발을 동동 굴렀습니다.
"아아아, 아아아앗!"
화가 나서 그런지 팔다리까지 후들거립니다.
"괘, 괜찮아……?"
가늘고 톤 높은 목소리가 들렸습니다. 시들렌이 무릎을 끌어안은 채 걱정스럽게 빨간 모자의 얼굴을 바라보고 있었습니다.
"앗, 미안."
빨간 모자는 부끄러운 마음에 자리에서 일어나 주위를 둘러봤습니다. 바구니에 든 피노키오가 눈을 동그랗게 뜨고 있습니다.
"벌써 아침이야."
"알아. 세수하고 올게."
1층 부엌에 가보니 이미 마사가 가게 문을 열 준비를 하고 있었습니다.
"좋은 아침이에요."
"오, 빨간 모자. 7시에 가게 문을 여니 앞으로 10분밖에 안 남았어. 얼른 준비하렴."
"네? 오늘도 도와드려야 해요?"
"당연하지. 공짜로 식사와 숙박을 제공하고 있잖니. 자, 얼른 세수하고 물 길어 오렴."

어쩔 수 없습니다. 헬무트와 그 동지라는 사람은 붙잡혔을까요. 미판테에게 피노키오의 몸통은 어떻게 돌려받아야 할까요. 이런저런 걱정거리를 하릴없이 떠올리며 가게 밖에 나가려는 순간, 문이 활짝 열리며 누군가 가게에 뛰어 들어왔습니다.

"꺄앗!"

"우리 애들은? 우리 애들 여기 안 왔어?"

어제 이 가게에서 아이들 세 명을 데려간 로제타라는 여자였습니다. 잠옷 차림에 머리카락이 헝클어졌고 눈은 충혈돼 있습니다. 그녀는 가게 안을 돌아다니며 "우리 애들 어딨어?" 하고 테이블 아래를 들여다보기도 했습니다.

"안 왔어. 댓바람부터 무슨 일이야?"

마사가 의아해하며 물었습니다.

"우리 애들이 없어졌어! 어떡하지? 애들 없으면 난 못 살아……." 로제타는 두 손으로 얼굴을 감싸고 쪼그려 앉아 울음을 터뜨렸습니다.

"조오은 아치임."

그때 얼빠진 인사를 하며 가게에 솔란이 들어왔습니다. 뒤이어 드레이첼과 미판테도 들어옵니다. 세 사람 모두 탈을 쓰지 않았습니다.

"휴우, 어제는 과음했던 것 같아. 빨간 모자, 우리 무대를 보러 올래? 마사, 숙취 해소에 좋은 생강차에 화약을 좀 넣어서…… 응?"

솔란은 그제야 쪼그려 앉아 울고 있는 로제타를 발견했습니다.

"왜 그래? 무슨 일이야?"

"아이들이 사라졌다고 해요."

"바깥을 돌아다니는 거 아닐까? 오늘부터 축제라 다들 신났을 텐데."

"벌써 두 시간이나 찾고 있다고!" 로제타가 고개를 들어 외쳤습니다. "이렇게 오랫동안 안 보인다는 게 말이 돼?"

"혹시."

드레이첼이 조심스레 입을 열었습니다.

"탈옥한 헬무트의 소행일까?"

"저도 지금 같은 생각을 하고 있었습니다."

미판테가 동의하며 빨간 모자의 얼굴을 봤습니다.

"헤스 의장님의 지시대로 경찰이 움직였지만, 60대 축제 관광객은 단 세 명뿐이었고 그들 모두의 알리바이가 확인됐습니다. 헬무트의 행방은 여전히 밝혀지지 않았고요."

"이거 큰일이네." 마사가 흥분한 듯이 말했습니다. "그 녀석은 아이들을 유인하는 곡을 연주하잖아. 45년 전처럼 마을 밖으로 데려갔을 가능성도 있지 않을까? 이곳보다는 숲속을 찾는 게 낫지 않겠어?"

그러나 이렇게 마을 전체에 음악이 흐르는 상황에서는

〈어린이를 부르는 노래〉를 연주해도 아이들 귀에 들리기 어려울 텐데……. 빨간 모자가 그런 의문을 던지기도 전에.

"안 돼!"

로제타가 절규했습니다.

"진정하세요, 로제타 씨."

"아아, 우리 애들이!"

빨간 모자가 달래도 소용없이 로제타는 가게를 뛰쳐나갔습니다.

"우리도 가봐야겠어."

드레이첼이 소리 높여 말했을 때.

"잠깐!"

마사가 그를 멈춰 세웠습니다. 그러더니 부엌 가장 안쪽에 들어가 어디에 뒀는지도 모를 커다란 징을 꺼내 왔습니다.

"나도 같이 가. 이걸 수레에 실어 교회 광장에 가는 거야."

07

교회 광장 특설 무대 앞에는 벌써 이백 명 남짓 되는 사람이 모여 있었습니다. 모두 밤새도록 음악을 연주했을까요. 그걸로 부족한지 축제 시작을 기다리지 못하고 지금도 악기를 저마다 손에 들고 자신들만의 곡을 연주하고 있습니다.

빨간 모자 일행은 무대 뒤로 돌아가 “아아, 음, 음” 하고 발성 연습 중인 턱시도 차림의 남자를 만났습니다.

“도미닉 씨.”

미판테가 말을 걸자 턱시도 남자는 “아, 응? 뭐야?” 하고 눈을 깜빡였습니다. 그는 하멜른 의원 중 한 명으로 축제 개막식의 사회를 맡는다고 했습니다. 드레이첼이 사정을 설명하고 무대를 잠시 빌려달라고 부탁했지만.

“그건 안 돼. 그런 사적인 일로…….”

“아이들의 목숨이 걸려 있어요.”

빨간 모자가 옆에서 거들었습니다.

“뭐야, 이 작달막한 여자아이는?”

무례한 것으로 모자라 성격도 급해 보입니다.

“쩨쩨하게 굴지 말고 그냥 빌려줘!”

“응? 마사잖아. 그러지 않아도 요즘 당신에 대한 불평불만이 많이 접수되고 있어. 매일 밤마다 커다란 자루를 들고 성벽 밖에 나가 강에 뭔가를 버린다던데.”

“시끄러워! 됐고, 세 사람 다 징을 들고 따라와!”

마사가 거칠게 소리치자 미판테와 솔란이 징을 들고 무대로 뛰어올랐습니다.

“앗, 잠깐!”

도미닉이 쫓아갔지만 빨간 모자는 재빨리 바구니에서 피노키오의 두 팔을 꺼내 그의 발밑에 던졌습니다. 피노키오의 두 손이 도미닉의 발목을 콱 붙들자 도미닉은 그대로 앞으로 고꾸라졌습니다.

"아얏!"

"내 팔을 이상한 데 쓰지 마."

"누구보다 제일 잘 붙잡으면서."

빨간 모자도 피노키오와 티격태격하며 모두를 따라 무대에 올랐습니다.

대애애애애애앵!

마사가 징을 힘껏 두드리자 무대 앞에 있는 군중들이 일제히 고개를 돌립니다. 드레이첼이 목청껏 소리쳤습니다.

"여러분, 주목! 로제타네 아이들이 실종됐어!"

그리고 어젯밤 피리 부는 사나이가 감옥에서 탈출했다는 것도 설명했습니다.

"45년 전 그 자식이 마을에서 아이들을 데려간 걸 알지? 지금이라도 힘을 합치면 아이들을 찾을 수 있을지도 몰라! 모두 함께 성벽 밖을 찾아줘! 피리 부는 사나이에게서 아이들을 구해줘!"

무대 앞이 찬물을 끼얹은 것처럼 조용해졌지만, 잠시 후…….

"누가 그런 짓을 하겠어?"

군중 속에서 누군가 말했습니다.

"지금부터 1년에 한 번 열리는 축제가 시작되는데, 그걸 포기하고 아이들을 찾으라니 말도 안 되지."

"피리 부는 사나이가 우리를 노릴 수도. 이번에는 음악가들을 유인하는 곡을 연주해 우리를 익사시킬지도 몰라."

"그래, 그럼 피리 소리가 들리지 않게 더 신나는 음악으로 방어해야겠군."

"축제다, 축제야! 피리 부는 사나이에게 우리를 지키기 위해서라도 지금 당장 축제를 시작하자!"

하나같이 이기적인 말들만 내뱉고 아이를 찾는 데 도움을 줄 사람은 한 명도 없어 보입니다.

"미야핫!"

그때 솔란이 털썩 쓰러졌습니다. 고양이 탈 뒤통수 부분을 감싸고 몸을 웅크린 그의 등 뒤에서 구겨진 턱시도 차림의 도미닉이 분노에 찬 얼굴로 서 있었습니다. 도미닉은 마사의 손에서 스틱을 빼앗아 세차게 휘둘렀습니다.

대애애애애애앵!

군중들이 다시 조용해졌습니다.

"여러분, 실례 많았습니다! 이 멍청이들을 지금 당장 내보낼 테니 잠시 연주를 즐겨주십시오!"

그러나 그전에 이미 모든 사람들이 음악을 연주하고 있었습니다.

"얼른 가버려! 평의원 주제에 축제를 망치다니, 대체 무슨 생각이야!"

도미닉은 원숭이처럼 얼굴을 빨갛게 물들이며 화를 버럭 냈습니다. 아무래도 성격이 불같아 보입니다. 브레멘 밴드 세 사람과 마사, 빨간 모자는 부랴부랴 무대를 내려갔습니다.

마사가 이마에 손을 얹고 한탄했습니다.

"괜찮아요?"

빨간 모자가 말을 걸었지만 여전히 어깨를 움츠리고 있습니다.

"기분이 영 우울하네. 오늘은 가게를 열지 말아야겠다. 이런 상황에서 축제라니, 말도 안 되지."

마사는 멍한 얼굴로 가게 쪽을 향해 걷기 시작했습니다.

"마사 씨, 이 징은 어떡해?"

"마음대로 해. 원하는 곳에 써."

"원하는 곳이라니……."

무슨 말을 해도 마사는 돌아보지 않았습니다. 그녀의 뒷모습을 보며 솔란이 드레이첼에게 "어떡하지?"라고 물었습니다.

"우리끼리만이라도 아이를 찾아보자."

다 함께 성벽 밖으로 나가보자는 분위기가 형성된 바로 그때.

"잠깐만. 내 팔을 주워줘."

바구니 안에 있는 피노키오가 당황한 듯이 말했습니다. 주변을 둘러보니 분명 오른팔은 있는데 왼팔이 보이지 않습니다.

"피노키오, 너 왼팔 어디다 뒀어?"

"저 턱시도 아저씨가 우리를 밀칠 때 날아가서 어디 구멍에 빠진 것 같아."

"구멍이라니?"

"뭔가 거칠거칠한 게 느껴져. 모래인가?"

"저곳 아닐까?"

미판테가 드럼 스틱으로 가리키는 쪽을 향해 모두 고개를 돌렸습니다. 바로 옆 교회 계단 밑바닥에 갈라진 곳이 보이고 여우가 드나들 만한 크기의 구멍이 뚫려 있습니다. 드레이첼이 그곳에 다가가 가슴 주머니에서 기타 줄을 꺼내 구멍에 넣었습니다. 구멍은 꽤 깊은지 2, 3미터나 되는 줄이 다 들어갈 때쯤.

"아, 뭔가가 닿는다."

피노키오가 말했습니다.

"붙잡아 봐, 피노키오."

"응……, 잡았어."

드레이첼이 줄을 잡아당기자 까맣게 변한 피노키오의 왼팔이 질질 끌려 나왔습니다.

“아, 다행이다.”

“다행은 뭐가 다행. 쓸데없이 시간을 낭비했는데. 그나저나 뭐가 이렇게 새까매?”

“거칠거칠한 모래 같은 게 느껴진다고 했잖아.”

솔란이 “흐음” 하고 피노키오의 팔을 얼굴을 갖다 대더니 냄새를 킁킁 맡고 검은 가루를 혀로 쓱 핥았습니다. 그러고는 눈을 감습니다.

“히야앗! 세 옥타브 점프다!”

전에도 비슷한 말을 들었던 기억이 납니다. 빨간 모자가 어렴풋이 그런 생각을 하며 손수건을 꺼내 피노키오의 팔을 닦아주려 할 때였습니다.

“어?”

갑자기 손이 뚝 멈췄습니다.

“무슨 일이죠? 빨간 모자 씨.”

미판테의 목소리가 왼쪽 귀로 들어왔다가 다시 오른쪽 귀로 나갑니다.

이 검은 가루는…….

빨간 모자의 머릿속에 어제부터 본 광경이 떠오르고 있었습니다.

설마…… 말도 안 돼. 하지만 만약 이것이 사실이라면 어젯밤부터 이곳 하멜른에서 줄곧 느껴진 작은 위화감들을 전부 설명할 수 있습니다!

"드레이첼 씨!"

"뭐야?"

"헤스 의장님을 만날 수 있을까요? 감옥을 다시 한번 확인하고 싶어요!"

08

북문 감옥은 어젯밤과 분위기가 사뭇 달랐습니다. 창문을 대신하는 성가퀴에서 햇빛이 들어오고 있어서일까요. 낡은 관악기들을 재활용해 만든 감옥은 전체적으로 거무스름하지만 악기들이 복잡하게 얽힌 모습이 잘 보였습니다. 시신과 만돌린은 이미 다른 곳으로 옮겨졌고 돌바닥에는 작은 혈흔만 남아 있습니다.

"무슨 일이지? 빨간 모자."

헤스 의장은 왠지 언짢아 보였습니다. 헬무트와 그의 동지를 못 찾았을 뿐만 아니라 마을 아이들까지 사라진 상황에 책임감을 느끼는 것처럼 보입니다. 빨간 모자는 대답하지 않고 일단 감옥에 기어 들어갔습니다.

안에서 바라보는 관악기 감옥. 서로 뒤엉킨 악기들 사이사이로 새것처럼 반짝이는 부분이 있습니다. 어젯밤 봤던 등불 불빛을 반사하는 부분은 잘못 본 것이 아니었습니다.

빨간 모자는 그 반짝이는 부분의 위치 관계를 지그시 관찰했습니다. 트럼펫 중 하나에 손을 뻗어 피스톤 밸브를 잡아당겨봅니다. 밸브는 순식간에 빠졌고 마우스 파이프도 쏙 분리됐습니다. 그 파이프에 걸려 있던 옆 코넷까지 분리됩니다. 그것도 모자라 바로 위에 있는 호른도 분리돼, 마치 장난감 상자처럼 관악기가 하나둘 떨어져 나갑니다.

"이건……."

채 1분도 되지 않아 어른이 통과할 정도 크기의 구멍이 생겼습니다. 빨간 모자는 그곳을 통해 밖에 나가서 눈을 휘둥그레 뜬 헤스 의장에게 "탈출구예요" 하고 분리된 코넷을 보여줬습니다.

"오래된 악기에 이렇게 반짝이는 부분이 있다는 건 매일 누군가 만지고 분리해 다시 갖다 붙였기 때문이겠죠. '피리 부는 사나이'는 자기 힘으로 감옥을 빠져나갈 수 있었어요."

"뭐라고? 헬무트가 이 감옥에서 혼자 빠져나갔다고?"

"아뇨, 제가 말하는 '피리 부는 사나이'는 헬무트 씨를 뜻하는 게 아니에요."

헤스 의장은 참깨 같은 눈을 깜빡이며 고개를 갸웃거렸습니다.

"무슨 말인지 전혀 모르겠는걸."

그런 헤스 의장에게 빨간 모자는 말했습니다.

"가요. 서두르지 않으면 큰일이 일어날 거예요!"

09

프렐류드에는 손님이 한 명도 없었습니다. 멍하니 카운터에서 턱을 괴고 수조를 올려다보던 마사가 빨간 모자를 보고 의자에서 일어섰습니다.

"어서 오렴."

"가게 문을 정말 안 여는 건가요? 모처럼 맞은 축제인데."

"아까도 말했잖니. 아이들부터 찾아야지, 지금 축제 같은 걸 할 상황이 아니라고. 그래서, 찾았니?"

"아뇨."

빨간 모자는 피노키오가 든 바구니를 카운터에 내려놓고 의자를 당겨 앉았습니다. 마사는 "뭐라도 먹을래?" 하고 묻고 카운터 건너편으로 들어갔습니다. 칼을 꺼내 토마토를 써는 손놀림이 차분해 보입니다.

그동안 빨간 모자는 카운터에 놓인 쥐 장식물을 관찰했습니다. 종이를 꼬아 만든 듯한 황토색의 기이한 꼬리. 그 옆에는 작은 상자가 있습니다.

"저, 마사 씨. 이 성냥갑, 어제는 없지 않았나요?"

"응? 아……, 혹시라도 담배를 피우는 손님이 올 수도 있으니."

"가게 문을 안 여신다고 했잖아요. ……다른 걸 준비하신 거죠?"

"그게 무슨 말이니?"

"32년 전 가게 문을 처음 열 때부터 준비해온 걸 오늘 이 축제일에 결행한다. 그런 뜻이에요."

손을 멈춘 마사가 왠지 지친 듯한 눈빛으로 빨간 모자를 쳐다보다가 갑자기 성냥갑을 집어 들었습니다. 빨간 모자는 즉시 바구니 안에 있는 피노키오의 머리에 지시했습니다.

"신호를 보내. 팔을 움직여."

"응!"

그러자 문이 활짝 열리더니 자가장, 자가장 하는 흥겨운 음악을 연주하며 브레멘 밴드 세 사람과 헤스 의장이 들어왔습니다. 갑작스러운 상황에 마사가 당황합니다.

"이, 이게 대체 뭐니? 시끄럽게."

네 사람은 연주를 멈추고 마치 '시작하십시오'라는 듯이 빨간 모자에게 손을 내밀었습니다.

"마사 씨, 이 가게 메뉴에는 포도주가 없는데 왜 저 안쪽에 포도주 통이 있는 건가요?"

"저번에도 말했다시피 숙성 중이야."

"이 가게에서는 왜 화약이 든 술을 손님에게 내놓죠?"

"자극제야. 바보 같은 손님들이 좋아하니까."

"그럼." 빨간 모자는 두 손을 들어 마치 지휘하는 자세를 취했습니다. 그러자 네 사람이 일제히 연주를 시작했고, 빨간 모자도 연주에 맞춰 노래를 불렀습니다.

"당신의 범죄 계획은~, 왜 그렇게 허술한가요~?"

주먹을 쥐어 다시 음악을 멈추고 빨간 모자가 마사를 향해 고했습니다.

"45년 전 이 마을에서 아이를 데려간 피리 부는 사나이는 바로 마사 씨, 당신이었어요."

***

"그건 또 무슨 소리니?"

징징. 두구두구. 자가장자가장. 브레멘 밴드는 더욱 신명 나게 음악을 연주합니다. 빨간 모자는 헤스 의장을 제외한 다른 세 사람에게 연주를 부탁하기만 하고 자신이 도출한 진실에 대해서는 아직 설명하지 않았습니다.

"45년 전 보팅겐 대학에 다니던 스물네 살 학생 헬무트는 학업 태만과 품행 불량을 이유로 교수에게 쇠몽둥이로 얻어맞고 퇴학 처분을 당했네."

먼저 입을 연 사람은 헤스 의장이었습니다.

"그 후 헬무트는 '동지와 함께 새로운 일을 시작하겠다'라는 말을 남기고 보팅겐을 떠났지. 그러고 나서 얼마 안 돼 하멜른에서 쥐와 아이들이 사라지는 사건이 일어났어. 난 지금껏 빨간 모자가 어떤 사실을 지적할 때까지 헬무트를 그 사건의 범인으로 굳게 믿었는데."

자자쟝. 드레이첼이 기타를 쳤습니다.

"어떤 사실? 그게 뭐죠?"

"헬무트는 교수에게 얼굴을 얻어맞고 크게 다쳐 입술을 꿰맸지. 〈쥐를 부르는 노래〉는 섬세한 입술 움직임이 필요한 곡이야. 그때의 헬무트가 그런 곡을 불 수 있었을 리 없어."

두구둥. 미판테의 작은북 소리.

"네? 그럼 누가 불었다는 거죠?"

"그때 헬무트와 함께 보팅겐을 떠난 그의 동지. 이 역시 간과하고 있었는데 그가 꼭 남자라고 할 수는 없지."

뚠뚠뚠뚠. 솔란의 아코디언 소리.

"지금 그 사람이 마사 씨라는 건가요? 말도 안 돼! 마사 씨는 올해로 쉰한 살이에요. 45년 전이면 여섯 살짜리 꼬맹이였을 거라고요."

"여섯 살이어도 플루트를 불 수는 있지. 그리고 이 역시 빨간 모자가 지적한 건데, *헬무트는 열여덟 살 때 유부녀*

를 임신시킨 적이 있어. 헬무트가 대학에서 퇴학당한 건 스물네 살. 그 유부녀가 낳은 아이를 거둬서 키웠다면 계산이 딱 맞아떨어지지 않나?"

"그럼…… 설마!" 자가장, 자가장.

"맞아요." 빨간 모자가 대답했습니다. "마사 씨가 헬무트 씨의 딸이에요."

충격적인 선언에 브레멘 밴드의 연주가 잠시 멈췄습니다.

"당시 하멜른 의회 앞에 나타난 마스크로 입을 가린 남자는 물론 헬무트 씨였을 거예요. 하지만 그는 플루트를 *들고만 있었을 뿐.* 실제 쥐들을 익사시킨 사람은 아버지에게 플루트를 준 딸 마사 씨였어요."

마사는 무표정한 얼굴로 멍하게 서 있습니다. 빨간 모자는 설명을 이어갔습니다.

"헬무트 부녀는 쥐를 퇴치한 후 사례금을 받아 부자가 될 계획을 세웠을 거예요. 하지만 하멜른 의회는 보상금을 결국 백지화했고, 이에 앙심을 품은 아버지와 딸은 헬무트 씨가 말한 '저주의 노래', 즉 지금은 사라진 〈어린이를 부르는 노래〉를 연주해 마을 아이들을 모조리 데려가버렸어요. 그 후 뤼벡에서 붙잡힌 사람은 헬무트 씨뿐이었죠. 그는 딸을 도피시키고 자신이 모든 죄를 뒤집어쓰기로 한 거예요."

실제로 하멜른에 모습을 보인 사람도 헬무트뿐이었으

니 의회는 이 모든 사건을 헬무트 한 사람의 소행으로 믿었습니다.

"마사 씨는 의회에 진실을 호소했을지도 몰라요. 그러나 불쑥 등장한 여섯 살 여자아이의 의견 따위에는 아무도 귀 기울여주지 않았죠. 실망한 마사 씨는 종신형을 선고받은 아버지를 구할 기회를 노렸지만, 아이들이 사라진 하멜른 안에 계속 있기에는 눈에 띄어요. 그래서 브레멘으로 가서 요리 수업을 받으며 13년을 보냈고, 열아홉 살이 돼서야 비로소 이곳 하멜른으로 와 가게를 연 거예요. 그리고 약속을 어긴 것으로 모자라 아버지를 감옥에 가둔 하멜른 시민들을 향한 복수 계획을 차근차근 세웠어요."

"복수 계획을 세웠다고? 그게 뭐지?"

드레이첼이 창백해진 얼굴로 물었습니다.

"그건 조금 이따가 설명할게요. 아무튼 마사 씨의 음식 솜씨는 입소문이 나 아이러니하게도 '프렐류드'는 마사 씨가 증오해 마지않는 의회 의원님들의 단골 가게가 됐죠. 다 큰 마사 씨를 보면서 의회 사람들도 아무도 마사 씨가 당시 여섯 살이던 그 소녀라는 걸 몰랐을 거예요. 마사 씨는 매일 가게가 끝나면 마을 북문으로 나가 아버지의 만돌린 연주를 들으며 시간을 보냈어요. 그렇게 32년의 세월이 흐르는 동안 의회 의원들은 하나둘 세상을 떠났고, 당시 보상금 지급을 백지화한 의회 구성원은 결국 한 명만 남았어요."

"우리 아버지 샤프너겠군."

"맞아요, 솔란 씨. 그런데 샤프너 씨는 돌아가시기 얼마 전 마사 씨에게 상의할 게 있다며 이 가게를 찾았다죠?"

"그래. 설마 빨간 모자, 그 내용까지 알아낸 건가?"

빨간 모자는 고개를 끄덕였습니다.

"그때 샤프너 씨가 언급한 건 마사 씨는 절대 듣고 싶지 않았던 구舊 의회의 비밀이었어요."

마사의 눈빛에서 슬픔과 분노가 엿보였습니다. 빨간 모자는 바구니 아래에 깔린 천을 걷어 트럼펫을 꺼냈습니다.

"이건 감옥을 지을 때 쓰인 오래된 트럼펫이에요."

두구둥! 하고 미판테가 북을 두드렸습니다. "어떻게 떼어냈습니까?"

빨간 모자는 조금 전 자신이 발견한 탈출구에 대해 설명했습니다.

"즉, 감옥에 수감돼 있던 피리 부는 사나이가 감옥을 자유롭게 드나들 수 있었다는 말이군."

"전혀 이해가 안 돼요."

"드레이첼 씨." 빨간 모자는 당나귀 남자를 바라봤습니다. "드레이첼 씨가 어렸을 때 집 안 식당에서 열린 평의회에 일곱 명의 평의원이 모두 모인 적은 한 번도 없다고 하셨죠?"

"그래, 꼭 누군가 한 명은 결석했지…… 으헉!" 드레이첼은 퍼뜩 뭔가를 깨달은 것 같았습니다. "설마 *평의회 멤버들이 교대로 감옥에 들어가 피리 부는 사나이 대신 만돌린을 연주했다*는 건가!"

"맞아요. 교도관이 식사를 갖다 주는 아침과 저녁 시간을 피해 교대하고, 누군가 계단을 오르는 소리가 들릴 때 빨강과 초록색이 섞인 체크무늬 천을 뒤집어쓰고 등을 돌리면 들키지 않을 테니까요. 매일 들리는 만돌린 연주의 곡조가 달랐던 것도 당연해요. 그건 정말 다른 사람이 연주하고 있었던 거예요."

"하지만." 미판테가 입을 열었습니다. "의원들이 왜 그런 행동을 한 거죠? 그리고 진짜 헬무트는 어디로 간 겁니까?"

"40여 년 동안 숨겨온 비밀을 떠올리면 자연스레 짐작할 수 있어요. 헬무트 씨는 감옥에 갇히기 전 의원 중 누군가에 의해 살해됐을 거예요."

"……."

미판테는 말문이 막힌 듯했고 순식간에 싸늘한 공기가 주변에 감돌았습니다. 빨간 모자는 마사를 돌아봤습니다.

"마사 씨는 죽음을 앞둔 샤프너 씨에게 그런 얘기를 들으셨죠?"

마사는 아무 말도 하지 않았습니다.

"……포도주 통 안을 확인해보면 마사 씨가 세운 계획

의 전모를 알 수 있을 거예요."

빨간 모자의 말에 마사의 눈썹이 꿈틀거렸습니다. 이제는 빨간 모자가 모든 걸 꿰뚫어 보고 있다는 걸 깨달았겠지요. 그녀는 결국 한숨을 한 번 내쉬더니.

"처음 폭행한 사람은 도미닉의 아버지였다고 해."

마사는 놀라울 정도로 냉랭한 목소리로 입을 열었습니다.

"그 사람은 아이가 넷이었는데, 내가 연주한 〈어린이를 부르는 곡〉 때문에 당시 겨우 걸음마를 뗀 도미닉을 제외한 다른 세 아이를 잃었지. 그런 상황을 도저히 용납할 수 없어서 판결이 난 이후 피리 부는 사나이, 그러니까 우리 아버지를 폭행한 거야."

"인정하나?"

헤스 의장이 물었습니다.

"흐음, 이제는 어쩔 도리가 없어 보이네. ……아무튼 도미닉의 아버지에게 얻어맞아 의식을 잃은 우리 아버지를 보며 다른 의원들도 덩달아 흥분했다고 해. 그들은 우르르 몰려가 몰매를 놔서 아버지를 결국 죽여버렸어. 난 그 사실을 40년이 넘게 몰랐고."

마사는 감정을 억누르는 것처럼 흥 하고 코웃음을 치더니 빨간 모자를 향해 말했습니다.

"넌 이미 모든 걸 알고 있지? 계속 얘기해보렴. 난 잠깐

술이나 한잔해야겠다."

카운터에서 술병과 잔을 꺼내는 마사. 빨간 모자는 다른 이들을 향해 고개를 돌렸습니다.

"하멜른 자치법에는 사형이 엄격히 금지돼 있어요. 만약 의원들이 이를 어겼다는 게 밝혀지면 시민들의 비난을 받고 명예도 땅에 떨어지겠죠. 그래서 일곱 명의 의원들은 헬무트 씨의 시신을 숨기고 교대로 헬무트 역할을 대신하기로 했어요. 애초에 만돌린을 감옥에 넣은 것도 피리 부는 사나이가 지금 멀쩡히 살아 수감돼 있다는 걸 시민들에게 알리려는 의도였고요."

"이럴 수가……."

드레이첼을 비롯한 브레멘 밴드 세 사람과 헤스 의장이 악기 연주를 멈추고 입을 다물고 있습니다. 자신들의 아버지가 무슨 짓을 했는지 알게 되자 경악을 금치 못하는 듯했습니다.

"의원들은 그런 상황을 다음 세대에 물려주지 않고 구세대들만의 비밀로 하자고 약속한 후 하나둘 세상을 떠났어요. 그리고 마침내 비밀을 아는 사람이 샤프너 씨 한 명만 남게 됐죠. 그는 책임감 때문에 매일 밤 만돌린을 연주하러 감옥에 갔지만, 어느덧 죽을 날이 가까워진 걸 깨닫고 자기 다음으로 임무를 이어받을 사람을 물색해야 했어요. 그리고 아이러니하게도 그 일을 맡길 가장 적합한 사람으로 당시 그가 신뢰해 마지않던 마사 씨를 선택한 거예요."

모두가 마사를 향해 다시 시선을 돌렸습니다.

"샤프너 씨를 통해 이 모든 얘기를 전해 들었을 마사 씨의 심정을 생각하면 가슴이 먹먹해져요. 감옥 안에서 멀쩡히 살아 있다고 믿은 아버지가 이미 오래전 살해됐다니. 그걸로 모자라 의회가 그 사실을 계속 은폐하고 있었다니. 분노로 눈앞이 캄캄해졌겠죠."

마사는 카운터를 쿵 내려쳤습니다. 술잔 속 술이 흔들립니다.

"아니, 그걸 넘어 그 자리에서 그 자식을 당장 없애버리고 싶었어. 애초에 그놈들이 약속을 어기고 사례금을 주지 않은 게 이 모든 일의 발단이었는데!"

마사는 침을 튀기며 소리치더니 단숨에 술잔을 비웠습니다. 휴우 하고 한숨을 내쉬는 마사를 보며 빨간 모자는 다시 입을 열었습니다.

"하지만 마사 씨는 축제일까지 기다리자고 꾹 참고 샤프너 씨의 임무를 이어받았어요. 최근 두 달 동안 연주에 왠지 힘이 없었던 것도 연주자가 바뀌었기 때문이죠. 밤 9시 이후에야 연주를 들을 수 있었던 것 또한 마사 씨가 가게 문을 닫기 전까지는 감옥에 갈 수 없어서였어요."

"이제 됐어." 마사가 중얼거렸습니다. "어차피 오늘로

다 끝이야."

"끝이라니, 그게 무슨 뜻이지?"

솔란은 신경이 곤두선 것 같았습니다.

"아까 교회 앞 구멍에 빠진 피노키오의 팔에 뭔가가 묻어 있었죠?"

"그래, 핥아보니 화약이더군."

"하멜른에서 화약을 취급하는 곳은 오직 이 가게 한 곳이에요. 그런 화약이 왜 교회 아래에 있었을까요?"

"그래, 듣고 보니 이상하군."

빨간 모자는 드디어 마사의 무시무시한 계획에 대해 설명하기 시작했습니다.

"이 가게를 처음 연 이래 32년 동안 마사 씨는 지하에 땅굴을 파고 *하멜른 지하에 화약을 배치해왔을 거예요.*"

"뭐, 뭐라고!"

띵! 순간 드레이첼이 들고 있던 기타의 줄이 끊어졌습니다.

"지하 터널 출입구는 아마 저더러 손대지 말라고 신신당부한 포도주 통 아래에 있겠죠. 이 쥐 장식물에서 그 포도주 통까지는 수상한 끈으로 이어져 있어요. 마사 씨는 가게 일을 하면서 틈틈이 땅굴을 파 화약을 계속 배치했을 거예요. 파낸 흙들은 강물에 흘려 보냈고요."

"그러고 보니 마사 씨가 매일 밤 자루 같은 걸 들고 강에 뭔가를 버리는 모습을 목격했다는 사람이 있다고 도미닉이……."

드레이첼이 중얼거렸습니다.

"하멜른이 아무리 작은 도시여도 시민 모두를 대상으로 할 대폭발을 일으키려면 30년 동안 준비한 것도 이상하지 않죠. 감옥에 있는 아버지까지 일에 휘말릴 수 있다는 걱정도 샤프너 씨의 고백으로 사라져버렸어요. 마사 씨는 결국 하멜른 시민들이 가장 들뜰 축제일을 작전 결행일로 선택했어요. 제가 처음 이 가게에 왔을 때 마사 씨는 '하필 이럴 때'라고 하셨죠. 전 '하필 이렇게 바쁜 축제 때 신세를 지러 오다니'라는 뜻인 줄 알았는데 그게 아니었어요. 그건 '하필 *내가 하멜른을 폭파하려고 할 때*'라는 뜻이었던 거예요."

흥 하고 마사가 고개를 돌렸지만 빨간 모자는 신경 쓰지 않고 설명을 이어갔습니다.

"하지만 그런 마사 씨에게도 반드시 구하고 싶은 상대가 있었죠."

"넌 정말 뭐든 다 아는구나."

"로제타네 아이들 말이군요." 미판테가 말했습니다. "마사 씨 본인도 어렸을 때 아버지와 생이별해야 했으니 그 아이들의 모습에서 자신을 겹쳐 봤을지도."

"당신들 마음대로 추측해."

"그런데 왜 피리 부는 사나이가 도망친 것처럼 연출하는 번거로운 행동을 해야 했던 거죠?"

"마지막 기회를 줄 생각이었겠죠."

빨간 모자가 대답했습니다.

"마사 씨는 축제를 포기하고 아이들을 찾아 나서는 친절한 마음씨를 가진 사람이라면 살려줘야겠다고 생각했을 거예요. 피리 부는 사나이가 아이들을 숲에 데려간 건 이 마을 사람이라면 누구나 아는 상식이에요. 또 그걸 아는 사람이라면 당연히 아이를 찾기 위해 마을을 벗어나 숲으로 갈 테고요."

"그사이에 마을을 폭파한다는 말인가. 하지만 그렇다고 교도관까지 죽일 필요는……."

드레이첼이 허리를 숙이며 말하자 마사는 "그 인간은 바보 멍청이야!"라고 외쳤습니다.

"탈옥한 것처럼 연출하려고 감옥 안에서 횃불로 수작을 부리고 있을 때 하필 '좀 신경 쓰이는 게 있어서'라고 하면서 올라오더라. 무려 45년 동안이나 수감자가 바꿔치기 된 걸 알아차리지도 못한 주제에. 들켰으니 나도 어쩔 수 없었어."

마사는 술잔으로 카운터를 내려치며 큭큭 웃음을 터뜨렸습니다.

"그런데 따지고 보면 이 마을에는 온통 바보 천치들뿐

이기는 해. 모처럼 살 기회를 줬는데도 축제를 더 소중히 여기다니. 하멜른 놈들은 45년 전이나 지금이나 변한 게 아무것도 없다니까. 최종 심판은 이미 내려졌어!"

마사는 술잔을 바닥에 집어 던지더니 카운터 너머에서 브레멘 밴드 세 사람을 둘러봤습니다.

"예상대로 오로지 너희들만 나서서 아이들을 찾자고 했어. 그러니 너희는 살려줄게. 앞으로 5분이면 성벽 밖까지 뛰어갈 수 있겠지. 그 세 아이들은 북문과 강을 지나 조금 더 가면 나오는 바위밭의 오래된 숯가마 오두막 안에 있어. 새벽에 마을을 나가 축제가 끝날 때까지 그곳에 숨어 있으면 새 악기를 선물로 주겠다고 하니 날 믿고 쪼르르 뛰어가더라. 먹을 것도 잔뜩 갖다 뒀으니 지금쯤 파티라도 하고 있겠지."

눈이 빨갛게 충혈된 마사가 또다시 웃음을 킥킥 터뜨렸습니다.

"드레이첼, 미판테, 솔란. 너희는 아비들과 달리 훌륭한 의원으로 자랐구나. 자, 마사 아줌마의 마지막 선물이란다. 어서 가버려!"

"그만하지 않겠나? 마사." 헤스 의장이 둥근 얼굴에 땀을 흘리며 그녀를 설득했습니다. "당신은 이미 일생의 절반 이상을 이 마을에서 살아왔어. 이미 어엿한 하멜른 시민 아닌가?"

"당신들과 똑같이 취급하지 마!"

마사가 갑자기 성냥을 꺼내 휙 긁었습니다. 훅 솟구친 불길을 쥐 장식물 꼬리 옆으로 가져갑니다.

"앗, 그건!"

빨간 모자가 미처 말릴 새도 없이 쥐의 꼬리에서 불꽃이 탁탁 일었습니다. 쥐 배에서 뻗은 끈, 즉 도화선이 불타오릅니다. 연결된 곳은 주방 안쪽. 빨간 모자는 당황한 얼굴로 드레이첼 일행을 돌아봤습니다.

"누가 어떻게 해주세요! 이대로 불길이 포도주 통 아래로 옮겨붙으면 하멜른은……."

그러나 아무도 어찌할 도리가 없습니다. 도화선을 타고 가는 불길의 속도가 너무 빠릅니다.

"하하, 하하핫! 안녕! 하멜른!"

침을 튀기고 눈물을 흘리며 웃는 마사. 고개를 숙인 헤스 의장. 눈을 깜빡이는 피노키오. 탁탁탁 타오르는 도화선.

"마사 씨, 그만하세요." "안 돼, 이미 늦었어." "도망쳐, 다들 도망쳐!" "소용없어!"

모두 당황해서 우왕좌왕하고 있습니다.

범인을 설득하려고 했지만 설마 이렇게 될 줄은. 이번만큼은 안 되겠어……. 빨간 모자는 눈을 질끈 감았습니다.

바로 그때였습니다.

"음악을!"

갑자기 톤 높은 목소리가 가게 안에 울려 퍼졌습니다.

빨간 모자는 눈을 번쩍 떴습니다. 주방 안쪽에 서 있는 사람은 하얀 옷을 입은 깡마른 여자, 빨간 모자와 같은 방을 쓰는 시들렌이었습니다.

"연주해주세요, 음악을."

그녀가 말했습니다.

"어떤 곡이든 좋으니 음악을!"

자가장. 드레이첼이 정신이 번쩍 든 것처럼 기타를 쳤습니다. 미판테가 온몸에 묶여 있는 타악기를 두드렸고, 솔란이 아코디언을 연주하고 헤스 의장도 플루트를 붑니다. 그러자.

"아, 아아아~♪ 나는 시들렌♪ 외로운, 가수~♪"

브레멘 밴드의 연주에 맞춰 시들렌은 소프라노보다 더 높은 목소리로 노래하기 시작했습니다.

"음악만이 나의 친구♪ 멋진 하멜른, 아름다운 음악이♪"

지금껏 들어본 적 없는 고음입니다.

"나, 를, 감싸네에에에에엣~~~!♪"

더욱 높아지는 고음.

인간의 목소리로는 불가능한 수준의 고음.

가게 전체가 드르르르 진동할 정도의 고음.

"에에에에에에에~~~~~~~엣♪"

시들렌의 목소리는 가라앉기는커녕 점점 더 커집니다.

그야말로 대단한 목청입니다. 가냘픈 몸 어디에 이런 힘이 있었던 걸까요. 이내 가게 안에 있는 식기와 의자들이 덜컹덜컹 흔들리기 시작했습니다.

그때 어디선가 빠직 하는 소리가 들렸습니다. 수조입니다. 술 선반 위에 있는 수조 표면에 금이 간 것입니다.

"앗!"

피노키오가 나직이 외친 직후.

격렬한 소리와 함께 수조가 깨졌습니다.

형형색색의 물고기와 유리 조각, 그리고 엄청난 양의 물이 마사를 향해 쏟아져 내립니다. 마치 과거 쥐들을 익사시킨 베자강의 물줄기 같습니다.

"꺄아아!"

1초 후 마사는 흠뻑 젖은 채로 카운터 안쪽에 주저앉아 있었습니다. 당연히 도화선의 불길도 꺼졌습니다.

"……기적이야."

가슴을 움켜쥔 채 거친 숨을 몰아쉬는 시들렌을 보며 드레이첼이 중얼거렸습니다.

침묵.

밖에서는 사람들이 흥겨운 음악을 연주하지만 가게 안에서는 물고기가 파닥거리는 소리만 들립니다.

"우, 우우……."

잠시 후 마사가 울음을 터뜨리기 시작했습니다.

"미안해요……. 아버지……, 미안해요……."

가게 문을 연 지 32년, 아니 쥐들을 강물에 빠뜨린 지 45년이라는 오랜 세월이 등 뒤에서 그녀를 덮쳐오는 듯했습니다. 아무도 마사에게 어떤 말을 건네야 할지 모릅니다.

"악기를 연주할 수 있다니 부러워."

이런 순간에 분위기와 어울리지 않게 밝게 말하는 건 당연히 피노키오였습니다.

"할 말을 찾지 못할 때도 마음을 전달할 수 있으니까. 나도 인간 아이가 되면 악기를 배워보고 싶어."

지잉 하고 드레이첼이 기타 줄을 한 번 튕겼습니다. 그것을 신호로 미판테, 솔란, 헤스 의장도 다시 음악을 연주하기 시작합니다.

그것은 축제와는 전혀 어울리지 않는 고요한 선율. 그리고 하멜른의 피리 부는 사나이에게 바치는 슬프고 부드러운 진혼곡이었습니다.

막간 티모시 길거리 인형극

꿀꿀, 꿀꿀. 무섭지 않아
늑대 따위 무섭지 않아
꿀꿀, 꿀꿀. 우리는
용기와 지혜를 가진 아기 돼지들
꿀꿀, 꿀꿀. 무섭지 않아
마녀도 마법도 무섭지 않아
꿀꿀, 꿀꿀. 궁금하지 않니?
부히부르크의 역사가!

자자, 어서 오세요! 어서 오세요! 즐거운 동화가 시작됩니다!

오늘 이야기의 주인공은 귀여운 아기 돼지 삼 형제
첫째 마이클은 게으름뱅이. 둘째 앙드레는 구두쇠

셋째 울보 패트릭은 형들에게 항상 어리광을 부리지요

산골짜기의 포나포테 마을은 돼지들이 만든 돼지 마을
형제는 그 마을 외곽의 허물어진 집에 살고 있었어요
꿀꿀. 아빠는 술주정뱅이. 하루 종일 술만 마셔 얼굴이 불덩이
포도주에 맥주, 위스키. 그 덕분에 집안은 기울어지기 일보 직전
꿀꿀. 엄마는 꾹 참고 형제를 키웠지만
마침내 분노가 폭발, 다른 수퇘지와 눈이 맞아 집을 나갔지요
그래도 형제는 서로서로 도우며 열심히 살았지만
어느 날 아빠가 화를 벌컥 내며 소리쳤어요

"이 꼴 보기 싫은 녀석들! 너희가 밥을 축내니 집이 가난하잖아. 썩 나가버려!"

퍽, 퍽, 퍽. 세 형제는 아빠한테 엉덩이를 걷어차였고
허물어진 집에서도 쫓겨나 꺼이꺼이 우는 패트릭

"울지 마, 패트릭."
"그래, 마이클 형과 내가 있잖아."

"다 함께 노래라도 부르면서."
"어디선가 터를 잡고 또 사이좋게 살자!"

그렇게 형제는 태어나고 자란 마을을 떠나 터벅터벅 걸었어요
그로부터 사흘이 지나 어느 호젓한 마을에 도착했지요
돼지도 인간도 없고 거의 폐허인 집들만 늘어선 곳
오래전 전쟁 때문에 모두 죽고 사라진 마을이었어요

"너무 많이 걸어서 이제는 지쳤어. 이곳에 나만의 집을 지을래."
"그래? 마이클 형, 그럼 나도 여기서 집을 지을래."
"뭐? 다 함께 사는 거 아니었어?"
"나약한 소리 하지 마, 패트릭. 나만의 집이 있으면 낮잠도 더 편하게 잘 수 있다고."
"그 이유는 잘 이해가 안 가지만, 어쨌든 나도 나만의 집을 줄곧 갖고 싶었어. 그럼 이건 어떨까? 집짓기 시합을 해서 가장 늦게 지은 돼지가 앞으로 세 마리 몫의 밥을 준비하는 거야."
"오, 앙드레, 그거 좋네."

두 형제는 신이 나서 재료를 모으러 달려갔어요

홀로 남겨진 패트릭. 휴우 하고 한숨을 내쉬었지요
모처럼 세 형제가 사이좋게 지낼 줄 알았는데
형들이 결정했으니 왈가왈부해도 소용없는 일
씁쓸한 기분으로 집짓기 재료를 모으려고 발걸음을 뗐어요
과연 세 마리는 어떤 집을 지었을까요?

꿀꿀, 꿀꿀. 무섭지 않아
늑대 따위 무섭지 않아
꿀꿀, 꿀꿀. 우리는
용기와 지혜를 가진 아기 돼지들
꿀꿀, 꿀꿀. 무섭지 않아
마녀도 마법도 무섭지 않아
꿀꿀, 꿀꿀. 조금 더 기다리렴
부히부르크가 완성될 때까지!

첫째 마이클, 게으름과 낮잠, 빈둥거리는 것만이 삶의 보람
얼른 집을 지으면 평생 밥을 차리지 않아도 돼요
마이클, 짚단을 모아 재빨리 집을 만들었어요
바람이 불면 당장 날아갈 것 같은 허술한 지푸라기 집

둘째 앙드레, 편하게 사는 게 꿈인 욕심꾸러기
얼른 집을 지으면 평생 밥을 차리지 않아도 돼요
앙드레, 나무를 모아 재빨리 나무집을 만들었어요
지푸라기 집보다는 낫지만 불에 약한 나무집

울보 셋째 패트릭, 겁이 많고 꼼꼼한 성격
폐허에 널린 벽돌을 주워 모아 씻고, 말리고, 윤을 내고
짓이긴 모르타르를 척척 발라 튼튼히 쌓아 올렸어요
두 형들보다 시간을 들여 조심조심 지었어요

"패트릭, 적당히 해. 집 짓는 데 시간을 얼마나 들이는 거야?"

"얼른 우리 밥이나 차리라고."

"미안, 형들. 좀 더 시간이 걸릴 것 같아. 그래도 집은 신중히 지어야 해."

"바보같이 정직한 녀석이네. 속이 탄다, 속이 타."

"요령 있게 해라, 멍청아."

아무리 바보 취급을 당해도 벽돌을 제대로 쌓지 않으면
무슨 일이 일어났을 때 큰일이지요. 안전과 안심이 최우선
형들에게 뒤처진 지 석 달. 마침내 집이 완성됐습니다
바람과 불길에도 끄떡없는 튼튼하고 견고한 벽돌 벽

하지만 그런 형제들을 노리는 사나운 눈빛이 있었어요
칼날 같은 발톱과 송곳니. 무시무시한 그 짐승
목에는 뭔지 모를 목걸이, 반짝반짝 빛나는 은빛 포도
어느 날 마이클이 잠들어 있을 때 포효가 울려 퍼졌지요

크아아아아아아! 크아아아아아아!
"뭐, 뭐야?"
이 몸은 늑대님이시다! 맛있어 보이는 새끼 돼지 녀석들, 지금 당장 나와라. 이 몸이 잡아먹어주마!
"아, 안 돼!"
크하하하, 저항해봤자 소용없다! 이런 엉터리 집은 이렇게 해주마!

늑대는 숨을 들이마시고 입을 오므리더니 후우우 하고 내뱉었어요
폭풍 같은 회오리바람에 깡그리 날아가버린 지푸라기 집
목숨만 건진 마이클은 간신히 옆집으로 뛰어 들어갔지요

"무, 무슨 일이야, 형?"
"늑대야. 늑대가 습격했어!"
맛있어 보이는 새끼 돼지들! 나와라! 두 마리 다 한꺼번

에 잡아먹어주마!

"아, 안 돼!" "저리 가!"

크하하하. 좋아. 집과 함께 통째로 구워 먹어주지!

늑대, 성냥을 꺼내 치익 문질러 벽을 향해 휙

지옥 같은 불길, 나무집이 활활 타올라요

혼비백산한 마이클과 앙드레. 벽돌집으로 뛰어 들어갔지요

이 얼마나 훌륭한 집인가요. 벽난로도 따스합니다

집 안에 뛰어들어 간 두 형은

"패트릭, 큰일이야!"

"늑대가 습격했어!"

"뭐? 괜찮아. 어차피 이 집은 벽돌집이라 못 들어와."

늑대, 숨을 들이마시고 입을 오므리더니 후우우 하고 내뱉었어요

재채기 같은 회오리바람. 벽돌집은 흔들리지 않아요

늑대, 성냥을 꺼내 치익 문질러 벽을 향해 휙

반딧불이 같은 불길. 벽돌집은 타오르지 않아요

이게 대체 무슨 일인가요. 진수성찬을 눈앞에 두고 먹을 수 없다니

벽돌집에서 들려오는 형제들의 웃음소리

"아하하, 꼴좋다! 늑대 자식, 튼튼한 벽돌집 앞에서는 어쩔 도리가 없구나."

"이 집은 최고야, 패트릭. 문과 창문을 닫으면 아무도 들어올 수 없어."

"아니……, 사실 출입할 수 있는 곳이 한 군데 있어. 굴뚝. 늑대가 알아차리면 어떡하지?"

늑대, 히죽 웃으며 올려다보는 벽돌집 지붕
우뚝 솟은 번듯한 굴뚝이 지금 당장 들어오라며 유혹하고 있어요
늑대, 벽에 발톱을 박아 넣고 천천히 기어오릅니다
기다려라, 기다려라, 새끼 돼지들아. 당장 먹어치워 주마, 새끼 돼지들아!
늑대, 지붕을 기어오르며 혀를 날름거리고
굴뚝 위로 폴짝 뛰어올라 단숨에 뛰어드는 어두운 구멍
하지만 떨어진 곳에는 부글부글 끓고 있는 커다란 냄비
늑대, 그 안에 풍덩! 아뜨뜨뜨! 하고 야단법석!
마이클, 그 모습을 보고 깔깔 웃습니다. 앙드레, 야호 하고 춤을 춥니다
자랑스러운 우리 동생 패트릭의 작전이다!

"아뜨! 아뜨뜨뜨뜨뜨뜨! 살려줘! 여기야, 여기!"

"살려줄 리 없잖아. 그렇지? 마이클 형."

"당연하지. 우리를 잡아먹으려 한 천벌이다."

"아뜨! 아뜨뜨뜨뜨뜨뜨! 여기야, 여기……."

"형들, 불쌍해. 살려주자."

"무슨 소리야, 패트릭, 그냥 내버려둬."

"그래, 살려주면 저 자식은 우릴 또 잡아먹으려고 할 게 뻔해!"

"내가 먼저 말을 꺼내기는 했지만, 그래도 죽이면 불쌍하잖아."

"저런 녀석에게 정을 베풀다니."

"넌 정말 나약한 놈이로구나!"

도움을 청하는 늑대를 마이클과 앙드레가 조롱했어요

패트릭은 그 모습을 끝까지 지켜보지 못하고 등을 돌리고 귀를 틀어막습니다

한동안 몸부림을 치다가 결국 조용해지고 만 늑대

눈을 까뒤집었고 혀를 길게 빼문 채 뜨거운 물 위에 둥둥 떠 있어요

"제기랄. 앙드레, 저 늑대 시체를 어떻게 하지?"

"형은 먹보잖아. 먹어치워 버려."

"저런 더러운 시체를 어떻게 먹으란 말이야? 패트릭, 네가 처리해."

"처리라니……. 응? 저건 뭐지? 목에서 빛이 나네."

"뭐야, 이 늑대. 건방지게도 목걸이를 하고 있군. 패트릭, 가져와봐."

"아뜨, 아뜨뜨뜨……. 뭘까, 이 디자인은."

"은포도잖아."

그때 끼익, 덜컥 문이 열렸고 "뭐야?" 하고 돌아본 형제들
그곳에 서 있는 건 검은 옷을 입은 무서운 마녀였지요
두 뺨의 광대뼈가 불거졌고 코는 마치 뾰족한 바위
오른쪽 어깨에는 검은 고양이, 왼쪽 어깨에는 두꺼비

"누, 누구냐?"

"난 마이젠 18세, 유서 깊은 마이젠 가문의 마녀. ……후훗, 너희가 저 늑대를 죽여줬구나. 잘했어. 저 늑대는 우리의 마법이 봉인된 포도를 훔쳐 갔거든."

"이 포도 말이야?"

"그래, 그걸 가진 자에게는 우리의 마법이 통하지 않아. 아니, 그걸 넘어 바람과 화염의 공격까지 받게 되지. 아무도 가져가지 못하게 마이젠 일족이 대대로 간직해온 보물이야. 자, 어서 이리 내."

앙드레가 히죽 웃으며 동생에게 목걸이를 달라고 합니다

그리고 패트릭이 건넨 포도를 받고 마녀에게 외쳤어요

"바람아, 불어라!"

순간 부웅 바람이 불더니 꺄아아아! 하고 마녀가 날아갔어요

해골 같은 뺨에 난 한 줄기 상처. 피가 주르륵

앙드레는 그 모습을 보며 악마처럼 낄낄 웃더니

이렇게 훌륭한 포도가 다 있군. 이것만 있으면 나도 권력자!

"부탁이야, 부탁이야, 돌려줘" 하고 마녀가 애원해도

앙드레, 은포도를 들이밀며 이번에는 "화염이여, 솟아라!"를 외쳤어요

후욱 일어난 불기둥에 화들짝 놀란 마녀가 히이익 하고 도망칩니다

그 모습을 보며 앙드레가 낄낄 웃었고 마이클도 덩달아 박장대소했어요

"형, 불쌍해. 마녀를 도와주자. 우리는 친절을 베풀어야 해."

"'친절'이라는 말로 나약함을 속이지 마, 패트릭. 나약한 자는 살아갈 수 없는 세상이야."

"오, 가끔은 멋진 말도 한다니까, 형. 그래, 오늘 밤 우리는 살아갈 힘을 얻었어. 이봐, 마이젠 18세니 뭐니 하는 너. 이걸 돌려받고 싶으면 우리가 시키는 대로 해."

"뭐, 뭐든 다 들어줄게."

"뭐든지 다라는데 어떡할까? 마이클 형."

"그래, 우선 영생을 얻고 싶군."

"그거 좋네!"

"영생이라니……. 그런 건 불가능해. 백 년 정도라면."

"고작 백 년? 짧잖아!"

"일단 기다려봐, 앙드레. 이봐, 마녀. 그 생명은 갱신할 수 있겠지?"

"개, 갱신?"

"백 년 후 우리 수명이 다했을 때 다시 한번 같은 마법을 걸어 생명을 백 년 더 연장하면 되잖아."

"……생각해본 적은 없지만 가능하기는 할 것 같아."

"그거 좋군. 그럼 갱신할 때마다 포도를 한 알씩 돌려줄게."

"하, 한 알씩?"

"와하핫, 최고다, 마이클 형. 얼추 봐도 포도알이 스무 개는 돼. 이것만 있으면 2천 년 동안 살면서 세상 모든 사치를 마음껏 누릴 수 있는 거야. 좋았어, 마녀. 이제 와서 싫다고 하면 또 바람과 불 맛을 보게 해줄 거다."

"아, 알겠어. 단, 우리 마녀들에게도 수명이 있으니 갱신은 나의 다음 세대 마녀가 할 거야."

"그런 건 상관없어."

"그리고 내가 줄 수 있는 건 어디까지나 자연사하지 않는 의미의 '수명'이야. 사고, 자살, 살해 같은 경우에는 목숨을 잃게 돼."

"그래, 그래. 우리는 운이 좋으니 괜찮아!"

마녀가 은색 지팡이를 꺼내 에잇 하고 한 번 휘두릅니다
그러자 무지갯빛이 나타나 조용히 형제를 감쌌지요
꿀꿀. 힘이 솟은 형제가 무심코 그 자리에서 펄쩍 뜁니다
마녀는 포도 한 알을 달라면서 오른손을 내밀었습니다

"잠깐. 고작 이런 걸로 포도를 돌려받을 수 있을 거라 생각하는 거야?"

"약속이 다르잖아!"

"이제 그만 돌려주자."

"닥쳐, 나약한 패트릭. 어이, 마이젠, 혹시 다른 마법 없나? 네 주특기 마법이 뭐야?"

"내 주특기는 생물을 원하는 모습으로 바꾸는 마법이야."

“생물을……? 그거 좋네!”

“앙드레, 뭐 하려고?”

“인간들이 사는 곳에 가서 그놈들을 모조리 돼지로 바꿔버리는 거야. ‘원래 모습으로 돌아가기를 원하면 우리를 위해서 일해라’ 하고 노예로 부리며 도시를 지어야겠어. 우리 아기 돼지 삼 형제의 왕국을!”

“그런 무시무시한 짓을…… 그런 짓을 하게 내버려둘 수는 없어.”

“시끄러워!”

“꺄앗!”

“어이, 마녀. 너, 말조심해. 우리한테는 이 은포도가 있다고.”

형제는 마녀와 함께 인간들이 사는 마을에 갔습니다

인간 말을 하는 돼지를 보며 신기해하는 사람들

앙드레, 마녀에게 지시해 닥치는 대로 그들을 돼지로 만듭니다

그리고 슬퍼하는 이들을 끌고 가 채찍으로 위협하며 일을 시킵니다

얼마 후 노예가 점점 불어나 관리할 돼지들이 부족해졌지요

의지할 곳은 동료 돼지들. 포나포테 마을의 동료 돼지들

앙드레, 환한 미소를 지으며 태어난 고향으로 돌아가요

"오, 앙드레잖아."
"집에서 쫓겨났다고 들었는데."
"이봐, 너희. 이런 시궁창 같은 곳에서 벗어나 부자로 살고 싶지 않아?"
"갑자기 그게 무슨 소리야, 앙드레."
"좋은 기회가 생겼어. 돼지가 된 인간들을 마음껏 부려먹는 거야!"

그렇게 동료 돼지들과 돌아가 그들의 손에 채찍을 쥐여주고 감시하게 합니다
논밭에서 인간 돼지 녀석들을 실컷 부려먹으며 그들이 재배한 채소로 큰돈을 손에 넣습니다
일을 게을리하는 자들은 채찍으로 찰싹찰싹 때려서 억지로 일을 시킵니다
공장에서 그들을 실컷 부려먹으며 그들이 만든 제품으로 큰돈을 손에 넣습니다
모든 사업이 번창하고 도시가 더욱더 발전해갑니다
그들을 열심히 부려먹으며 돼지들도 풍성히 살이 쪘지요

꿀꿀, 꿀꿀. 무섭지 않아

늑대 따위 무섭지 않아

꿀꿀, 꿀꿀. 우리는

용기와 지혜를 가진 아기 돼지들

꿀꿀, 꿀꿀. 무섭지 않아

마녀도 마법도 무섭지 않아

꿀꿀, 꿀꿀. 이제 알겠지?

부히부르크는 영원한 도시

지혜로운 아기 돼지들이 돼지들을 모아 만든 왕국

아기 돼지가 돼지들을 지배하는 전례 없이 특별한 왕국

꿀꿀, 꿀꿀. 번창하라!

부히부르크여, 영원히!

4막 사이 좋은 아기 돼지의 세 가지 밀실

이

빨간 모자는 거대한 벽돌이 깔린 길 한가운데에 서 있었습니다.

이곳저곳에 공장이 있는지 연기가 자욱이 피어오르고 쿵쾅쿵쾅 하는 소리가 들립니다. 괭이, 삽, 곡괭이 같은 도구를 잔뜩 실은, 한 번도 본 적 없는 거대한 짐수레가 다섯 대나 연이어 몰려옵니다. 수레를 끌고 가는 건 뚱뚱한 돼지들. 인간처럼 두 다리로 걷고 있지만 하나같이 표정이 어둡습니다.

"인형극으로만 봤는데 정말 발전한 도시네. 야, 피노키오."

여행 초입 때만 해도 머리만 있던 피노키오는 이제 몸통과 두 팔까지 갖춰 바구니에 들어갈 수 없게 됐습니다. 그래서 지금은 빨간 모자의 등에 묶여 있습니다.

"이 느림보 자식! 제대로 당겨라!"

분노의 고함과 함께 찰싹 소리가 들려 빨간 모자는 몸을 움찔했습니다.

"죄, 죄송합니다."

군복 같은 옷을 입은 뚱뚱한 돼지가 고개를 숙인 야윈 돼지에게 채찍을 휘두릅니다. 굽실거리며 사죄하는 돼지 머리에는 노란 털이 자라 있습니다.

"어차피 너 말고도 부려먹을 놈이 많아! 이 더러운 노동 돼지 새끼! 원래 모습으로 돌려놓기는커녕 죽을 때까지 부려먹어 줄까!"

"제발 그것만은. 한 번만 봐주십시오."

그뿐만 아니라 수레를 끄는 돼지는 모두 많이 야윈 모습입니다. 대장간에서 나오는 돼지, 무거운 짐을 짊어지고 옮기는 돼지. 머리에 노란 털이 있는 돼지들은 하나같이 얼굴에 생기가 없습니다.

"노란 털이 있는 저 돼지들이 돼지로 바뀐 인간들인가 봐. 마사 씨 가게에서 본 '티모시 길거리 극장' 인형극 내용은 실화였어."

"상관없어, 그런 건!"

등 뒤에서 피노키오가 소리치며 두 팔을 붕붕 휘둘렀습니다.

"그보다 이 파리 좀 어떻게 해봐!"

오늘 아침부터 빨간 모자 주변에 처음 보는 노란 파리가 붕붕 날아다니고 있습니다. 모자를 쓴 빨간 모자는 별로 신경 쓰이지 않았지만 의외로 예민한 피노키오는 파리가 계속 거슬리는 듯했습니다.

"파리 정도는 그냥 참아. 그보다 네 다리 어디 있어?"

"꽤 가까워진 것 같아, 머리가 지끈거리는 걸 보니. 다른 이들한테 물어보는 게 어때? 앗, 이 파리 자식!"

정말 여러모로 번거로운 인형입니다. 빨간 모자가 입술을 쭉 내민 그때였습니다.

"어이, 거기, 빨간 모자 아닌가?"

호박 모양 간판이 달린 넓은 카페의 테이블에서 한 청년이 손을 흔들고 있었습니다. 꼬불꼬불한 곱슬머리에 귀족 느낌의 보라색 상의. 한눈에 봐도 누군지 알 수 있었습니다.

"질 씨!"

"오, 역시 빨간 모자가 맞군. 이리 와."

그는 이번 여행의 시작점인 람베르소 마을에서 만난 질베르토 폰 뮌하우젠이라는 이름의 귀족 아들이었습니다. 테이블 위에 있는 찻잔에서 김이 모락모락 피어오르고 그 옆에는 짚으로 만든 작은 상자가 보입니다.

"여어, 피노키오, 어느새 몸이 꽤 모였군. 이제 다리만 남았나?"

"응. 그보다 질, 이 파리 좀 어떻게 안 될까?"

"응? 하하, 이건 수수 파리잖아. 옥수수수염을 좋아하는 파리지. 빨간 모자, 여기 옥수수수염이 잔뜩 붙어 있어. 여기, 여기도."

질이 빨간 모자의 망토에 붙어 있는 옥수수수염을 하나 둘 집었습니다. 빨간 모자는 그 모습을 보며 어떤 사실이 머릿속을 스쳤습니다.

"그러고 보니 어제 친절한 농부 아저씨의 옥수수 창고에서 하룻밤 묵었어요."

"그렇구나. 이 녀석들은 식욕이 엄청나서 떼 지어 다니며 옥수수수염을 전부 먹어치워 버려. 뭐, 어차피 수염만 먹어서 무슨 피해는 없지만."

별 신기한 벌레가 다 있습니다.

"저기, 근데 질은 왜 이 도시에 있는 거야?"

피노키오가 물었습니다.

"내가 거짓말쟁이학을 연구한다는 건 알지? 노동자 계급들이 주로 하는 거짓말 샘플이 필요해서 노동자가 많은 이 도시에 와 탐문 조사를 신청했는데, 허가증 발급까지 시간이 오래 걸리네."

"탐문 조사에 허가증이 필요해요?"

"응, 그만큼 노동자 관리가 엄격하다는 뜻이겠지."

빨간 모자는 목소리를 낮췄습니다.

"여기서 일하는 돼지들이 전에는 정말 인간이었어요?"

"그래, 넌 이 도시에 대해 얼마나 아니?"

빨간 모자는 '티모시 길거리 인형극'을 통해서 배운 부히부르크의 역사를 빠르게 설명했습니다.

"그렇군. 그 인형극 내용은 대체로 사실이지만 노동자에 대해서는 보충 설명이 필요할 듯해. 처음에는 그 인형극 내용대로 다른 마을에서 돼지로 만든 인간을 데려와 일을 시켰다고 하지만, 방법이 문제가 돼서 말이야. 30여 년 전부터는 온건한 방식으로 인간을 돼지로 바꿔서 일을 시키고 있대."

"온건한 방법이라뇨?"

"돈을 주고 사 오는 거지."

주변 도시와 농촌에는 가난해서 그날 먹을 빵도 못 사는 가정이 많다고 합니다. 그런 가정은 자녀를 돈과 맞바꿔 부히부르크의 노동자로 보낸다고 했습니다.

"그렇게 제공된 아이는 돼지로 바뀐 후 '노동 돼지'로서 돼지 주인 밑에서 갖가지 일을 하게 되지. 돈을 일정액만큼 벌면 다시 인간 모습으로 바꿔 풀어줄 거라고 약속한다고 하지만, 그 액수에 매해 높은 이자가 붙어서 인간으로 돌아가는 돼지는 거의 없다더군."

"그렇게 끔찍한 일이 어딨어요? 전혀 온건하지 않잖아요."

"쉿!" 질베르토는 검지를 입술에 대고 말했습니다. "말수를 조금 줄이는 게 좋겠어. 우리 같은 관광객의 신변은 안전이 보장돼 있다지만 아무래도 이 도시에서 인간은 눈에 띄기 마련이니까."

"하지만 돼지가 인간을 지배하다뇨!"

"일단은 그 아이들도 가족을 위해서 일한다는 명목으로 오기는 하니까. 너무 걱정 말고 이거나 봐."

질이 찻잔 옆에 있는 짚으로 만든 상자를 내밀었습니다. 자세히 보니 상자에는 작은 구멍이 뚫렸고 버튼이 달려 있습니다.

"이게 뭐예요?"

"엿보기 상자. 조금 전 웨이터한테 들었는데 최근 일주일 사이에 이게 도시 곳곳에 출몰했다고 해. 어린아이 장난 수준이지만 그래도 생각보다 꽤 정교하게 만들어졌어. 구멍을 들여다보면서 버튼을 눌러봐."

질이 시키는 대로 하니 상자 안에서 춤추는 아기 돼지 인형이 보였습니다.

"흥미롭기는 하지만…… 이걸로는 화가 풀리지 않아요! 마녀를 지배한 것으로 모자라 인간들을 돼지로 만들다니……."

순간 빨간 모자는 어떤 중요한 사실을 하나 떠올렸습니다.

"저기요, 질. 삼 형제가 시키는 대로 한다는 그 마녀 이름이 혹시 마이젠 19세예요?"

"응, 아마 그럴걸. 어떻게 알았지?"

"피노키오의 몸을 훔친 게 바로 그 마녀예요."

"뭐?"

빨간 모자는 압펠 왕국의 힐데힐데에게 들은 이야기를 질에게 전했습니다.

"그 마이젠 19세가 피노키오의 몸을 의식에 쓰려고 한다던데, 어떤 의식일까요?"

"어쩌면…… 수명을 연장하는 의식일지도. 나도 조금 전에 들었는데, 삼 형제가 선대 마녀에게 백 년의 수명을 선사 받은 지 올해로 딱 백 년째라더군. 그래서 바로 내일 그 수명 연장 의식을 거행한다고 해."

"내일!"

틀림없는 것 같습니다. 마이젠 19세는 양파석류라는 진기한 나무로 만들어진 피노키오의 다리를 그 의식에 쓸 심산입니다. 의식을 치르기 전에 다리를 돌려받아야 합니다.

"부탁이에요, 질. 피노키오가 몸을 되찾을 수 있게 도와주세요."

질은 팔짱을 끼고 "흐음" 하고 난감해하는 표정을 지었습니다.

"나도 나름대로 여기 온 목적이 있어서 삼 형제를 적으로 돌리는 상황은 피하고 싶은데. ……일단 네가 이곳에 온 이유는 삼 형제에게 들키지 않는 게 좋을 것 같군. 내 조사를 도와주러 왔다고 하고 삼 형제에게 접근하자. 그리고 네가 찾는 걸 몰래 조용히 찾으면 돼. 넌 그런 거 잘 하잖아?"

잘한다고 생각한 적은 없지만……. 빨간 모자가 그렇게 떠올렸을 때.

"앙드레 씨, 이쪽!"

갑자기 질이 손을 번쩍 들고 흔들었습니다. 멀리서 아기 돼지 한 마리가 걸어오고 있습니다. 줄무늬 셔츠에 나비넥타이, 와인레드 색의 값비싼 재킷을 입었습니다.

"오래 기다리셨습니다, 질베르토 폰 뮌하우젠 님."

아기 돼지는 히죽 웃으며 가볍게 인사했습니다. 돼지의 나이는 잘 모르지만 사람으로 치면 아마 열 살 정도 되는 것 같습니다.

"그런 거창한 호칭 말고 질이라고 불러주세요. 이쪽은 제 조수인 빨간 모자와 피노키오."

조수라는 표현이 마음에 들지 않지만 빨간 모자는 최대한 공손하게 "안녕하세요" 하고 인사했습니다.

"안녕하세요. ……응? 이 나무 인형도 조수인가요?"

"그래."

피노키오가 대답한 순간, 그 코가 쭈욱 길어졌습니다.

"와, 와아앗."

"아아, 피노키오, 조심해야지." 빨간 모자가 재빨리 거들었습니다. "죄송해요, 앙드레 씨. 피노키오는 지금 감기에 걸려서요. 이 인형은 재채기를 하는 대신 코가 길어진답니다."

앙드레는 의심 섞인 눈빛으로 피노키오를 보다가 잠시 후 "그런가요" 하고 짐짓 꾸며낸 미소를 지으며 주머니에서 나무토막을 꺼냈습니다.

"이게 허가증입니다. 허가증에는 우리 삼 형제의 서명이 필요하죠. 제 사인은 여기."

나무토막에 '앙드레'라는 글자가 적혀 있었습니다.

"마이클과 패트릭의 사인은?"

질이 묻자 앙드레는 눈살을 찌푸렸습니다.

"패트릭은 벽돌 공장에 가면 있겠지만 걱정되는 건 마이클 형입니다. 아직 자고 있을지도 모르거든요. ……함께 집에 가볼까요?"

"아, 그러죠."

질은 대답하고 빨간 모자를 향해 고개를 돌렸습니다. 아무래도 따라오라고 하는 것 같습니다.

"거짓말을 했습니다. 반성하고 있습니다. 거짓말을 했습니다. 반성하고 있습니다."

피노키오는 나직이 중얼거렸습니다. 이미 등을 돌린 앙

드레는 피노키오의 코가 다시 쏘옥 줄어드는 모습을 보지 못했습니다.

02

저쪽은 바퀴 공장, 이쪽은 농기구 공장, 멀리 보이는 건 건축 자재 공장이라며 앙드레는 자랑스럽게 소개하면서 질과 빨간 모자를 안내했습니다.

"이렇게 도시에서 생산된 모든 물자가 외부로 나가 금으로 바뀝니다. 우리의 풍요로운 삶이 저들의 노동 덕분에 이뤄지는 겁니다."

꿀꿀 하고 의기양양하게 코를 킁킁거립니다.

"이 느려터지고 멍청해서 아무짝에도 쓸모없는 노동 돼지 새끼! 꿀꿀!"

바로 옆 공장에서 돼지로 추정되는 자의 고함이 들렸습니다. "죄송합니다, 죄송합니다" 하는 애처로운 목소리도 들립니다. 앙드레는 싸늘하게 미소 지으며 말했습니다.

"뭐, 가끔 저런 녀석도 있지만요. 우수한 돼지들이 노동 돼지들을 관리하며 정신 교육을 하는 덕에 생산성은 나날이 향상되고 있다고 해도 무방할 것 같습니다."

돼지로 바꾼 인간을 학대하며 만들어지는 풍요 따위,

하나도 건전하지 않아. 빨간 모자는 속이 부글부글 끓었지만 꾹 참고 앙드레를 따라갔습니다.

"저, 앙드레 씨."

빨간 모자의 등 뒤에서 피노키오가 불쑥 입을 열었습니다.

"앙드레 씨가 백 살이 넘었다는 게 정말이야? 아무리 봐도 열 살 정도로 보이는데."

꾸울, 꾸울. 앙드레는 등을 돌린 채 걸어가면서 웃음을 터뜨렸습니다.

"우리에 대해 잘 아는군요. 열 살 때 집에서 쫓겨난 후 이런저런 우여곡절 끝에 마이젠 18세에게 백 년의 생명을 받은 지 올해로 딱 백 년째입니다. 질 씨에게 들으셨겠지만 내일 의식을 거행할 예정이니 괜찮다면 보러 오시죠."

"와, 정말이구나. 의식이라니. 마법 도구들도 사용하겠지?"

이대로 뒀다가는 내 다리를 돌려달라고 할 분위기입니다. 빨간 모자가 그렇게 걱정하고 있을 때.

"아무래도 여기가 중심부 같네요."

질이 멈춰 섰습니다. 그 앞에 3미터 정도 되는 기둥이 있습니다. 기둥에는 화살표 모양 판자 세 개가 각각 다른 방향으로 붙어 있고, '밀짚 구역' '나무 구역' '벽돌 구역'이라고 적혀 있었습니다.

"부히부르크는 우리가 처음 지은 집 세 채를 기념하기 위해 총 세 개 구역으로 나뉘어 있습니다."

앙드레의 말대로 왼쪽 '밀짚 구역'에는 밀짚으로 지은 건물, 오른쪽 '나무 구역'에는 나무로 지은 건물이 줄지어 있습니다. 벽돌 건물보다 튼튼해 보이지는 않지만 그래도 여기저기서 쇠를 치는 소리가 들렸습니다.

"형의 집은 이쪽입니다."

앙드레는 '밀짚 구역'으로 발걸음을 옮겼습니다. 빨간 모자는 그를 따라서 걷다가 한 가지 묘한 사실을 눈치챘습니다.

"해먹이 왜 이렇게 많아요?"

밀짚으로 만든 건물과 나무 사이마다 해먹이 달려 있었던 것입니다.

"형이 낮잠을 워낙 좋아해서 졸음이 오면 바로 누울 수 있게 여기저기 설치해놨죠."

앙드레가 성가신 것처럼 대답했습니다. 빨간 모자는 살짝 맥이 빠져 '뭐 그런 게으름뱅이가 다 있지?' 하고 속으로 의아해했습니다.

잠시 후 짚으로 만든 작은 서커스단 천막 같은 건물이 눈에 들어왔습니다. 벽에는 검정 페인트로 '피기 마이클'이라고 적혀 있습니다.

문 앞에는 줄무늬 셔츠를 입고 반바지에 빨간 멜빵을

한 아기 돼지 한 마리가 서 있었습니다.

"앙드레 형!"

"오오, 패트릭."

삼 형제 중에 셋째 같습니다. 인형극에서는 '울보 패트릭'이라 불렸는데 그 별명 그대로 왠지 나약해 보이는 얼굴입니다.

"이쪽은 어제 얘기한 허풍선이 남작의 아들 질베르토 씨. 이 아이와 인형은 조수라고 해."

패트릭은 빨간 모자 일행에게 "안녕하세요" 하고 인사했지만 표정이 왠지 걱정스러워 보였습니다.

"패트릭, 마침 잘됐네. 질 씨의 허가증에 서명해줘."

"응, 그건 괜찮지만……." 패트릭이 짚으로 만든 집을 돌아봤습니다. "실은 마이클 형한테 볼일이 있어서 왔는데 아무리 불러도 나오지 않아. 문도 잠겨 있고 큰 소리로 불러도 전혀 반응이 없어."

"그런 건 이미 익숙하잖아. 여어, 형! 마이클 형!"

앙드레가 문을 두드렸지만 패트릭의 말처럼 반응이 전혀 없었습니다.

"잠들었겠지. 아, 참. 뒤로 돌아가서 창문을 열자. 전에도 이런 일이 있었어. 저 창문이 침대 바로 옆이니 깨울 수 있을 거야."

앙드레를 따라 일행은 둥근 건물 뒤편으로 돌아갔습니니

다. 피노키오의 머리가 겨우 들어갈 만한 작은 창문이 있고, 짚단을 엮어 만든 문이 닫혀 있습니다. 앙드레의 지시로 패트릭이 창문을 열었습니다.

"마이클 형……, 앗?"

까치발을 들고 집 안을 들여다본 패트릭이 대번에 굳어버렸습니다.

"뭐야? 왜 그래?"

"이상해. 마이클 형이 침대가 아닌 바닥에 엎드려 있어."

"하하, 술에 취해 넘어진 건가." 앙드레도 패트릭 옆에 서서 안을 들여다봤습니다. "어이, 형! 이 술주정뱅이 마이클 형! 응? 저건……."

"피다! 앙드레 형! 마이클 형 몸 아래에 피가!"

순식간에 분위기가 험악해졌습니다.

"어떡하지, 형. 창문이 너무 작아서 못 들어갈 것 같은데."

"어차피 짚으로 만든 집이잖아요. 부숴버리면 되는 거 아니에요?"

빨간 모자가 제안했지만 앙드레는 "뭐?" 하고 빨간 모자를 노려봤습니다.

"짚이기는 해도 모르타르로 단단하게 굳혔습니다."

패트릭이 즉시 대답했습니다. 빨간 모자는 벽에 있는 짚단을 조금 뜯어봤습니다. 패트릭의 말대로 모르타르로 굳혀서 손쉽게 부술 수는 없어 보입니다.

"그래도 문을 열어야 할 것 같은데요." 질이 말했습니다. "혹시 괜찮은 도구 같은 건 없습니까?"

"가서 목수 카텐을 불러와!"

앙드레가 소리치자마자 패트릭이 쏜살같이 뛰어갔습니다.

5분쯤 지나 패트릭은 휘어진 철제 도구를 든 돼지와 함께 돌아왔습니다. 노란 털이 나 있는 것으로 봐 원래는 인간이었던 것 같습니다.

카텐이라는 그 노동 돼지는 공구 끝부분을 문 틈새에 끼워 넣고 꾸욱 꾸욱 힘을 줬습니다. 그러자 얼마 안 돼 자물쇠가 부서지는 소리와 함께 문이 열렸습니다.

"형!"

가장 먼저 패트릭이 집 안에 뛰어들었습니다. 뒤이어 앙드레, 질, 빨간 모자가 차례차례 들어갑니다.

집 안쪽 침대 옆 밑바닥에 짚이 깔려 있고, 그 위에 잠옷 차림의 아기 돼지가 엎드려 있습니다. 몸 주변에 깔린 짚은 검붉게 변색돼 있습니다. 아기 돼지 옆에는 사과 세 개와 작은 삼베 자루도 하나 있는데 삼베 자루에서는 참깨가 쏟아져 나와 있었습니다.

"마이클 형!" "형!"

패트릭과 앙드레가 달려가 그를 일으켜 세우자 그의 몸

아래 짚단에서 은은하게 빛나는 칼이 지붕을 향해 수직으로 세워져 있는 게 보였습니다. 앙드레가 칼날 주변 짚단을 걷어내자 짚으로 엮은 바닥에 구멍이 뚫렸고 날이 위로 향한 칼자루가 그곳에 쿡 박혀 있었습니다. 짚이 변색된 건 피가 스며들었기 때문입니다.

"또 시체다!" 피노키오가 외쳤습니다. "빨간 모자에게 맡기면 돼. 이런 거 잘해."

"'이런 거'라고 하지 말랬지!"

그렇게 대답하면서도 빨간 모자는 우선 코를 벌름거렸습니다. 집 안에서 술 냄새가 진동하고 있습니다. 가운데에 있는 두꺼운 기둥과 지붕 들보만 나무이고 나머지는 모두 짚으로 만들어진 내부를 둘러봅니다. 안쪽 작은 창문 아래 벽에 침대가 딱 붙어 있고 시트 위에는 구겨진 이불이 깔렸는데, 그 시트와 이불에 걸쳐 원을 그리듯 커다란 얼룩이 보였습니다. '포도주 얼룩 같아. 흘린 걸까?' 하고 이불을 들춰보니 정작 이불 아래에는 얼룩이 없습니다. 빨간 모자는 집 안을 조금 더 관찰했습니다. 침대 외에는 장롱과 테이블. 테이블 아래에는 포도주병이 몇 병. 가운데 기둥에는 사다리가 세워져 있는데 어디로 올라갈 수 있는 걸까요.

"강도의 소행 아닐까요? 혹시 사라진 물건은?"

질이 묻자 패트릭은 곧장 부인했습니다.

"마이클 형은 하루 종일 빈둥거리는 게 특기라고 할 정도로 게을렀습니다. 마을 수익의 3분의 1이 형에게 갔지만 돈이 들어오자마자 탕진하는 탓에 집에는 돈 되는 물건이 하나도 없죠."

"은포도 목걸이는?"

빨간 모자가 묻자 앙드레가 "응?" 하고 빨간 모자를 노려봤습니다.

"여러분이 늑대에게서 빼앗아 마녀를 복종하게 만든 그 은포도 목걸이요. 그걸 첫째인 마이클 씨가 가지고 있지 않았나요?"

"빼앗았다는 건 뜻밖이군요. 그건 성실한 우리 삼 형제에게 하늘이 내려주신 선물입니다."

꿀꿀. 비열하게 웃는 얼굴에서는 성실함이라고는 조금도 찾아볼 수 없었습니다.

"아무튼 그렇게 중요한 물건의 관리를 형에게 맡길 수 없죠. 계속 제가 가지고 있습니다."

"그렇군요."

"백 년을 함께해왔지만 형의 성격은 아직도 종잡을 수 없어요. 요즘은 취미로 이런 걸 만들어 동네 이곳저곳에 두고 다녔다더군요."

앙드레가 바닥에 있는 짚으로 된 상자를 집어 들었습니다. 카페에서도 본 엿보기 상자입니다. 앙드레는 상자 안을 들여다보며 손잡이를 빙글빙글 돌리더니 "돼지가 왈츠를 추고 있네" 하고 코웃음을 쳤습니다.

"……만약 강도의 소행이라면 자물쇠를 잠그고 갈 리도 없겠죠. 이건 사고입니다. 보십시오."

앙드레가 가리킨 곳에는 시체 옆에 널브러진 사과가 보였습니다.

"형은 오래전부터 바닥에 꽂아둔 칼에 사과를 던지는 놀이를 좋아해 술에 취하면 항상 했습니다. 어제도 포도주를 마시며 그 놀이를 하다가 칼을 그대로 둔 채 침대에 누워 잠이 든 것 같네요. 그 후 몸을 뒤척이다가 바닥에 떨어져 칼에 찔린 게 아닐까요."

"세상에나!" 패트릭이 머리를 감쌌습니다. "내일이면 백 년을 더 살 수 있는데!"

빨간 모자는 머리 위를 올려다봤습니다. 그리고 지붕 아래에 있는 들보 일부에서 왠지 모를 이상한 느낌을 받았습니다. 들보 밑으로 지푸라기 몇 가닥이 늘어져 있고……. 아니, 짚으로 된 지붕 아래라 그렇게 보일 수 있지만 유심히 관찰하니 지푸라기도 아닙니다. 조금 더 가늘고 부드러운 식물 섬유 같았습니다.

"질, 혹시 저기까지 손이 닿아요?"

질은 의아해하면서도 까치발을 들어 그것을 집었습니다.

"이건……."

"옥수수수염 아닌가?"

"그래, 맞아. 틀림없어."

빨간 모자는 속으로 '역시나' 하고 고개를 끄덕였습니다.

"이건 사고가 아니에요."

그렇게 딱 잘라 말하는 빨간 모자를 모두가 주목했습니다.

"교묘한 속임수를 쓴 살돈殺豚 사건이에요."

03

도대체 이 빨간 모자라는 아이는 지금 무슨 소리를 하는 걸까. 앙드레는 화가 치밀었습니다. 허풍선이 남작 아들의 조수인지 뭔지 몰라도 이런 여자아이가 마이클을 죽인 방법을 알아챘을 리 없습니다.

"침대 위를 보세요. 이불과 시트에 걸쳐 포도주 얼룩이 있죠?"

"그게 뭐 어쨌다는 겁니까? 형이 흘린 거 아닐까요?"

앙드레가 대답하자 빨간 모자는 "물론 그렇겠죠" 하고 이불을 뒤집었습니다.

"하지만 보세요. 이불 아래에는 포도주 얼룩이 없죠. 시트와 이불을 가로지르는 얼룩 모양이 이렇게 딱 맞아떨어진다는 건, 포도주가 흐른 다음에 이불이 전혀 움직이지 않았다는 뜻이에요."

"그게 무슨 소리야?"

목각 인형 머리의 질문에 빨간 모자는 자신 있게 대답했습니다.

"마이클 씨는 어젯밤 침대에서 자지 않았다는 말이야."

앙드레는 등에서 식은땀이 흐르는 걸 느꼈습니다. 그러고 보니 이 아이, 조금 전 기둥 위에서 뭔가를 가져갔습니다. 그건 설마…… 남아 있던……?

"침대에서 자지 않았다는 건 곧 침대에서 떨어져 칼에 찔렸다는 추정도 틀렸다는 뜻이야."

"그럼 형이 어디서 잤다는 말이죠?"

패트릭의 질문에 빨간 모자가 천장 기둥을 가리켰습니다.

"해먹이요."

말도 안 돼……. 앙드레는 말문이 막혔습니다. 빨간 모자가 설명을 이었습니다.

"어젯밤 마이클 씨는 누군가에게 이런 말을 들었을 거예요. '새 해먹을 구해서 선물하고 싶다. 정말 멋진 해먹이니 누가 훔쳐 가지 못하게 집 안에 걸어뒀으면 한다'라고."

앙드레는 귀를 틀어막고 싶었지만 반대로 질은 이야기를 더 듣고 싶어 하는 얼굴로 "그래서?" 하고 뒷이야기를 재촉했습니다. 빨간 모자는 자신만만하게 설명을 이어갔습니다.

"마이클 씨는 그 누군가를 이 집에 초대했어요. 그는 '우선 건배부터'라고 하며 마이클 씨에게 포도주를 권해서 마이클 씨를 취하게 만들었겠죠. 그리고 마이클 씨가 볼일을 보러 간 사이, 칼을 바닥에 꽂고 수직으로 세운 다음에 그걸 감추기 위해 위에 짚을 깔았어요. 마이클 씨가 돌아온 뒤에는 사다리를 써서 칼 바로 위에 해먹을 걸었고 자기는 이제 그만 갈 테니 문 잘 잠그고 자라 주의하고 집을 나갔겠죠."

이럴 수가. 경천동지할 일입니다. 빨간 모자는 꼭 어젯밤 자신의 모든 행동을 지켜본 것 같습니다!

"그가 시키는 대로 집 문을 걸어 잠근 마이클 씨는 사다리를 타고 올라가 해먹에 누웠어요. 엎드린 자세가 된 건 마이클 씨의 잠버릇 때문일까요. 그리고 술에 취한 마이클 씨가 잠든 틈을 타 누군가 저 작은 창문을 열어 뭔가를 집어넣었고 곧장 다시 닫았어요."

빨간 모자는 가슴 앞에서 오른쪽 손바닥을 펼쳤습니다. 그 손안에는 벌레가 한 마리 들어 있었습니다.

"수수 파리?" 질의 질문에 빨간 모자는 고개를 끄덕였습니다.

"이 파리는 옥수수수염을 아주 좋아하죠?"

"그렇군!" 질이 들보를 올려다보며 손을 치켜들었습니다. "옥수수수염으로 만든 해먹이구나!"

"그렇죠. 수수 파리 때문에 힘을 잃은 해먹이 바닥에 떨어져 마이클 씨는 칼에 찔려 사망. 남은 해먹 잔해도 수수 파리들이 다 먹어치울 때까지 기다렸다가 그 누군가는 다시 작은 창문을 열어 따로 준비해온 옥수수수염으로 수수 파리들을 유인해 밖으로 내보냈다. ……옥수수수염이 조금 남아 있었던 건 어두워서 잘 보이지 않았겠죠."

"빨간 모자, 대단해!"

등에 업힌 다리 없는 목각 인형이 외쳤습니다. 패트릭과 카텐도 빨간 모자의 추론을 듣고 아연실색해 있습니다. 앙드레의 조바심은 점점 커져만 갑니다.

"그 누군가가 누군지는 아직 특정할 수 없지만, 마이클 씨와 사이좋게 포도주 잔을 기울일 수 있는 분이겠죠. 그런 쪽으로 혹시 아는 분 없으세요?"

빨간 모자는 의기양양한 얼굴로 물었습니다. 안 돼. 이대로 가다가는……. 앙드레는 자신에게 의혹이 쏠리기 전에 먼저 손을 쓰기로 했습니다.

"그, 그러고 보니 탄탈론 녀석이 어젯밤에 형과 함께 걸어가는 걸 봤습니다."

"탄탈론이 누구예요?" 빨간 모자가 물었습니다.

"요새 들어 형이 비서처럼 부리던 인간 돼지죠. 그러고 보니 형은 그때 신나 보였는데 탄탈론의 눈빛은 왠지 음흉했던 느낌이에요."

거짓말이었습니다. 그러나 한번 시작한 이상 이대로 밀고 갈 수밖에 없습니다.

"형에게 부려먹히고 있었으니 형을 미워했을 수도."

"지금 당장 그 탄탈론이 있는 곳으로 갑시다!"

질이 씩씩거리며 외치자 패트릭도 "그래요" 하고 동의했습니다. 일단 의혹의 칼날에서 벗어난 것 같습니다.

그러나 아무래도 흐름이 좋지 않습니다. 앙드레는 즉시 다음 수를 써야겠다고 판단했습니다.

"야, 패트릭. 탄탈론한테는 내가 갈 테니 넌 시내 이곳저곳에 있는 이것들을 확인해봐."

앙드레는 짚으로 만든 엿보기 상자를 패트릭에게 내밀었습니다.

"엿보기 상자를? 왜?"

"마이클 형은 사실 재산을 탕진한 척하고 어딘가에 돈을 숨겨뒀다고 해. 그 숨겨둔 곳의 힌트를 마을 여기저기 뿌리고 다녔다는 말을 최근에 나한테 한 적이 있어. 어쩌면 힌트가 이 상자들 속에 숨겨져 있지 않을까 싶어서 말이야. 형은 죽었으니 형이 모아둔 재산을 마을 발전을 위해 쓰자."

"그렇구나. 알겠어."

정말 잘 속는 동생입니다. 하지만 그 뒤에서 미심쩍은 표정을 짓고 있는 사람이 있습니다. 빨간 모자……. 이 아이는 요주의 인물입니다. 이번에도 계획에 찬물을 끼얹을까 봐 걱정됩니다.

"어이, 잠깐만."

앙드레는 패트릭을 잠시 으슥한 곳으로 데려갔습니다. 동생에게 얼굴을 들이밀며 빨간 모자에게 들리지 않을 작은 소리로 소곤거렸습니다.

"너한테만 하는 이야긴데, 아무래도 '나무 구역'의 포푸리 보관소 안에 있는 엿보기 상자가 의심스러워. 지금 당장 가봐."

"응, 그래……?"

"혹시 누가 볼지 모르니 들키지 않게 보관소 문을 꼭 잠그고 상자를 들여다봐."

"으…… 응."

암시가 너무 노골적이었을까요. 그러나 패트릭은 알아차린 기색도 없습니다. 정말 둔한 녀석입니다.

"포푸리 보관소가 뭐야?"

그때 발밑에서 목소리가 들려서 앙드레는 패트릭과 동시에 "으악!" 하고 놀랐습니다. 피노키오인가 뭔가 하는 목각 인형의 머리가 그곳에 떨어져 있었습니다.

"죄송해요. 실수로 떨어뜨리는 바람에 그쪽으로 굴러가 버렸어요."

빨간 모자가 다가와 머리를 집어 들었습니다. 이 아이는 일부러 인형의 머리를 이곳에 굴려 우리 대화를 엿듣게 한 게 틀림없습니다. 참으로 섬뜩한 인형입니다……. 그때 앙드레는 문득 한 가지 사실을 깨달았습니다.

"빨간 모자 씨, 물어볼 게 있는데, 그 인형은 양파석류로 만든 거 아닌가요?"

"아, 맞아요. 사실 전 지금 이 인형의 다리를 찾고 있어요. 앙드레 씨, 혹시 짚이는 데라도 있으세요?"

아, 그렇구나. 순식간에 머릿속에서 모든 것이 연결됩니다. 이 아이는 결코 허풍선이 남작 아들의 조수가 아닙니다. 그러나 지금 그 점을 지적하고 나서는 건 좋은 수가 아닙니다. 앙드레의 머릿속에는 이미 새로운 사악한 계획이 세워져 있었습니다.

"있습니다."

"어? 정말요?"

"이래 봬도 전 '나무 구역'의 지배돈입니다. 나무에 대해서는 누구보다 잘 알죠. 우리 구역에 있는 '호텔 우디'에 방을 마련하고 곧 인형의 다리를 가져다드릴 테니 그곳에서 기다려주세요."

부히부르크의 대표 돼지인 앙드레를 속이려 하다니, 대단한 배짱입니다. 그렇다면 이쪽도 반격에 나설 수밖에요. 앙드레는 새삼 자기 자신의 똑똑함에 도취됐습니다.

04

'호텔 우디'는 목조로 된 3층 건물입니다. 그곳 3층 스위트룸에서 빨간 모자는 침대에 앉아 조금 전 도착한 질과 대화를 나누고 있었습니다. 상반신만 있는 피노키오는 창가 테이블 위에 있습니다.

"그나저나 또 이상한 사건에 휘말렸네."

마이클의 시신을 발견한 지 두 시간이 흘렀습니다. 그 사이 질은 앙드레와 함께 탄탈론이라는 남자를 찾아가 이야기를 들었다고 합니다. 빨간 모자도 함께 가고 싶었지만 앙드레가 호텔에서 기다리라며 끈질기게 요구했고, 오랜 여행길에 지치기도 해서 그냥 시키는 대로 했습니다. 덧붙이자면, 질은 빨간 모자가 묵는 곳 바로 아랫방에 묵는다고 했습니다.

"탄탈론은 겁이 많은 돼지인지 시종일관 시선이 허공을 맴돌았고 질문에 명확한 대답을 하지 않더군. 그것도 모자라 손을 계속 이렇게 하고 있었어."

질은 두 손을 맞대고 검지를 빙글빙글 돌렸습니다.

"마이클이 죽었다는 말을 듣고서는 당황해서 '신이시여, 신이시여, 전 모릅니다'라는 말만 반복하더라지 뭐야. 거짓말쟁이학을 전공한 사람 입장에서 보면 그런 겁쟁이 돼지가 거짓말을 할 확률은 낮아. 그의 소행은 아니야."

"그렇군요." 빨간 모자가 맞장구를 쳤습니다.

질은 웃으며 짚으로 만든 엿보기 상자를 들여다봤습니다. 이곳에도 처음 들어올 때부터 테이블 위에 놓여 있었습니다.

"와, 신기하네. 돼지가 물구나무를 서서 빵 반죽을 하고 있어!"

"대체 그 상자의 정체는 뭘까요?"

질은 "나도 잘 모르겠지만 아무튼 재미있으니 괜찮지 않을까" 하고 머리맡에 다시 엿보기 상자를 내려놓고 몸을 일으켰습니다.

"자, 그럼 난 다시 샘플을 수집하러 가볼까. 나중에 올게!"

그는 종종걸음으로 방에서 나갔습니다.

"가버렸네."

문이 닫히자 피노키오가 말했습니다.

"학문이나 연구라는 게 재밌어?"

"글쎄, 난 잘 몰라."

"질은 정말 즐거워 보여. 나도 인간이 되면 학문이나 연구 같은 걸 해볼까?"

"서커스를 보려고 교과서를 팔아치우는 아이한테는 어려울걸."

"그건 이미 반성했어. 인간은 원래 반성하는 존재 아니야?"

"안 하는 사람도 있어. 그나저나 다리는 아직인가?"

앙드레의 의미심장한 태도가 머릿속에 떠올랐습니다. 와인레드 색 재킷을 입은 그 아기 돼지는 어딘지 모르게 계속 수상쩍었습니다.

덜컥!

문이 세차게 열린 건 그 뒤로 채 5분이 지나지 않아서였습니다. 침대에 누워 있던 빨간 모자는 앙드레인가 해서 벌떡 일어났다가 등골이 오싹해질 만큼 겁을 먹었습니다.

방에 들어온 이는 후드가 달린 검정 망토를 입었고 해골처럼 마르고 키가 큰 여자였습니다. 긴 머리카락은 무시무시할 정도로 새하얗고 두 어깨 위에는 검은 고양이와 두꺼비가 올라타 있습니다. 틀림없습니다.

"다, 당신은……."

빨간 모자는 떨리는 목소리로 입을 열었습니다.

"마이젠 19세……."

"어머, 날 아니?"

그녀는 노란 눈을 가늘게 뜨고 물었습니다.

"네……, 힐데힐데의 마법 거울에서 봤어요."

"힐데힐데!"

마이젠 19세가 눈을 부릅떴습니다. 검은 고양이가 "야옹" 울고 두꺼비가 "껍껍껍" 하고 울어댑니다.

"그 낙제 마녀와 아는 사이야?"

"네, 그분은 지금 압펠 왕국의 여왕님이세요. 전 그분의 친구예요."

"그렇구나, 그렇구나. 그럼 더 말할 것도 없네. 아기 돼지와 내 계약을 방해하는 이 빨간 모자 녀석!"

검은 손톱을 길게 기른 손에는 어느새 흉측하게 뒤틀린 은빛 지팡이가 들려 있었습니다.

"구베른 구베르그게스카!"

주문과 함께 지팡이 끝에서 빛이 번쩍이더니 순식간에 빨간 모자의 몸에 충격이 스쳤습니다.

다음 순간, 빨간 모자는 시야가 기이하게 변해버린 걸 느꼈습니다.

장소는 지금까지 있던 '호텔 우디' 방과 다를 바 없습니다. 그러나 바닥과 가까운 위치에서 마이젠 19세를 올려다보고 있습니다. 마이젠 19세가 그전보다 훨씬 거대해 보였습니다.

"아아아, 빨간 모자가 도마뱀이 돼버렸어!"

당황한 피노키오의 목소리가 들렸습니다. 화들짝 놀라 두 손을 보니 흉측한 도마뱀 앞발이 돼 있었습니다.

"후후후, 힐데힐데의 친구라면 알겠지. 생물을 원하는 모습으로 바꿀 수 있는 내 마법을!"

"너무해요. 왜 이런 짓을 하시는 거예요?"

"그래! 빨간 모자를 다시 돌려놔!"

피노키오가 소리쳤습니다.

마이젠 19세는 깔깔 웃었고 검은 고양이가 야옹 울었습니다.

"정말 시끄러운 양파석류네. 람베르소에서 훔친 네 몸을 분해해 오는 길에 하나둘 떨어뜨려가며 부히부르크까지 너희를 유인한 보람이 있었어."

빨간 모자는 화들짝 놀랐습니다.

"유인했다고요?"

"그래, 엄지 공연단 천막에서 양파석류 인형을 훔칠 때까지는 별문제 없었지만 의식에 쓰려면 조금 부족하다는 걸 도중에 깨달았거든. 그도 그럴 게, 머리와 오른팔이 없었잖아. 어차피 내가 가진 몸을 너희가 찾으러 오리라고 예상했으니 그럼 차라리 의식을 치르는 부히부르크까지 너희를 불러야겠다 생각해, 압펠 왕국에서는 왼팔을 떨어뜨리고 하멜른에서는 몸통을 떨어뜨린 거야."

이럴 수가. 지금껏 피노키오의 몸을 찾으러 떠나는 여행인 줄 알았는데 사실 교묘한 작전으로 이곳 부히부르크까지 유인된 것입니다!

"그 의식이라는 게 아기 돼지들에게 '백 년의 불로장생'을 주는 의식을 말하죠?"

"그래, 그 의식에는 양파석류를 태워 만드는 연기가 필요해. 요즘은 양파석류를 구하기도 쉽지 않은데, 그걸로 이런 인형을 만드는 정신 나간 사람이 있다니."

마이젠 19세가 노려보자 피노키오는 겁에 질렸습니다. 빨간 모자가 물었습니다.

"대체 왜? 왜 당신은 아기 돼지들이 시키는 대로 하는 건가요? 역시 그 은포도 때문이에요?"

그러자 마이젠 19세의 표정이 일그러졌습니다.

"……시끄러워."

"사실 당신도 속으로 이상하다고 느끼지 않나요? 돈 때문에 팔려 온 사람들을 돼지로 바꿔 일을 시키다뇨. 일정액을 벌면 풀어준다고 하는 것도 다 거짓말이잖아요. 돼지가 마녀를 부려먹고 인간들을 학대하다니, 이건 정말 말도 안 되는 일이에요."

"말이 안 돼도 어쩔 수 없어!"

마이젠 19세가 눈을 부라렸습니다. 껍껍껍. 어깨 위에 있는 두꺼비도 놀란 눈치입니다.

"아아, 소리 지르면 머리가 아파……. 아무튼 양파석류는 내가 접수할게."

마이젠 19세가 손을 내밀자 피노키오는 "싫어!" 하고 손사래를 치며 저항했습니다.

"조용히 해!"

지팡이 끝에서 이번에는 작은 회오리바람이 일었습니다. 휘이이잉. 칼날처럼 날카로운 소리를 내며 회오리바람이 피노키오에게 돌진합니다.

"피노키오!"

"빨간 모자, 살려줘……. 우앗!"

이보다 더 잔인할 수 있을까요. 저항할 도리가 없는 피노키오는 팔과 몸통, 심지어 머리까지 산산조각이 나서 방 안 곳곳에 흩어졌습니다.

"번거롭게 하기는. 그래도 뭐 잘게 잘린 편이 불에도 더 잘 타니 좋긴 해."

마이젠 19세는 검정 자루를 꺼내 피노키오의 파편을 천천히 주워 모았습니다. 그리고 자루 주둥이를 꽉 묶고 검은 입술에 미소를 띠며 말없이 방을 나갔습니다. 껍껍껍 하는 두꺼비 소리만 남았습니다.

너무도 충격적인 현실에 빨간 모자는 한동안 아무것도 할 수 없었습니다.

"……앙드레 짓이구나."

마이젠 19세가 나간 문을 바라보며 빨간 모자는 중얼

거렸습니다.

"역시 앙드레가 마이클을 죽였어."

어렴풋하게 의심하고는 있었는데 이제는 확신으로 바뀌었습니다. 앙드레라면 마이클에게 포도주를 마시게 해서 방심시키기도 쉽습니다. 조금 전 추리를 들려줄 때 또한 왠지 안절부절못했던 느낌입니다.

아마 빨간 모자가 지푸라기 집의 밀실 트릭을 쉽게 알아차려서 위기감을 느꼈겠지요. 그러니 피노키오의 다리를 미끼로 빨간 모자를 이곳에 가둬놓고 마이젠 19세를 보낸 것입니다.

아아, 하지만……. 빨간 모자는 도마뱀이 된 자신의 두 손을 바라봤습니다. 그야말로 절체절명의 위기입니다. 이대로 있다가는 의식에서 조각 난 피노키오의 몸이 불태워질 것입니다. 그러나 도와주러 가고 싶어도 다시 원래 모습으로 돌아갈 방법을 모릅니다. 이렇게 되기 전 앙드레의 악행을 왜 조금 더 확실히 밝히지 못했을까요……. 빨간 모자는 분하고 한심한 나머지 울고 싶어졌습니다.

그때였습니다.

"빨간 모자, 빨간 모자."

놀랍게도 방 어딘가에서 피노키오의 목소리가 들렸습니다. 주위를 둘러보니 옆 테이블과 벽 사이 작은 틈새에 피노키오의 몸 일부가 떨어져 있는 게 아닌가요!

"피노키오!"

빨간 모자는 그곳으로 쪼르르 기어갔습니다. 도마뱀도 의외로 빨리 달릴 수 있다는 걸 처음 알게 됐습니다.

그곳에는 코부터 윗부분이 비스듬하게 잘린 피노키오의 얼굴 조각이 보였습니다. 마이젠 19세가 미처 발견하지 못하고 간 것 같습니다. 머리에는 코와 입과 턱, 그리고 왼쪽 귀 부분이 남아 있었습니다.

"내 목소리 들려?"

"들려. 한쪽 귀는 이 얼굴에 붙어 있는 것 같네. 하지만 눈은 자루에 있어서 그런지 하나도 안 보여."

그래도 일부라도 남아 있는 건 다행스러운 일입니다.

"응? 어라?" 피노키오가 중얼거렸습니다. "왠지 귀에 익은 소리가 들리네. 여자의 고음 노랫소리인데."

빨간 모자는 귀를 기울였지만.

"난 안 들려."

"그럼 분명 내 오른쪽 귀에서 들리는 거겠지. 마이젠 19세가 걷는 곳 근처에 가수가 있는 것 같아. '나는~, 시들렌~♪'"

피노키오의 노래 실력은 엉망진창이었지만 빨간 모자를 놀라게 하기 충분했습니다.

"시들렌? 하멜른에서 같은 방을 쓴 그 여자 아니야?"

"아, 그래. 그 사람 노랫소리다! 그러고 보니 기타와 드럼, 아코디언 소리도. 아, 솔란의 '먀하핫' 하는 웃음소리도 들려."

아무래도 브레멘 밴드가 지금 이 마을에 와 있는 것 같습니다. 어떻게든 그들의 도움을 받을 수 없을까요. 하지만 피노키오의 입은 이 방에 있으니 자루 안에서 소리쳐보려고 해봐야 소리가 나지 않을 것입니다.

빨간 모자는 남아 있는 피노키오의 얼굴을 잠시 관찰하다가 무릎을 탁 쳤습니다. 코가 있습니다!

도마뱀이 된 머리를 피노키오의 턱 위에 얹고, 앞발로 피노키오의 코끝이 열린 창문을 향하게 각도를 바꿨습니다. 그리고.

"피노키오, 거짓말을 해봐. 마음껏."

그렇게 주문했습니다. 피노키오는 순간 "응?" 하고 의아해했지만.

"난 하늘을 날 수 있다. 힘은 코끼리보다 강하고 수영을 하면 정어리보다 빠르다."

그러자 대번에 피노키오의 코가 쭈욱 늘어났습니다.

"좀 더, 조금 더. 말도 안 되는 거짓말을 생각나는 대로 하는 거야!"

"난 마음에 들지 않는 일이 있으면 폭발한다. 얼마 전에는 산을 통째로 날려버려서 사과 이천 개가 구운 사과로 변했는데, 그 향긋한 냄새에 이끌려 전 세계의 새들이 날아왔다. 콘도르, 플라밍고, 펭귄까지 다 왔다. 그 후 하늘이 어두워지자 밤으로 착각한 도둑이…….”

쭈우우우우우우우욱! 피노키오의 코는 어느새 창문 밖으로 나가 구름에 닿을 만큼 길어졌습니다.

05

“너, 정말 빨간 모자가 맞아?”

당나귀 탈을 쓴 드레이첼이 물었습니다. 개 미판테, 고양이 솔란, 거기에 가수 시들렌도 있습니다. 하멜른에서의 일을 계기로 브레멘 밴드에 가입했게 됐다는 그녀는 얼굴 전체를 가리는 탈이 부담스러워 닭의 얼굴을 본뜬 모자를 썼다고 했습니다.

네 사람은 빨간 모자가 하멜른을 떠난 다음 날, 의회의 다른 의원들의 허락을 받아 석 달간 음악 수행을 하러 떠났다고 합니다. 그렇게 부히부르크에 도착해 연주할 곳을 찾아 헤매던 중, 하늘 높이 뻗은 나무 막대기를 발견했습니다. 그리고 빨간 모자의 예상대로 그것이 피노키오의 코라는 걸 미판테가 알아차렸습니다.

“맞아요. 정말 빨간 모자예요.”

“경악스럽군. 이건 끔찍한 비극인데.”

"하지만 분명 빨간 모자의 목소리가 맞아."

솔란이 가면을 벗으며 말했습니다. 피노키오가 "거짓말을 했습니다. 반성하고 있습니다……"라고 중얼거리며 코를 원래 길이로 되돌리는 동안 빨간 모자는 지금까지 있었던 일들을 빠르게 설명했습니다.

"그러고 보니 올해가 백 년째였군요."

미판테가 납득한 것처럼 고개를 끄덕였습니다.

"부히부르크의 아기 돼지 삼 형제가 오래전 마녀와 계약을 맺어 불로장생의 몸을 얻었다는 건 아는 사람들은 다 아는 얘기죠. 그 늙지 않는 몸을 갱신하기 위해 백 년마다 마녀의 후손이 찾아와 의식을 치른다고 했습니다. 의식에는 양파석류 나무가 필요한데 백 년 전에 비해 그건 마녀들도 구하기 어려워진 상황이에요. 피노키오를 주목한 데는 그런 사연이 있겠죠."

미판테는 하멜른뿐만 아니라 주변 도시의 역사에 대해서도 잘 아는 것 같았습니다.

"그 늙지 않는 몸을 얻기도 전에 큰형 마이클이 죽었다는 건가? 대체 어떻게 된 거야?"

드레이첼이 얼굴을 찌푸렸습니다.

"둘째 앙드레는 욕심이 많다고 합니다. 그 욕심 때문에 최근 형제 사이가 나빠졌다는 소문도 돌았어요."

"역시."

“역시라니. 빨간 모자, 무슨 뜻이야?”

“전 앙드레가 마이클을 죽인 게 아닐까 의심하고 있어요. 저 때문에 위기감을 느껴 피노키오를 빼앗는 김에 절 이런 모습으로 만든 것 같아요.”

이야기를 하다 보니 또 억울해졌습니다. 어떻게든 앙드레의 악행을 밝혀낼 방법이 없을까요.

“와, 아기 돼지가 물구나무를 서서 빵 반죽을 하고 있네.”

닭 모자를 쓴 시들렌이 말했습니다. 짚으로 된 엿보기 상자의 구멍을 들여다보고 있었습니다.

“엿보기 상자라니. 나도 전에 자주 보곤 했는데.”

드레이첼이 과거를 그리듯 말했습니다.

“최근 마을 곳곳에 저게 있다고 누가 그랬지?” 피노키오가 물었습니다. “마이클이 자기 재산이 어디 있는지 힌트를 주려고 이곳저곳에 둔 게 아니냐고 했는데.”

“그것도 앙드레가 한 말이야. 사실인지 아닌지는 의심스럽지만.”

“그러고 보니 아까 앙드레가 동생 패트릭에게 도시 곳곳에 있는 엿보기 상자를 확인하라고 했어. ‘나무 구역’에 있는 어떤 보관소가 특히 의심스럽다고 했는데.”

“왜 거기일까?”

빨간 모자는 별생각 없이 말했지만…….

"앗!"

하마터면 펄쩍 뛸 뻔했습니다. 앙드레의 머리에 만약 그런 사악한 계획이 있었다면.

"피노키오! 거기가 무슨 보관소라고 했어? 기억나?"

"응? 어, 어어……. 포푸리! 포푸리 보관소야!"

도마뱀이 돼도 똑똑한 머리는 변하지 않는 것 같습니다. 앙드레의 속셈을 알게 되자 그에 대응할 작전이 마치 저절로 집이 지어지듯 만들어집니다. 이 작전을 시작하려면 우선…….

"저, 브레멘 밴드 여러분. 부탁이 있어요."

06

주변이 저녁노을로 물들어가고 있습니다.

앙드레는 나무 저택 테라스의 흔들의자에 앉아 위스키를 마시고 있었습니다. 빨간 모자를 도마뱀으로 만들고 피노키오의 몸을 해체해 가져왔다는 마이젠 19세의 보고를 들은 게 오후 2시입니다. 앙드레는 모든 일을 성공적으로 해낸 마녀의 활약에 만족하면서도 아직 방심할 수 없다고 생각했습니다.

매년 부히부르크에 들어오는 거액의 돈. 그것을 독차지

하려면 여전히 패트릭이 방해됩니다. 그 녀석을 죽이지 않고서는 계획이 완성되지 않습니다.

그 장치는 과연 잘 작동했을까요…….

"그렇게 꼼꼼하게 준비했으니 괜찮겠지."

혼잣말을 중얼거리며 접시 위 비스킷을 입에 던져 넣고 와작와작 씹어 먹습니다. 늙지 않는 몸을 백 년 더 갱신할 의식이 내일 밤 이뤄집니다. 이다음 백 년은 더욱 호화로운 시간이 될 것입니다. 구후, 구후후후후……. 웃음이 절로 나왔습니다.

그때 관리 돼지와 노동 돼지들이 눈앞의 길을 바쁘게 지나가는 모습이 보였습니다.

"큰일이야, 큰일이야." "또 이런 일이."

뭔가 분위기가 심상치 않습니다. 대열 안에는 목수 카텐도 있었습니다.

"어이, 카텐. 무슨 소란이야?"

"앗!" 카텐이 멈춰 서서 앙드레 쪽을 봤습니다. "'나무 구역'의 포푸리 창고에서 또 시체가 발견됐습니다!"

해냈어! 앙드레는 몸을 일으켰습니다.

"창고 문이 안에서 잠겨 있는데, 작은 창문으로 시체가 보인다며 문을 열어달라고 또 패트릭 씨에게 불려 가는 길입니다."

그 말을 들은 순간 앙드레는 머리를 세게 한 대 얻어맞은 것 같았습니다.

"패, 패트릭에게 불려 가는 중이라고? 죽은 게 패트릭이 아니고?"

"아닙니다. 아무튼 전 이만 서두르겠습니다."

"잠깐!"

앙드레는 잔을 내려놓고 카텐을 쫓아갔습니다.

문제의 포푸리 창고는 '나무 구역' 거의 끝자락에 있는 작은 창고입니다. 반세기 전, 포푸리를 잘 만드는 돼지에게 사업용 사무실로 내줬는데 그 돼지가 20년 전에 죽고 사업이 망한 이후 창고로 쓰고 있습니다.

"패트릭!"

문 앞에서 걱정스러운 것처럼 서 있는 패트릭에게 앙드레가 다가갔습니다.

"대체 무슨 일이야? 왜……."

'네가 죽지 않았어?'라는 말이 목구멍까지 차올랐습니다.

"이 보관소 안에 시체가 있다고?"

"나도 뭐가 뭔지 몰라. 오히려 내가 묻고 싶을 정도야."

대답하는 패트릭 뒤에서 카텐이 문을 부수는 소리가 들렸습니다. 주변 돼지들이 웅성거립니다. 모두 노란 털이 자라 있는 노동 돼지들입니다.

"뭘 멍하니 보고 있어! 이 멍청한 자식들! 안 도와줄 거야?"

앙드레가 외치자 그들도 부랴부랴 문으로 달려가 문을 뜯어냈습니다.

창고 가운데에 나무 책상이 있고 그 앞 의자에 웬 사람이 앉아 있었습니다.

허풍선이 남작의 아들 질입니다. 등받이에 몸을 기대고 두 팔을 축 늘어뜨린 채 천장을 올려다보고 있습니다. 그리고 그의 오른쪽 눈에는 독화살이 박혀 있었습니다.

"질베르토 씨, 질베르토 씨!"

패트릭이 달려가 그의 몸을 흔들었지만 미동도 하지 않습니다. 앙드레는 질에게 다가가 코와 입에 손을 얹었습니다. 숨을 쉬지 않습니다. 목에 대봐도 맥박이 없습니다. 오른쪽 눈에는 피가 흐르고 있고 왼쪽 눈 동공은 풀려 있는 걸 보니 틀림없는 시체입니다.

"질베르토 씨, 왜……?"

아연실색하는 패트릭의 다리 아래에 짚으로 만든 엿보기 상자가 떨어져 있는 게 보였습니다. 앙드레는 상자를 집어 들고 "이거다" 하고 내밀었습니다.

"요즘 마이클 형이 마을 곳곳에 설치해놨다는 엿보기 상자야."

"저기, 형은 그렇게 말하는데 정말 마이클 형이 만든 게 맞아?"

패트릭은 정말 분위기 파악을 못 하는 녀석입니다.

"짚으로 만들었으니 당연히 형이 만들었겠지!" 앙드레는 소리치며 상자를 힘껏 두 동강 냈습니다. 안에 있는 스프링 장치가 튀어나왔습니다.

"이것 봐. 여기에 화살이 장착돼 있고 상자를 들여다보면서 버튼을 누르면 화살이 튀어나오는 구조였던 거야."

앙드레는 짜증을 부리며 자신이 만든 지푸라기 엿보기 상자에 대해 재빨리 설명하고 "그렇구나!" 하고 손뼉을 쳤습니다.

"아무래도 마이클 형이 날 죽이려 한 것 같아. 도시 곳곳에 있다는 이것과 비슷한 상자는 위장용이었고. 난 가끔 이 포푸리 보관소에 와서 쉬곤 하거든. 이걸 여기에 두면 언젠가 내가 상자를 들여다볼 거라 예상했겠지. 그 게으름뱅이 형이 날 죽여서 자기 이익을 늘리려는 속셈이었던 거야."

앙드레를 바라보는 패트릭의 시선. 속이기 쉬운 동생이지만 그렇다고 의심이 아예 없는 건 아닙니다.

앙드레는 패트릭의 어깨를 툭툭 두드렸습니다.

"아무튼 큰일 날 뻔했네, 패트릭. 이 상자를 들여다봤으면 네가 대신 죽을 뻔했어."

"그⋯⋯ 그렇구나."

"그래, 이 귀족 아드님께는 재앙이지만 그래도 내 소중한 동생이 살아서 다행이야."

마음에도 없는 말이었습니다.

원래 시나리오대로라면 패트릭이 죽어야 하는 상황입니다. 마이클이 사고로 죽고, 그 마이클이 생전에 남긴 사악한 장치로 인해 패트릭도 죽는다. 그리하여 이 도시의 모든 이권이 나에게 무사히 넘어오는 전개였는데…….

앙드레는 계획대로 풀리지 않는 상황에 짜증이 솟기 시작했지만 그런 모습을 패트릭과 주변 이들에게 들키면 안 됩니다.

"어쨌든 있어서는 안 될 불행이 생기고 말았어. 자, 너희가 질베르토의 시체를 옮겨라."

"네!" "예!"

앙드레는 밖에서 걱정스러운 듯 지켜보는 두 마리의 노동 돼지를 노려보며 지시했습니다. 질베르토에게 등을 돌린 채 창문 쪽을 확인합니다. 환기용으로 만든 작은 창문. 걸쇠가 풀려 안쪽으로 열려 있지만 이런 작은 창문으로는 기껏해야 사람의 팔 한쪽이나 들어갈 것입니다. 질베르토는 이 창고에 들어와 안에서 문을 걸어 잠그고 엿보기 상자를 들여다보다가 죽은 걸까요. 호기심 많은 청년이 쓸데없는 짓을 한 셈입니다.

"난 이만 가볼게."

"어, 잠깐만."

패트릭이 불안해하는 표정으로 앙드레를 멈춰 세웠습니다.

"갈 거야! 내일은 중요한 의식이 있는 날이니까."

앙드레는 조바심이 났습니다. 패트릭을 죽일 확실한 계획을 다시 세워야 합니다. 오늘 밤 시간을 들여서 천천히…….

07

목수 카텐은 늘 아침 5시에 일어났습니다.

세수하고 옷을 챙겨 입고 간단한 아침 식사를 마친 후 집을 나서는 시각은 5시 반입니다. 마이클이 죽고 외지에서 온 사람까지 한 명 죽었는데 일상은 놀라울 만큼 평소와 다름없었습니다.

오늘은 '벽돌 구역'에서 정유소로 가는 다리의 보강 작업을 해야 합니다. 관리 돼지들보다 먼저 가서 준비하지 않으면 호된 채찍질이 기다립니다. 종종걸음으로 벽돌 창고 옆길을 빠져나가려 할 때였습니다.

"어라."

카텐은 발걸음을 멈췄습니다. 벽돌 창고에 있는 작은 창문에서 빛이 새어 나오고 있습니다. 이 창고는 20여 년 전 아기 돼지 삼 형제 중 셋째인 패트릭이 혼자 만들었다고 합니다. 패트릭은 지금도 벽돌로 직접 건물을 짓는 취미가 있는데, 그것을 위해 벽돌과 모르타르를 보관하는 창고입니다.

"패트릭 씨는 이렇게 이른 아침부터 뭘 하는 걸까."

혼잣말을 중얼거리며 창문을 들여다본 카텐은 소스라치게 놀랐습니다. 천장 기둥에 달린 밧줄 끝에 아기 돼지 한 마리가 등을 돌린 채 매달려 있는 것이 아닙니까! 신경 쓴 옷차림을 보니 인간에서 돼지가 된 노동 돼지나 관리 돼지도 아닌 것 같습니다.

"패, 패트릭 씨!"

창문은 잠겨 있었습니다. 유리를 깨뜨려도 이 정도 크기 창으로 들어가는 건 불가능합니다. 카텐은 길과 인접한 문으로 돌아갔습니다. 문은 안으로 밀어서 여는 방식이고 자물쇠는 잠겨 있지 않았습니다. 하지만.

"어라?"

문을 조금만 열었는데 뭔가 걸리는 게 느껴집니다. 힘껏 몸을 부딪쳐도 문은 더 이상 열리지 않았습니다. 문 너머에 뭔지 모를 무거운 물건이 있는 것 같았습니다.

"이거 또 문을 부수고 떼어낼 수밖에 없나……."

어제도 같은 일을 두 번이나 했습니다. 다행히 공구를 들고 온 덕에 카텐은 경첩에 공구를 끼워 넣고 힘을 줬습니다. 삐걱삐걱, 삐걱삐걱……. 문은 좀처럼 떨어지지 않습니다. 아침부터 고된 노동입니다. 간신히 경첩을 부러뜨렸을 때는 이마에 땀이 송골송골 맺혀 있었습니다. 그렇게 떼어낸 문을 옆으로 치우자.

“이건 또 뭐야!”

카텐은 버럭 소리쳤습니다. 눈앞에 벽돌 더미가 깔려 있었기 때문입니다. 그냥 벽돌 더미라면 밀어버릴 수 있겠지만 벽돌 사이사이에 모르타르가 잔뜩 발려 있었습니다. 또 그 모르타르가 이미 80퍼센트 정도 굳어 있어서 밀어도 꿈쩍도 하지 않습니다. 도대체 이 엉망진창으로 쌓인 벽돌 더미는 뭘까요. 건축에 익숙한 자의 솜씨로는 도저히 생각되지 않았습니다.

“무슨 일이야, 카텐?”

고개를 돌려보니 동료 목수 돼지 네 명이 있었습니다.

“안에서 패트릭 씨가 죽어 있어.”

“뭐?”

“통나무를 가져와봐. 이 벽돌 더미를 부수지 않으면 못 들어가.”

네 명은 서둘러 ‘나무 구역’에 가서 굵은 통나무를 가져왔습니다. 다섯 명이 함께 힘을 합쳐 통나무를 들고 벽돌 더미를 향해 돌진합니다.

퍽!

"좀 더!"

퍽!

서서히 벽돌 더미가 무너져 겨우 들어갈 수준으로 문이 열렸을 때.

"아침부터 뭐 하는 거야?"

익숙한 목소리가 들려서 카텐은 돌아보고 깜짝 놀랐습니다. 줄무늬 셔츠, 빨간 멜빵, 반바지. 패트릭이 눈앞에 서 있는 것입니다!

"패트릭 씨!"

"나도 그렇고 오늘 다들 뭔가 이상하네. 오늘 아침에 일어나니 머리맡에 이 포도가 있지 뭐야."

그는 그렇게 말하며 목에 건 목걸이를 보여줬습니다. 은빛으로 빛나는 포도. 앙드레가 소중히 여기던 마법의 은포도입니다.

"그럼 지금 이 안에서 죽어 있는 분은……"

"죽었다고?" 패트릭의 안색이 싹 달라졌습니다.

패트릭도 가세해 통나무를 더 쑥쑥 밀어붙였습니다. 잠시 후 벽돌 더미가 완전히 무너져 안에 들어갈 수 있게 됐습니다.

그 안에 펼쳐진 것은 눈 뜨고 보고 있기 참혹한 광경이었습니다.

천장에 매달려 있는 돼지는 앙드레였습니다. 두꺼운 목

에 밧줄이 단단히 박혀 있습니다. 기둥을 지지대 삼아 밧줄 한쪽 끝은 바닥에 있는 삼베 자루에 묶였고, 그 자루 안에는 앙드레의 몸무게보다 훨씬 무거운 벽돌이 들어 있었습니다.

발밑에 놓인 등불에서 나온 환한 빛이 벽돌 벽을 비추고 있습니다. 그곳에는 숯으로 직접 쓴 것처럼 보이는 메시지가 적혀 있었습니다.

마이클을 죽인 건 나야.

난 이 부히부르크의 부와 권력을 독차지하고 싶었어.

그래서 패트릭도 죽일 생각으로 독화살을 심은 엿보기 상자를 보관소 안에 설치했지.

나와 패트릭을 죽이려고 상자를 놔둔 마이클이 사고로 죽고,

마이클이 죽은 후 패트릭이 엿보기 상자를 보다 죽는다.

그렇게 불행하게 두 형제를 잃은 나에게 모든 부가 쏟아져 들어온다.

머릿속으로 그런 시나리오를 짜고 있었어.

하지만 그 계획은 실패했어.

그것도 모자라 아무 상관도 없는 외지 손님까지 죽이고 말았어.

내 목숨으로 사죄하는 수밖에 없어.

패트릭, 앞으로의 일은 너에게 맡길게.

마법이 봉인된 포도까지.

부히부르크여, 영원히.

앙드레

"형……."

패트릭은 무릎이 툭 꺾여 그 자리에 주저앉고 말았습니다.

08

풀이라는 게 원래 이렇게 따끔거리는 것이었나요?

'벽돌 구역'의 길가 옆 풀숲을 기어가며 빨간 모자는 속으로 푸념했습니다. 마음 같아서는 벽돌 길을 걷고 싶지만 바쁘게 오가는 사람들의 발에 밟힐까 봐 걱정됐습니다.

잠시 후, 드디어 패트릭의 벽돌 창고가 보이기 시작했습니다.

어젯밤 '나무 구역'의 포푸리 창고에서 질의 시신이 발견됐다는 소문을 들었는데, 오늘 아침이 되자 이번에는 "앙드레가 자살했어!"라는 말을 솔란에게 전해 듣고 빨간 모자가 속으로 아차 했습니다.

지금까지의 범죄를 모두 앙드레의 소행이라고 생각했기 때문입니다!

이렇게 된 이상 직접 조사할 수밖에 없다고 생각했습니다. 그래서 피노키오와 브레멘 밴드의 반대를 무릅쓰고 혼자 기어 나온 것입니다.

부서진 문짝이 출입구 바로 옆에 있고 안에 들어가니 벽돌과 모르타르 잔해가 널려 있습니다. 이것들이 문 앞을 가로막고 있어서 문이 열리지 않았다고 합니다. '창고 출입구는 원래 안쪽으로 열리는 걸까……' 하는 작은 의문이 머리를 스쳤습니다.

창고 안에는 시신을 지키는 중인지 군복 입은 돼지 두 마리가 창을 들고 서 있었습니다. 빨간 모자는 '보초들에게 들키지 않고 현장에 들어가 여유롭게 관찰할 수 있으니 도마뱀 모습도 꼭 나쁘다고 할 수는 없구나' 하고 생각했습니다.

목을 매 숨진 채로 발견됐다는 앙드레는 창고 한가운데에 누워 있었습니다. 왼쪽 벽에는 숯으로 쓴 것 같은 유서가 있습니다. 마이클을 죽였다는 이야기, 패트릭을 죽이려다 실패했다는 이야기, 사죄의 말 등이 적혀 있었습니다. 그 성질 고약한 앙드레가 과연 이런 기특한 글을 쓸까요……. 빨간 모자의 의혹은 더 부풀었습니다.

시신 쪽으로 다가갔습니다. 옆에는 나무 의자가 쓰러져

있는데 이것을 발판 삼으면 스스로 목을 매 자살할 수도 있을 것 같습니다.

감긴 눈, 침이 흐른 입……. 입에서는 술 냄새가 진동하고 있습니다. 술에 취해 스스로 목숨을 끊은 것일까요. 시신의 손 쪽을 향해 기어갑니다. 힘을 잃은 손. 아니, 앞발이라고 해야 할까요. 아무튼 손은 깨끗했습니다. 이번에는 발 쪽에 가서 신발을 관찰합니다. 깨끗하게 닦였고 먼지 하나 묻어 있지 않았습니다.

역시…….

빨간 모자는 확신을 품고 시신에서 멀어졌습니다. 다음은 출입구입니다. 문틀을 따라 기어 올라갑니다.

제일 위에서 그대로 벽으로 옮겨 가 이음새를 꼼꼼히 관찰했습니다. 역시 신중한 패트릭이 만든 건물답게 벽돌이 정확한 간격으로 쌓여 있고 모르타르의 양 또한 균일합니다.

그때 출입구 바로 오른쪽 벽 일부에서 모르타르 색이 유독 짙은 곳이 눈에 띄었습니다. 빨간 모자는 그 모르타르를 앞발로 만져봤습니다. 다른 모르타르보다 확실히 수분이 많은 느낌입니다.

"……그런 거였구나."

무심코 중얼거리다가 앞발로 입을 틀어막았습니다. 아무리 도마뱀 모습이라고 해도 소리를 내면 의심받을 수 있으니까요. 다행히 두 경비원의 귀에는 들리지 않은 것 같았습니다.

빨간 모자는 모든 걸 깨달았습니다. 이제 남은 것은 이 진실을 어떤 식으로 폭로할 것인가입니다.

도마뱀 모습으로는 아무도 자신의 말을 믿어주지 않겠지요.

계획을 바꿔야겠습니다.

09

부히부르크에 다시금 어둠이 찾아오고 있습니다.

패트릭은 '벽돌 구역' 중앙에 있는 벽돌집 지붕에 서서 군중을 둘러보고 있었습니다. 그의 손에는 은빛으로 빛나는 포도가 들려 있었습니다.

집 주변에 모인 군복 입은 돼지들. 그 주위를 둘러싼 건 전에는 인간이었던 노동자 계급 돼지들입니다. 누군가는 횃불, 누군가는 등불을 손에 들고 백 년에 한 번 있는 의식을 손꼽아 기다리는 모습입니다.

마침내, 마침내 이 도시의 모든 권력이 자신에게 모일 때가 왔습니다.

이 집은 백 년 전 석 달에 걸쳐 만든 집이자 늑대를 삶아 죽인, 패트릭의 원점이라 할 수 있는 곳입니다. 눈을 감으면 그날의 광경이 지금도 생생히 떠오릅니다. 그날 이후 두 형은 아무것도 하지 않았습니다. 이 도시의 유일한 지도자로 자신이 취임하는 건 운명입니다.

"오오!" 군중들의 탄성이 터졌습니다. 굴뚝에서 하얀 연기가 뭉게뭉게 피어오릅니다. 이제 곧 의식이 시작됩니다.

"부히부르크 시민 여러분!"

패트릭이 외쳤습니다.

"어제부터 오늘에 걸쳐 참으로 안타까운 사건들이 일어났습니다. 앙드레 형님께서 마이클 형님을 살해하고 저까지 살해하려다가 실패하고 스스로 목숨을 끊은 것입니다. 앙드레 형님은 요즘 들어 부쩍 권력을 탐하고 있었습니다. 셋이 함께 열심히 만들고 가꿔온 이 도시를 혼자 독차지하려 했습니다."

군중들 사이에서 탄식 섞인 한숨이 흘러나왔습니다.

"저희는 정말 사이좋은 형제였습니다. 그런 생각을 하면 마음이 참으로 서글퍼집니다. 하지만 언제까지나 슬퍼하고 있을 수는 없죠. 부히부르크는 앞으로 더 많은 발전을 이뤄내야 합니다. 지금 여기, 새롭게 다시 백 년을 살 몸을 얻을 저는 여러분을 위해 돌아가신 두 형님 몫까지 열심히 일할 것을 맹세합니다!"

은빛 포도 목걸이를 하늘로 들어 올리는 패트릭. 돼지

들 사이에서 와아 하는 환호성이 터졌습니다.

"그럼 지금부터 마이젠 19세의 백 년 불로장생 의식에 따라 이 연기에 몸을 맡기고자 합니다."

패트릭은 굴뚝에 기어 올라갔습니다. 하얀 연기에 둘러싸인 채 눈을 감는 모습이 도취감에 사로잡힌 것 같습니다. 앞으로 백 년 아니, 미래영겁의 시간 동안 자신은 이 부히부르크의 유일한 권력자로 군림하게 될 것입니다. 부와 명예도 독차지할 것입니다.

앞으로 내가 시키는 대로 할 돼지 녀석들. 그렇게 생각하며 패트릭이 눈을 뜨고 앞에 모인 돼지들을 바라봤을 때였습니다.

"어라?"

패트릭은 중얼거렸습니다.

연기의 양이 생각보다 적습니다. 딱 한 줄기……. 심지어 그 기세도 점점 약해집니다. 설마 불이 꺼진 건가 싶어 발밑의 분연구를 확인한 순간, 그곳에 쓰윽 하고 해골 같은 얼굴이 나타났습니다.

"으악!"

패트릭은 몸을 뒤로 확 젖혔다가 하마터면 넘어질 뻔했습니다.

"마이젠 19세, 무슨 일입니까? 빨리 양파석류 연기를……."

"이제는 더 이상 네 말은 안 들어."

어깨 위에 있는 검은 고양이가 냐오옹 하고 패트릭을 바보 취급하듯 울었습니다.

"뭐, 뭐라고요……? 지금 그 말, 감당할 수 있는 겁니까?"

처음 만날 때부터 이 마녀가 발산하는 분위기에 겁을 먹었습니다. 그러나 지금이라면 두렵지 않습니다. 뭐니 뭐니 해도 내 손에는 지금 마법의 포도가 들려 있으니까요.

"이것으로 벌을 내려도 괜찮겠습니까?"

그때였습니다.

"해봐."

자가장. 군중 뒤에서 불현듯 기타 소리가 들렸습니다.

"우리는 유쾌하고 즐거운 브레멘 밴드♪"

닭 모자를 쓴 가냘픈 여자가 노래를 부르며 군중 사이를 걸어 나옵니다. 이어서 당나귀, 개, 고양이 탈을 쓴 사람이 저마다 악기를 연주하며 여자를 따라 어느새 지붕 위까지 올라왔습니다.

"뭐, 뭡니까? 당신들은?"

"브레멘 밴드. 그보다 패트릭, 이것 좀 봐."

당나귀가 목에 건 목걸이를 앞으로 내밀었습니다. 그것은 지금 패트릭의 손에 있는 것과 완전히 똑같은 은빛 포도 목걸이였습니다!

"각오해, 이 마녀!"

당나귀 남자가 목걸이를 마이젠 19세를 향하며 힘을 줬습니다.

"꺄아앗!"

순식간에 마이젠 19세는 뒤로 튕겨 나가 30미터 정도 떨어진 전나무에 몸을 부딪쳤습니다. 캬옹. 꺼어업. 어깨 위에 있는 검은 고양이와 두꺼비도 함께 소리를 지릅니다.

"이, 이게 어떻게 된 일이죠?" 패트릭의 눈이 휘둥그레졌습니다. "목걸이가 두 개 있었다는 겁니까?"

"아니, 이게 진짜지. 앙드레는 가짜 목걸이를 만들었어."

가짜? 패트릭은 무심코 손에 든 목걸이를 내려다봤습니다. 어젯밤 앙드레 형의 목에서 떼어 온 이게, 가짜……?

그런가! 패트릭은 퍼뜩 깨달았습니다. 형은 누구보다 탐욕스러운 돼지였습니다. 혹시나 하는 마음에 가짜 목걸이를 만들어 진짜처럼 목에 걸고 다녔겠지요. 진짜 목걸이는 다른 어딘가에 숨겨져 있었던 것입니다. 아무래도 이 당나귀 남자는 그 목걸이를 찾아낸 것 같습니다.

"패트릭, 앞으로도 부히부르크를 다스리려면 이게 꼭 필요하지 않나? 교환하는 건 어때?"

당나귀 남자는 생각도 못 한 말을 꺼냈습니다.

"교, 교환……? 그게 정말인가요?"

"아, 사실 우리가 부히부르크 삼 형제의 열렬한 팬이라서 말이야. 우리를 위해 무대를 마련해주겠나? 부히부르크의 새로운 백 년을 위해 최고의 연주를 들려주지."

패트릭은 가슴을 쓸어내렸습니다.

"그거 좋죠."

패트릭은 당나귀 남자가 내민 은빛 포도 목걸이를 받고 자기 목걸이를 당나귀 남자에게 건넸습니다. 하지만 당나귀 남자는 목걸이를 받자마자 대뜸 하늘 높이 던져버립니다. 그리고 그걸 다시 낚아챈 이는 은색 빗자루에 올라탄 마이젠 19세였습니다.

"고마워!"

우후훗 웃고 마이젠 19세는 목걸이를 주머니에 넣었습니다.

이게 어찌 된 일일까요. 조금 전 전나무에 몸을 부딪쳐 아플 텐데 어떻게 이렇게 즐거워 보이는 걸까요.

패트릭은 브레멘 밴드 멤버들을 둘러봤습니다. 당나귀, 개, 고양이 세 사람은 가면을 쓰고 있어 표정을 확인할 수 없습니다. 닭 여인 역시 무표정합니다.

후, 후, 후후후 하는 웃음소리가 들렸습니다.

"당신은 역시 통치자 그릇이 못 돼요, 패트릭 씨."

마이젠 19세가 아닙니다. 이 목소리는…….

"빨간 모자?"

앙드레는 빨간 모자를 도마뱀으로 바꿨다고 했습니다.

그러나 주위를 둘러봐도 도마뱀은 보이지 않습니다.

"어디를 보고 있어요? 여기예요, 여기."

아주 가까운 곳에서 들리는 느낌입니다. 어디서 들리는 소리인지 알아차린 순간 패트릭은 등골이 서늘해졌습니다.

은포도입니다. 조금 전 당나귀 남자가 준 목걸이에 달린 은빛 포도가 말을 하고 있는 것입니다!

"마이젠 19세, 이제 됐어요!"

"구다르크 구가르가구니스키!"

갑자기 섬광이 번쩍이더니 패트릭이 손에 든 목걸이가 펑 하고 빨간 모자로 변신했습니다. 패트릭이 무심코 목걸이를 내동댕이치는 바람에 빨간 모자는 엉덩방아를 찧고 말았습니다.

"아야! 여자한테 이게 무슨 험한 짓이에요……?"

"나도 마찬가지라고. 그냥 연기만 할 생각이었는데 허리를 제대로 부딪혔어."

마이젠 19세가 지붕에 내려서며 말했습니다.

"멋진 연기였어, 마이젠."

"시끄러워. 이제 두 번 다시 안 해."

당나귀 남자와 빨간 모자까지 모두 마녀와 친해 보입니다. 그리고 조금 전 전나무에 날아간 것이 연기였다고 합니다.

"마이젠 19세……, 날 배신한 건가요?"

그렇게 묻는 패트릭에게 마녀는 무시무시한 얼굴로 아무 대답도 하지 않았습니다. 검은 고양이와 두꺼비도 모르는 척하는 얼굴입니다. 그때 뒤에서 "영차" 하고 누군가가 기어오르는 소리가 들렸습니다. 그 모습을 보며 패트릭은 또 한 번 놀랐습니다.

"안녕, 패트릭. 자기 다리로 걷는 건 역시 훌륭한 일이야."

그 피노키오라는 이름의 양파석류 인형. 전에 조각조각났다고 들었는데 지금은 온몸이 다 갖춰진 채 멀쩡히 서 있습니다. 벽난로에서 양파석류 인형을 태울 테니 백 년 전처럼 그 연기를 몸에 쬐십시오. 조금 전만 해도 마이젠 19세가 그런 말을 했는데!

"저기요, 패트릭 씨."

빨간 모자가 입을 열었습니다.

"당신 형인 마이클 씨는 왜 짚으로 집을 만들었나요?"

"뭐? 그건 형이 게으름뱅이라."

패트릭은 혼란스러워하며 대답했습니다.

"당신 형인 앙드레 씨는 왜 나무로 집을 지었나요?"

"손쉽게 좋은 집을 지을 수 있기 때문이지. 화재 같은 건 전혀 고려하지도 않고."

"그럼."

빨간 모자는 패트릭의 코끝에 검지를 겨누었습니다.

"당신의 범죄 계획은 왜 그렇게 허술한가요?"

패트릭은 말문이 막혔습니다. 빨간 모자는 군중을 향해 크게 외쳤습니다.

"자, 여러분도 들어보세요. 이 도시를 지배한 아기 돼지 앙드레와 그의 동생 패트릭이 무슨 짓을 했는지를요."

10

모두가 의심 섞인 눈초리로 빨간 모자를 쳐다봅니다.

쿵쿵! 미판테가 센스 있게 드럼을 쳤습니다. 드레이첼의 기타와 솔란의 아코디언 소리까지 더해져 흥겨운 음악이 흐르기 시작합니다.

멋진 연출이야. 빨간 모자는 다시 패트릭을 돌아보며 이야기를 시작했습니다.

"먼저 앙드레 씨가 한 일부터 설명할게요. 그 돼지는 정말 탐욕스러웠어요. 이 도시에 쏟아져 들어오는 엄청난 부를 형제와 나누는 데 만족하지 않고 독차지하려 했죠. 그래서 형과 동생을 죽이려고 했어요."

군중 사이에서 깜짝 놀라 숨을 들이켜는 소리가 들리는 것 같습니다.

"마이클 살해 계획을 실행하기 이틀 전 밤, 앙드레 씨는 옥수수수염으로 만든 해먹과 포도주를 들고 마이클 씨의 집을 찾았어요."

살해 방법에 대해서는 어제 설명한 대로입니다.

"뒤이어 '나무 구역'의 포푸리 보관소에 독화살이 튀어 나오는 엿보기 상자를 설치해 패트릭 씨가 상자를 들여다보면 죽음에 이르게 해놨죠. 이건 어디까지나 1차 계획이고 어쩌면 그것에 실패할 경우를 대비한 2차, 3차 계획도 준비했을지 몰라요."

빨간 모자는 어깨를 으쓱하며 말을 이어갔습니다.

"이렇게 준비를 마친 후 앙드레 씨는 형 마이클 씨를 죽이는 데 성공했지만, 이후 생각도 못 한 난관에 부딪치고 말았어요. 마이클 씨의 시체가 발견된 직후, 우연히 그 자리에 있던 영리한 여자아이가 밀실 트릭을 간파하고 만 거예요."

"자기 입으로 말하면서 부끄럽지도 않나 보네."

피노키오가 끼어들었지만 빨간 모자는 무시했습니다.

"앙드레 씨는 제 존재에 당황했을 거예요. 그리고 의식에 필요한 양파석류 인형이 제 옆에 함께 있다는 점에 주목해 마이젠 19세 씨를 꼬드겨 절 공격하게 했어요."

"그 아기 돼지는 내가 머무는 숙소에 와서 이렇게 지시했어. '양파석류를 가져온 소녀가 의식을 방해하려 한다. 양파석류를 회수하는 김에 그 아이를 도마뱀이든 뭐로든

변신시켜라'라고."

마이젠 19세는 이제 모든 것을 순순히 털어놨습니다.

"너무하게도 전 정말 도마뱀이 돼버렸어요. 그것도 모자라 피노키오는 온몸이 산산조각 나고 말았죠."

"얼기설기 이어 붙이기는 했어!"

그래도 온몸을 다 갖추게 된 피노키오는 팔다리를 움직이며 즐거워하는 모습입니다.

"그런 저희를 도와주신 게 바로 저기 계신 브레멘 밴드 분들이에요. 모든 일이 정리되면 특별 콘서트를 열 예정이라 하니 여러분, 모두 기대해주세요."

자가장! 브레멘 밴드의 연주 소리가 조금 더 커졌습니다.

"자, 지금부터는 브레멘 밴드와 제가 떠올린 추리 얘기예요. 사실 전 마이클 씨가 살해된 현장을 처음 봤을 때부터 앙드레 씨가 수상하다고 느꼈어요. 제가 밀짚 밀실의 비밀을 폭로할 때 시간이 갈수록 안색이 어두워졌거든요. 그런데 애써 시치미를 떼며 패트릭 씨에게 포푸리 보관소에 있는 엿보기 상자를 확인하라고 지시하는 걸 듣고 마침내 확신했어요. 앙드레 씨는 지금 그 상자에 어떤 장치를 설치해서 패트릭 씨를 죽이려 한다는 것을요. 최근 들어 도시 곳곳에 설치됐다는 수많은 엿보기 상자들은 모두 그 계획을 성공시키기 위한 위장용 소품이었던 거예요."

낯빛이 창백해진 패트릭을 향해 빨간 모자는 검지를 세우고 말을 이어갔습니다.

"그래서 전 패트릭 씨가 죽기 전 앙드레 씨의 계획을 좌절시키고자 했어요. *다른 사람이 그 장치 때문에 죽으면 앙드레 씨도 허점을 드러낼 거라고 판단했죠.*"

"그, 그래서." 패트릭이 말했습니다. "그래서 질베르토에게 대신 죽어달라고 했다는 거야?"

"맞아요."

빨간 모자는 일부러 싸늘하게 말하고 다시 미소 지었습니다.

"하지만 잊지 마세요. 질 씨가 '거짓말쟁이학'을 연구하는 분이라는 사실을요."

"뭐?"

뭐 이렇게 둔감한 범죄자가 다 있을까요. 빨간 모자는 어이없어하며 손으로 나팔 모양을 만들어 입에 갖다 대고 군중을 향해 크게 외쳤습니다.

"질! 이제 나와도 돼요!"

그러자 건너편에 있는 나무 뒤 그늘에서 보라색 옷을 입은 청년이 뛰어나왔습니다. 꼬불꼬불한 곱슬머리, 잘생긴 얼굴. 틀림없는 질베르토 폰 뮌하우젠입니다. 질은 군중을 헤치고 나와 사다리를 오르더니 순식간에 빨간 모자의 곁에 다가왔습니다.

"여어, 패트릭."

반갑게 인사했지만 정작 인사를 받는 아기 돼지 패트릭은 당장에라도 기절할 것 같은 표정이었습니다.

***

하루 전, '호텔 우디'의 스위트룸입니다.

도마뱀 모습의 빨간 모자는 브레멘 밴드 사람들과 조각 난 피노키오의 얼굴 아랫부분을 향해 마이젠 19세를 아군으로 만들 계획을 설명하고 있었습니다.

그것은 즉, 마이젠 19세의 *'생물을 원하는 모습으로 바꾸는 마법'*을 이용해 빨간 모자 자신이 마법이 봉인된 은포도 목걸이로 변신한다. 그리고 마이젠 19세가 예전 은포도는 효력이 약해졌다며 앙드레에게 접근해 진짜 은포도와 교환한다는 계획이었습니다.

"오오, 그렇구나, 좋은 생각이네."

솔란이 맞장구를 쳤습니다.

"만약 마이젠 19세가 계획에 동의한다면, 그 대가로 부탁을 하나 먼저 들어줬으면 한다고 하세요."

"뭐지? 그 부탁이라는 게."

"앙드레 씨의 계획이 무산될 수 있게 도와달라고 하는 거예요."

빨간 모자는 포푸리 보관소에 있는 엿보기 상자에 대해 간략하게 설명했습니다.

"앙드레 씨는 마이클이 생전에 남긴 엿보기 상자 때문에 패트릭이 죽은 것으로 만들고 싶을 거예요. 만약 패트릭을 죽이려고 만든 장치 때문에 엉뚱한 다른 이가 죽는다면 앙드레 씨도 당황해서 허점을 드러내지 않을까요?"

"그럴 수도 있겠지만……."

"이곳 바로 아랫방에 질베르토라는 제 친구가 묵고 있어요. 그분에게 대신 죽어달라고 부탁해야겠어요."

"어이, 잠깐만." 드레이첼이 아연실색했습니다. "누가 그런 계획에 협조해서 목숨까지 내놓겠어?"

"그래서 마이젠 19세에게 도움을 요청하는 거라고요!"

빨간 모자는 도마뱀 앞다리를 흔들며 외쳤습니다.

"그 마녀는 '생물을 원하는 모습으로 바꾸는 마법'을 쓰잖아요. 질을 '엿보기 상자를 들여다보다가 죽은 시신'으로 바꾸기도 쉽지 않겠어요?"

그러자 브레멘 밴드 멤버들이 입을 떡 벌렸습니다.

"제 친구는 거짓말쟁이학을 연구하는 허풍선이 남작의 아들이니 그런 거짓말에는 기꺼이 협력해줄 거예요."

빨간 모자는 그렇게 단언하고 도마뱀 혀를 쏙 내밀었습니다.

***

"이야, 정말 자극적이었어!"

질베르토는 창백해진 패트릭의 얼굴을 보며 유쾌하게 웃었습니다.

"동서고금을 막론해 시체인 척하며 남을 속인 사람은 많겠지. 하지만 정말로 숨과 맥박을 멈추고 동공확대까지 체험한 거짓말쟁이는 나밖에 없을걸. 역사에 남을 희대의 거짓말쟁이지!"

"나도 처음이었어. 인간을 시신으로 바꾸는 건."

마이젠 19세도 한숨 섞어 말했습니다.

"질베르토 씨가 범죄에 휘말린 줄로만 생각했던 앙드레 씨는 얼마나 놀랐을까요."

빨간 모자는 자못 유쾌했습니다. 범죄자를 속이는 건 정말 즐거운 일입니다.

"하지만 더 이상 물러설 수는 없었겠죠. 곧장 자신에게 쏠리는 의혹을 다른 쪽에 돌리면서 패트릭 씨를 살해할 방법을 물색하기 시작했을 거예요."

"그, 그래!"

패트릭이 입을 열었습니다. 태세를 다시 가다듬으려는 것 같습니다.

"빨간 모자, 네가 질베르토 씨와 협력해서 증명한 건 앙드레 형이 너무하다는 사실뿐이야. 하지만 그 후 형은 양심의 가책을 느껴 스스로 목숨을 끊었잖아. 아닌가?"

"아니에요. 그분은 당신에게 살해됐어요."

"아직도 그런 소리를 하나? 형은 벽돌 창고에서 스스로 목을 맸다고."

패트릭은 목청 높여 외치고 군중을 향해 고개를 돌렸습니다.

"카텐! 카텐, 어딨나!"

"예, 여기 있습니다."

군중 뒤에서 손이 올라갔습니다.

"자네라면 증명할 수 있겠지? 그 창고 문 너머에는 모르타르로 굳힌 벽돌 더미가 있었고, 그 더미를 밖에서는 결코 쌓을 수 없었다는 걸."

"네, 맞습니다, 맞습니다. 통나무로 돌진해가며 겨우 무너뜨렸죠."

"안쪽 벽에는 유서도 남아 있었지?"

"네, 있었습니다."

"유서 같은 건 상관없어요."

빨간 모자가 주저 없이 말했지만 패트릭은 물러서지 않았습니다.

"넌 현장을 보지 않았으니 그런 말을 할 수 있는 거야."

"봤어요. 그리고 즉시 트릭을 깨달았죠."

"앗!"

말문이 막힌 패트릭에게 빨간 모자는 공세를 이어갔습니다.

"당신은 술을 먹여 앙드레 씨를 잠재우고 은포도 목걸이를 빼앗은 다음, 그를 창고에 데려가 목에 밧줄을 감았어요. 그리고 기둥에 밧줄을 걸고 반대쪽 끝을 마대 자루에 묶었죠. 마대 자루 안에 벽돌을 계속 집어넣다 보면 얼마 후 앙드레 씨의 몸무게보다 무거워져서 그 몸이 위로 끌려 올라가고 그대로 앙드레 씨는 목이 졸려 죽게 돼요. 그 후 벽에 유언을 써서 앙드레 씨가 자살한 것처럼 연출하고 나서 당신은 창고 안에 있는 많은 벽돌과 모르타르들을 밖으로 옮겼어요."

"밖으로 옮겼다고?"

그렇게 물은 사람은 마이젠 19세였습니다. 아무래도 그녀만 아직 빨간 모자가 밝힌 트릭을 듣지 못한 것 같습니다. 빨간 모자는 자신만만하게 조금 전 자신이 깨달은 사실을 털어놨습니다.

"출입구로 들어가 오른쪽 벽에 있는, 지붕과 가까운 곳 벽돌 한 장의 주변 모르타르가 새것이었어요. 그 벽돌은 그때만 해도 모르타르가 굳지 않아 제거할 수도 있었을 테고요."

"……그래서 어떻게 했다는 거야? 벽돌 한 장 크기의 구멍으로 뭘 할 수 있는데?"

마이젠 19세가 고개를 갸웃거렸습니다. 이 마녀 역시 둔감한 건 마찬가지입니다.

"패트릭 씨는 물을 길어다 모르타르를 반죽한 후, 외벽에 사다리를 대고 올라가 그 구멍에 벽돌을 계속 던져 넣었어요. 그리고 타이밍을 재서 다음은 모르타르를 그 안에 넣으면 먼저 투입된 벽돌 몇 개가 굳게 되겠죠. 그다음에 다시 벽돌을 던지고, 다시 모르타르를 던지고…… 를 반복하는 거예요. 이렇게 하면 문 바로 안쪽에 벽돌과 모르타르가 뒤섞인 채 굳어버린 벽돌 더미가 만들어져요. 새벽 2시가 넘어 작업을 마친다면 아침까지는 다 굳을 테고요."

오오오오 하고 군중들이 웅성거리기 시작했습니다.

"그리고 마지막으로 떼어둔 벽돌을 다시 벽에 끼워 넣고 주변을 새 모르타르로 굳혀 벽의 구멍을 틀어막았어요. 모르타르 일부가 덜 마른 상태라는 건 아무도 눈치챌 리 없죠. 벽을 기어 다니며 벽 곳곳의 이음새를 관찰할 수 있는 도마뱀 모습의 여자아이를 제외하고는요."

그제야 마이젠 19세도 이해한 것 같았습니다.

패트릭은 눈을 부릅뜨고 식은땀을 흘리며 이를 악물고 있습니다. 공포에 찬 표정입니다.

"짚으로 만든 밀실, 나무로 만든 밀실, 벽돌로 만든 밀실. 이 도시에서 제가 맞닥뜨린 세 마리 아기 돼지들의 밀실은 하나같이 별로 어렵지 않았어요. ……나무 밀실은 제가 직접 만든 것이기도 하고요."

그러더니 빨간 모자는 패트릭에게 한 발짝 다가갔습니다.

"전 오히려 다른 수수께끼에 더 관심이 있어요. 아기 돼지 삼 형제 여러분은 정말 사이가 좋았나요?"

그러자 패트릭이 침을 꿀꺽 삼키는 소리가 들렸습니다.

"앙드레 씨가 마이클 씨를 죽인 건 분명해요. 하지만 패트릭 씨, 당신은 어떨까요? 처음에는 저도 앙드레 씨가 당신을 죽이려 한다는 사실을 깨닫고 당신이 반격에 나선 줄 알았어요. 하지만 앙드레 씨가 죽은 벽돌 창고는 이미 20년 전에 만들어졌어요."

피노키오와 마이젠 19세, 브레멘 밴드와 군중들이 모두 빨간 모자의 이야기에 잠자코 귀를 기울입니다.

"패트릭 씨는 적어도 건축에 관해서만큼은 신중한 분이에요. 그러니 창고를 지을 때 벽돌 한 장을 모르타르로 굳히지 않은 게 실수로 느껴지지 않았어요. 창고인데 출입문이 안쪽을 향해 열리는 것도 이상하죠. 즉, 그 창고를 처음 지을 당시부터 패트릭 씨의 머릿속에는 트릭이 있었던 거예요. 패트릭 씨는 이미 오래전부터 형을 자살로 위장해 살해할 계획을 세우고 있었어요. 아닌가요?"

"……다 ……다."

대답을 기다리는 이들 앞에서 패트릭은 신음하며 뭔가 다른 할 말이 있어 보였지만.

"당연하지!"

느닷없이 버럭 고함을 질렀습니다.

"나, 난 지난 백 년 동안 늘, 언제나, 항상 불만을 품고 있었어! 애초에 우리가 늙지 않는 몸을 얻을 수 있었던 건 내가 튼튼한 벽돌집을 짓고 늑대를 죽일 방법을 떠올렸기 때문이야. 그런 은혜는 싹 잊어버리고 그 둘은 거들먹거리며 모든 일을 나에게 떠넘겼어!"

패트릭은 벽돌 지붕을 쾅쾅 밟았습니다. 늘 얌전하기만 하던 패트릭의 갑작스러운 변모에 군중들 사이에서 술렁거림이 일었습니다.

"마이클 형이 죽은 게 앙드레 형의 소행이라는 건 금방 눈치챘어. 겉으로는 태연한 척했지만 허술한 점이 너무 많았으니까. 앙드레 형답게 성냥개비 하나로 불타버리는 나무집처럼 허술하기 짝이 없는 범죄를 저지른 거야! 그것도 모자라 그 욕심쟁이 돼지는 그런 나무집 같은 범죄로 나까지 죽이려 들었어! 내가 정말 모를 줄 알았을까? 백 년을 살 동안 벽돌집이 얼마나 대단한지를 여전히 모르고 있다니. 이보다 더 팔자 좋은 돼지가 어딨어!"

꾸울, 꾸울, 꾸울. 패트릭은 침과 콧물을 튀기며 웃음을 터뜨렸습니다.

"내가 얼마나 짜증 났는지 알아? 마이클 형은 그나마 낫다고 쳐. 지푸라기랑 맞바꿔도 모를 만큼 종잇장 같은 얄팍한 뇌를 가지고 있었으니 귀여운 맛이라도 있었지! 하지만 앙드레 형은 어떨까? 나보다 멍청한 건 당연할뿐더러 허울만 그럴싸한 나무집 같은 녀석이 벽돌집 주인인 나보다 더 똑똑한 것처럼 굴지 뭐야! 내가 없었으면 늑대에게 진즉 잡아먹혔을 주제에! 내가 없으면 아무것도 못하는 주제에! 그런 돼지들과 같은 피가 내 몸에 흐르고 있다고 생각하면 이 몸 자체를 저주하고 싶을 정도라고!"

패트릭은 목덜미를 벅벅 긁으며 마이젠 19세에게 다가갔습니다.

"자, 엉터리 연극은 그만 집어치워, 마이젠 19세. 누가 이 도시를 다스릴 적임자인지 시민들은 다 알고 있어! 얼른 그 나무 인형을 태워버려! 그리고 나에게 늙지 않는 몸을! 새로운 백 년의 지배권을!"

흥 하고 냉정하게 코웃음 치는 마녀의 손에는 으스스하게 뒤틀린 은색 지팡이가 들려 있었습니다.

"모든 생명은 그 끝이 있기 때문에 비로소 가치 있는 법."

순간 번쩍 섬광이 스칩니다.

"끄악!"

패트릭은 두 앞발을 뺨에 대고 소리를 질렀습니다.

"아, 아아아……!"

패트릭의 동그란 얼굴이 점점 쪼그라듭니다. 두 눈이 움푹 패고, 피부에는 자글자글 주름이 생기고, 두 다리는 몸을 제대로 지탱하지 못해 후들거립니다.

"아, 아, 늙고 있다……. 싫어……. 도와줘……. 형……, 무서워."

패트릭의 눈에 눈물이 맺혔습니다.

"……싫어……. 나 혼자는…… 무서워……. 말해줘……, 빨간 모자의…… 추리가…… 틀렸다고……. 우리는…… 사이가 좋았다고…… 노래해줘……. 그때처럼…… 노래해줘……."

늙은 돼지 패트릭이 비틀비틀 굴뚝으로 걸어갔습니다.

"꿀…… 꿀……, 무섭지 않아……. 늑대 따위…… 무섭지 않아."

힘없이 노래 부르며 굴뚝 가장자리에 손을 얹고 마지막 힘을 다해 기어오릅니다.

"꿀…… 꿀……, 우리는…… 용기와…… 지혜를 가진……."

그대로 패트릭은 머리부터 굴뚝 안으로 떨어졌습니다.

잠시 후 쿵 하는 소리가 들렸습니다.

***

"아아, 패트릭 씨!"

군복을 입은 돼지들이 연이어 소리쳤습니다.

"패트릭 씨!" "패트릭 씨!" "꿀꿀! 우리는 지도자를 잃었다!"

군복 입은 돼지들이 우왕좌왕합니다.

"여러분이 원하는 대로 살면 되지 않나요?"

빨간 모자는 그런 그들을 향해 말했습니다.

"안 돼." "우리는 돼지야." "삼 형제의 권력 덕분에 우리도 편하게 살 수 있었어, 꿀!" "그들이 없으면 기껏해야 돼지인 우리가 뭘 할 수 있겠어? 꿀꿀꿀!"

꿀꿀, 꿀꿀 하고 신세를 한탄하며 겁에 질리나 싶더니 이내 뿔뿔이 흩어져 달아납니다. 잠시 후 그 자리에 남은 건 머리에 노란 털이 나고 야윈 노동 돼지들뿐이었습니다.

"여러분은 드디어 지배에서 벗어났어요. 마이젠 19세가 여러분을 다시 원래 모습으로 되돌려줄 거예요."

오오오 하는 탄성이 터지고 그들이 순식간에 활기를 되찾았습니다.

"잠깐, 잠깐만." 마이젠 19세가 당황했습니다. "이 많은 숫자를 한꺼번에 되돌릴 수는 없어. 며칠에 걸쳐서 할게."

빨간 모자가 속으로 '그것도 그러네' 하고 수긍했을 때.

"인간으로 돌아간 이후 우리는 어떻게 살아야 하나요?"

군중 속에서 목소리가 들렸습니다. 그 카텐이라는 이름의 목수입니다.

"우리는 지도자를 잃었습니다."

"앞으로 여러분이 직접 지도자를 선출하면 되지 않을까요?"

빨간 모자는 희망을 줄 의도로 말했지만 그들은 당황스러워했습니다.

"우리 중에서 지도자를 정하다니." "방법도 모르겠는데." "막상 뽑혀도 뭘 해야 할지 모르겠고."

모두 조심스러워하고 있습니다. 오랫동안 지배받아온 이들이라 그런지 자유가 주어져도 그걸 어떻게 활용해야 할지 모르는 것 같았습니다.

그때 자가장자가장자가장! 하는 기타 소리가 울려 퍼졌습니다.

"걱정하지 마십시오." 드레이첼이 모두를 둘러보며 말했습니다. "당분간 부히부르크의 통치는 하멜른에서 맡기로 하죠. 의회에 건의해보겠습니다. 우리 자신의 일을 우리 스스로 결정한다. 그런 신념이 얼마나 훌륭한지 여러분이 알게 될 때까지 하멜른에서 여러분을 돌봐줄 것입니다. 그 후 새로운 부히부르크를 여러분이 직접 만들어가시면 됩니다."

“오! 하멜른은 오랜 자치 역사를 가진 도시잖아!” “하멜른이 우리 편이라면 든든해!”

시민들에게 용기가 생긴 것 같습니다. 이제야 한시름 놨습니다.

“빨간 모자, 네게 사례하고 싶어.”

마이젠 19세가 은포도 목걸이를 들어 보이며 말했습니다.

“이걸 되찾는 게 우리 일족의 숙원이었으니 보답으로 소원을 하나 들어줄게.”

“소원 하나요? 그럼…….”

빨간 모자의 소원은 이미 정해져 있었습니다. 그것은 곧 이번 여행의 목적이기도 합니다. 빨간 모자는 피노키오의 뒤로 돌아가 피노키오를 마이젠 19세 앞으로 밀고 갔습니다.

“피노키오를 인간 소년으로 만들어주세요.”

“이 양파석류 인형을?”

마이젠 19세는 진정 놀란 것처럼 피노키오를 바라봤습니다.

“음, 못 할 건 없지만 어차피 지능은 똑같아. 똑똑하게 만들지는 못해.”

“당연하죠. 괜찮아요.”

“‘불로장생의 몸’ 같은 것도 불가능해. 평범하게 성인이 돼 평범한 인간의 수명을 살고 죽을 거야."

"괜찮지, 피노키오?"

"응!"

피노키오는 활기차게 대답했습니다.

"'불로장생' 같은 건 인형이나 마찬가지야. 그런 걸 손에 넣으면 쓸데없는 생각만 하게 될걸."

빨간 모자는 속으로 '훌륭해' 하고 피노키오를 칭찬했습니다. 고개를 끄덕인 마이젠 19세가 뒤틀린 지팡이를 힘껏 치켜들자 잠시 후 번쩍이는 붉은 빛이 피노키오의 머리에 떨어졌습니다.

그러자 이게 어찌 된 일일까요. 눈앞에는 귀여운 얼굴을 가진 인간 소년이 있었습니다.

"와, 정말 인간 남자아이가 됐다!"

"다행이야, 피노키오!"

태양처럼 밝은 표정의 피노키오와 빨간 모자가 손을 맞잡았습니다.

"잘 들어, 피노키오." 마이젠 19세는 피노키오의 얼굴에 지팡이를 갖다 댔습니다. "앞으로 착한 아이가 되지 않으면 다시 목각 인형으로 돌려놓을 거야."

"착한 아이라. ……이제는 작은 거짓말도 못 하는 건가."

그러자 마이젠 19세는 후훗 웃으며 말했습니다.

"작은 거짓말도 못 하면 인간이 됐다고 할 수 없겠지."

냐옹. 껍껍. 검은 고양이와 두꺼비가 나직이 울음소리를 냈습니다.

"우리 인생에는 끝이 있어."

빨간 모자는 두 팔을 활짝 펼치고 말했습니다.

"그러니 오늘이라는 이날에 비로소 가치가 있는 거야."

드레이첼이 기타를 자가장자가장 연주했습니다.

"오늘 감상하는 음악에도."

시들렌이 "라라라♪" 하고 노래합니다.

"오늘 부르는 노래에도."

탁탁탁. 피노키오가 서툴게 스텝을 밟습니다.

"오늘 듣는 얘기에도."

질이 빙글빙글 돌며 우스꽝스러운 표정으로 빨간 모자의 얼굴을 쳐다봅니다.

"그럼 오늘 하는 거짓말에도 가치가 있다고 생각하나?"

"당연하죠. 물론 거짓말보다는 진실이 나아요. 하지만 가끔 거짓말도 필요해요. 왜냐하면……."

빨간 모자는 빙그레 미소 지으며 대답했습니다.

"거짓말이 있는 곳에는 매력적인 수수께끼도 있으니까요."

질은 빨간 모자의 대답이 마음에 들었는지 휘파람을 삑 불었습니다.

"자, 춤을 춥시다!"

둥둥둥! 미판테가 북을 치고 드레이첼과 솔란의 합주에 맞춰 시들렌이 노래를 부릅니다. 빨간 모자, 피노키오, 질도 스텝을 밟으며 함께 춤추기 시작했습니다.

"인간이란 정말 재미있구나!"

피노키오는 얼굴 가득 미소 지으며 서툰 스텝을 계속, 계속 밟았습니다.

동화의 밤이 이슥해지자 빨간 모자의 여행도 일단 여기서 끝을 맺습니다.

새로운 여행이 시작되는 그날까지, 모두 안녕히 주무세요.

역자 후기

『피노키오의 모험』, 『엄지 공주』, 『백설 공주』, 『하멜른의 피리 부는 사나이』, 『아기 돼지 삼 형제』……. 우리 모두 어릴 때부터 동화책과 만화, 애니메이션 등 여러 매체를 통해 친숙하게 접해온 서양 동화들이지요. 그런데 뭔가 이상합니다. 우리가 아는 이야기 속 무대는 맞는 것 같은데 그 안에서 살인, 실종, 독살 사건 등이 벌어지고 각종 트릭과 밀실이 만들어질 뿐만 아니라 교활한 범인과 총명한 탐정까지 등장합니다. 심지어 범행 동기는 '질투'·'욕망'·'복수'·'치정' 등 하나같이 험하고 뒤숭숭한 것들뿐. 물론 널리 알려진 동화들은 오랜 세월을 거쳐 순화된 버전이고 원래는 인간의 어두운 본성을 조금 더 적나라하게 보여주는 잔혹한 이야기가 많다고는 합니다만, 거기에 치밀한 트릭과 추리, 명탐정 캐릭터 등을 집어넣어서 잘 버무리면 얼마나 매력적인 이야기들이 탄생할까요. 그런 도전적인 시도를 훌륭하게 성공시킨 사례가 있습니다. 바로 아오야기 아이토의 이 '옛날이야기×본격 미스터리' 시리즈입니다. 작가는 친숙한 전래동화라는 밑바탕 위에 추리 소설의 여러 장치를 집어넣어 누구나 흥미진진하게 읽을 수 있는 미스터리 소설로 재탄생시켰는데, 작가의 탄탄한 추리적 소양과 소재의 높은 접근성이 잘 맞물려 기존 미스터리 독자들만이 아닌 더 넓은 독자층의 크나큰 호응을 끌어내며 시리즈 누계 30만 부라는 대기록을 세웠습니다. 이 『빨간 모자, 피노키오를 줍고 시체를 만났습니다』는 그런 인기 시리즈의 네 번째 작품입니다.

아오야기 아이토의 '옛날이야기×본격 미스터리' 시리즈는 이야기로서의 매력도 상당하지만 시리즈의 독특한 정체성이 눈길을 끕니다. 2019년, 이 시리즈의 출발점이자 일본 옛날이야기를 기반으로 한 1권 『옛날 옛적 어느 마을에 시체가 있었습니다』의 화려하고 성공적인 데뷔 이후, 2020년 독자들의 열화와 같은 요청으로 서양의 전래동화를 기반으로 한 시리즈 2권 『빨간 모자, 여행을 떠나 시체를 만났습니다』가 출간됩니다. 그리고 2021년에는 일본 옛날이야기의 무대로 돌아간 시리즈 3권 『옛날 옛적 어느 마을에 역시 시체가 있었습니다』가 출간됐고, 2022년에는 다시 서양 동화를 기반으로 한 시리즈 4권이자 최신작 『빨간 모자, 피노키오를 줍고 시체를 만났습니다』가 출간

돼 세상의 빛을 보았습니다.

흥미로운 것은 일본 옛날이야기를 기반으로 한 시리즈 1, 3권과 서양 동화를 기반으로 한 시리즈 2, 4권의 차이이자 개성입니다. 1, 3권은 단편집으로서 각 이야기의 매력을 살리는 동시에 본격 미스터리로서의 완성도에 공을 들여 독자들에게 추리 소설로서의 만족감을 선사하는 데 집중합니다. 한편, 2, 4권은 "당신의 범죄 계획은 왜 그렇게 허술해?"라는 명대사를 날리며 범인을 압박하고 사건을 해결하는 캐릭터 '빨간 모자'를 필두로 하여 하나의 큰 얼개로 각각의 이야기를 엮는 연작 소설로서의 재미와 캐릭터 소설로서의 정체성을 확고히 다져 나갑니다. 이런 기발한 기획이 시리즈물이 자칫 빠질 수 있는 매너리즘의 함정을 피하게 하는 동시에, 속편을 향한 기대를 불러일으키는 시너지 효과를 내고 있습니다. 또 속편들이 1년마다 속속 출간되며 호흡을 끊지 않고 독자의 관심과 인기를 꾸준히 이어나간다는 점도 훌륭합니다.

'평소 책을 읽지 않는 사람들에게 이야기를 전달하는 것'이 목표이자 신념이라는 작가 아오야기 아이토는 추리 소설이라는 틀 안에서 독자 접근성을 높이기 위한 여러 도전적인 시도를 게을리하지 않는 작가입니다. 이번 『빨간 모자, 피노키오를 줍고 시체를 만났습니다』에서는 막간에 액자식 구성으로 극중극劇中劇인 인형극을 넣어 장치로 활용했고, 자칫 어둡게 빠질 수 있는 이야기 속에서도 음악과 춤이라는 소재를 도입하고 작품 말미에는 인간과 인생을 바라보는 따스한 관조를 집어넣으며 활력을 잃지 않았습니다. 작가는 작품 출간 후 가진 인터뷰에서 '이번 속편은 한 편의 뮤지컬을 쓴다는 느낌으로 썼다'라고 밝힌 바 있습니다. 이렇듯 시리즈의 모든 작품이 저마다 다른 개성과 매력으로 반짝반짝 빛나는 시리즈는 흔치 않으며, 그 성과는 앞으로도 자못 오랫동안 이어질 것 같습니다. 2023년 올해 시리즈 5권이자 다시 일본 옛날이야기 기반으로 돌아간 속편이 일본에서 출간될 예정이며, 올가을에는 『빨간 모자, 여행을 떠나 시체를 만났습니다』가 무려 넷플릭스 영화로 만들어져 전 세계에 공개될 예정이기 때문입니다. 주인공 빨간 모자 캐릭터는 국내에서도 '천년돌'로 유명한 아이돌이자 배우인 하시모토 칸나가 맡았다는 소식이 전해졌습니다. 작가의 목표이자 소신대로 평소 책을 읽지 않는 사람들을 더 많이 불러 모아 출판계에 활력을 불어넣고, 동시에 독자의 사랑을 한 몸에 받는 시리즈로서 이 '옛날이야기×본격 미스터리'가 앞으로도 계속 이어지기를 기원합니다.

2023년 여름

이연승

빨간 모자, 피노키오를 줍고 시체를 만났습니다

1판 1쇄 인쇄 2023년 7월 27일
1판 1쇄 발행 2023년 8월 11일

지은이 아오야기 아이토
옮긴이 이연승
펴낸이 김기옥

문학팀 김세화 | 마케팅 김주현
경영지원 고광현, 김형식, 임민진

표지디자인 형태와내용사이 | 본문디자인 고은주
인쇄·제본 (주)민언프린텍

펴낸곳 한스미디어(한즈미디어(주))
주소 (04037) 서울시 마포구 양화로 11길 13(서교동, 강원빌딩 5층)
전화 02-707-0337 | 팩스 02-707-0198 | 홈페이지 www.hansmedia.com
출판신고번호 제313-2003-227호 | 신고일자 2003년 6월 25일

ISBN 979-11-6007-948-7 (03830)

한스미디어 소설 카페 http://cafe.naver.com/ragno | 트위터 @hans_media
페이스북 www.facebook.com/hansmediabooks | 인스타그램 @hansmystery

책값은 뒤표지에 있습니다.
잘못 만들어진 책은 구입하신 서점에서 교환해드립니다.